明道大學國學論叢

游藝與研學——唐宋俗文學研究論集

明道大學中國文學系　主編

〔序〕

唐宋俗文學　說唱俱佳

明道大學中文系與國學所一直以來，積極投入藝文活動，像是桃城詩歌季與濁水溪詩歌節，亦推動現代文學研討會。除現代文學積極推動之外，對於古典文學也相當重視。持續五年均以舉辦「唐宋學」爲主題，像是唐宋詩詞、唐宋思想、唐宋散文、唐宋書法等等。今年，則以「唐宋俗文學」作爲研討重點。

本次「唐宋俗文學研討會」之舉辦，正可以藉之闡明此一段歷史的發展過程與其成就所在，並分別從理論分析與表演鑑賞兩方面探究，爲今日民間俗文學的推展提供方法與借鑑；更希望結合國內外俗文學領域專家學者的研究成果，以及邀請說唱藝術表演家的現身說法，傳遞給與會的各大專院校和高中高職國文教師，期待來日在課堂上與年輕學子共同分享，以提升民間俗文學的愛好與欣賞人口。

二〇一三年六月七日（星期五）「唐宋俗文學學術研討會」，感謝此領域的專家學者一起來共襄盛舉。有國內外俗文學專家曾永義教授演講，有享譽國際「大漢玉集劇藝團說唱藝術表演」，由王友蘭、王友梅、高維洋等藝術家現場演出。還有九篇精彩論文發表，像是鄭阿財教授與廖秀芬講師合著〈從敦煌文獻論唐宋俗文學的發展與演變〉、曾子良教授〈閩南歌仔改編話本〈杜十娘〉現象之探討〉等等。當然，更邀請到國內知名專家與大陸學者來擔任討論人，像是來自四川大學文化與新聞學院教授周裕鍇，以及前臺北大學人文學院院長王國良教授、前逢甲大學文學院院長謝海平教授、前彰師大副校長林明德教授、成功大學中文系王三慶教授等人。

承蒙本校汪大永董事長、陳世雄校長，對中文系各項活動一向的情義相挺，以及系上同仁左右護持，方能圓滿順利推動這場學術、文藝相互交織的非凡研討會。唐宋學研究叢書系列，此次已邁入第五部重要著作，此書付梓完成，望博雅君子不吝指正！

明道大學中國文學學系
主任　薛雅文　親筆
二〇一三年開悟中文系辦公室

目次

（依作者姓名筆劃排列）

《酉陽雜俎》與唐代俗文學

丁肇琴

摘要

《酉陽雜俎》蘊含豐富的俗文學材料，反映唐代人的生活與思想。在傳說方面，有關唐玄宗的傳說較多，可以補充正史的不足或顯現百姓對唐玄宗的評價。地方風物傳說及動植物傳說亦有特色。從書中「點」的部分，可見當時刺青的風氣很盛，有人把對句或詩點在身上，身體成了俗文學傳播的場域。還有不少解夢成眞的故事，這是屬於「遊戲文字」的範疇。段成式的寫作態度也很值得重視，大部分的故事都是他自己的見聞或從親朋同事處聽來的。有人以「唐朝記者」稱許段成式，他確實當之無愧，他同時也是唐代的民間文學採集者。

關鍵詞

《酉陽雜俎》、俗文學、段成式、傳說、唐代

一　前言

段成式的《酉陽雜俎》是一部筆記小說集，曾被《四庫全書總目》譽爲：「自唐以來，推爲小說之翹楚，莫或廢也。」（註一）此書內容蕪雜，不少學者從版本、思想內容、藝術特色、與佛教關係、對他書影響、與外來文化等各方面加以研究。由於書中蘊含著豐富的俗文學（民間文學）材料，充分反映唐代人的生活與思想，故曾引起俗文學學者的重視，但過去學者多著重在〈葉限〉一篇上，也就是研究所謂「中國的灰姑娘故事」，包括中西灰姑娘之比較、中國灰姑娘故事之傳播等。（註二）較全面展開的則有程薔〈《酉陽雜俎》和民間文學〉，該文宏觀地指出《酉陽雜俎》「所記有不少其實是神話、傳說之類的民間文學材料。」除葉限故事和旁㐌兄弟分家故事外，還記錄了盤瓠、西王母等古代神話在晚唐流傳的情況，以及巧匠魯班、月中伐桂人吳剛、海神、山神、河伯的傳說，並介紹北朝的婚俗、越人鏤身的習慣、胡人識寶傳說及龜茲、波斯等外國傳說，反映了中西文化交流的頻繁。（註三）筆者對程氏的論述頗爲認同，對《酉陽雜俎》做了較仔細的檢視後，以爲晚唐人段成式所記多爲唐代之事，實可就書中的記錄來觀察唐代的俗文學情況。

本文並非全面探究《酉陽雜俎》的各種傳說，而是企圖補充程氏未及討論的部分，所以只選了二十三篇傳說來論述，分爲帝王傳說、市井傳說、盜俠傳說、地方風物傳說、動植物傳說等六類。由於無法涵蓋各種傳說的類別，僅能斟酌採用前輩學者的分類法。如《中國俗文學概論》將人物傳說分爲能工巧匠、神醫、文人、清官、武林、帝王和革命領袖傳說七類。（註四）本文選了九篇有關唐玄宗的傳說，便以帝王傳說名之。又如三則以盜俠爲主要人物的傳說本可歸入人物傳說中的武林傳說，筆者以爲直接名爲盜俠傳說更顯貼切。地方風物傳說、動植物傳說二類，皆爲學者所慣用者。至於市井傳說，則爲筆者所定新名，指唐代長安等一些城市發生的黠身故事和占夢傳說，因無適合的類別名稱統攝，筆者便以其發生於市井而命名。

二　帝王傳說

《酉陽雜俎·卷之一·忠志》中提及唐高祖、太宗等九位皇帝的事蹟，以中宗六則爲最多，太宗四則次之，武則天與玄宗各三則又次之。其他各卷亦有零星帝王之事，除睿宗、武則天、德宗各有一則外，其餘十四則皆與唐玄宗有關，故《酉陽雜俎》全書中共有十七篇關於唐玄宗的傳說，爲諸帝之冠。這是屬於帝王傳說的部分，這些傳說的內容可以補正史的不足或顯現百姓對唐玄宗的評價。茲分述如下：

（一）唐玄宗（六八五－七六二）與唐肅宗（七一一－七六二）

《酉陽雜俎》第四二三則傳說的男主人翁是唐肅宗，但故事是從唐玄宗開始的。唐玄宗讚美當時還是孩童的肅宗：「此兒甚有異相，他日亦吾家一有福天子。」命人取來上清玉珠，用絳紗包裹，繫在他的頸上。這件父子之情的紀念物，後來引起肅宗對唐玄宗的無限思念。上清珠還有除災的效用，十分靈驗。（註五）

唐玄宗對肅宗自小就相當器重，曾賞賜肅宗名貴的上清玉珠。當上清珠從寶庫中重新取出，讓已經登位的肅宗不禁在近臣面前傷心地哭泣起來。對照《舊唐書．玄宗本紀》所載：「乾元三年（西元七六〇年）七月丁未，移幸西內之甘露殿。時閹宦李輔國離間肅宗，故移居西內。高力士、陳玄禮等遷謫，上皇寖不自懌。」說明肅宗即位後一度曾受李輔國離間，和當時的太上皇玄宗有所芥蒂。但從這則傳說看來，肅宗重見上清珠時，應該是流出悔恨的眼淚唏噓不已吧。

（二）唐玄宗與文臣、武將

第四九一條關於泰山的傳說，原文是：

> 明皇封禪泰山，張說為封禪使。說女婿鄭鎰本九品官，舊例封禪後，自三公以下皆遷轉一級，惟鄭鎰因說驟遷五品，兼賜緋服。因大脯次，玄宗見鎰官位騰躍，怪而問之，鎰無詞以對。黃幡綽曰：「此乃泰山之力也。」（註六）

國人習慣稱岳父爲泰山大人，就是因爲張說（六六七—七三〇）愛屋及烏，利用陪同唐玄宗封禪泰山的機會，把女婿高升爲五品官的這個故事而來的。

張說是宰相，位高權重，玄宗對他倚賴甚深，雖然注意到鄭鎰擢升太快，不合體制，但問鄭鎰卻問不出所以然來。其他人也不願開口，倒是黃幡綽意有所指的說：「此泰山之力也。」讓這件事畫下休止符。這傳說迄今仍在泰山地區流傳，如一九八〇年在泰山實地田野調查後成書的《泰山民間故事大觀》，就有一則〈岳父與泰山〉（註七）（亦見《山東民間故事集》（註八）），內容和《酉陽雜俎》的記載大致相合，主要是說：張說利用登泰山封禪的機會把女婿鄭鎰連升四級，唐明皇頗爲不滿，故意問兩旁大臣是何緣故，大家懼怕張說，都不敢開口。唐明皇遂指名問黃幡綽，黃很狡猾，他先指指腳下的泰山，又看一下張說，然後才回答：「鄭鎰是靠『泰山』之力升爲五品官。」唐明皇聽出黃幡綽話中有話，才恍然大悟。打這以後，人們便把岳父別稱爲「泰山」了。

第五五八則傳說是因爲唐玄宗不滿五色玉被勃律國所劫，派王天運率領四萬大軍討伐。勃律君長恐懼請罪，王天運不許且屠城，結果冰雪突起，把四萬人一時凍死。這件事似與王天運的殘酷脫不了干係，也引得玄宗大驚，特別派人驗證：

玄宗大驚異，即令中使隨二人驗之。至小海側，冰猶崢嶸如山，隔冰見兵士屍，立者、

坐者，瑩澈可數。中使將返，冰忽消釋，眾屍亦不復見。（註九）

中使證實四萬士兵全都凍死，但冰雪又突然融化，屍體也全部不見了。

(三) 唐玄宗與楊貴妃（七一九－七五六）

《酉陽雜俎》第十七條云：

天寶末，交趾貢龍腦，如蟬蠶形。波斯言老龍腦樹節方有，禁中呼為瑞龍腦。上唯賜貴妃十枚，香氣徹十餘步。上夏日嘗與親王棋，令賀懷智獨彈琵琶，貴妃立於局前觀之。上數枰子將輸，貴妃放康國猧子於坐側。猧子乃上局，局子亂，上大悅。時風吹貴妃領巾於賀懷智巾上，良久，回身方落。賀懷智歸，覺滿身香氣非常，乃卸襆頭，貯於錦囊中。及上皇復宮闕，追思貴妃不已，懷智乃進所貯襆頭，具奏他日事。上皇發囊，泣曰：「此瑞龍腦香也。」（註十）

這則傳說可以看出兩個重點：一是唐玄宗非常寵愛楊貴妃，珍貴的瑞龍腦別人都分不到，只有楊貴妃獨得了十枚。二是楊貴妃死後，唐玄宗眞的很思念她，當樂工賀懷智（註十一）把沾染過楊貴妃體香的襆頭呈給唐玄宗時，唐玄宗哭了，而且能立即辨出那是瑞龍腦香。一般人熟知「一騎紅塵妃子笑，無人知是荔枝來」（〔唐〕杜牧〈過華清宮〉）的典故，知道唐玄宗爲了寵愛楊貴妃，不惜用快馬從嶺南運送荔枝讓楊貴妃嚐鮮；但在這則傳說裡，可以看出唐玄宗對楊貴妃的思念並未因她離世而稍減，證實帝王也有動人的眞情。

（四）唐玄宗與詩人、和尚、道士

第四八六則傳說內容是大家熟悉的李白（七〇一－七六二）拜謁唐玄宗的故事，但多了唐玄宗對李白先禮後抑的情節。（註十二）至於文中所提的李白〈祠亭上宴別杜考功詩〉，《李太白全集》卷十五作〈秋日魯郡堯祠亭上宴別杜補闕範侍禦〉。（註十三）清・王琦注此詩時亦引《酉陽雜俎》此條，但不同意杜考功就是杜甫（七一二－七七〇）。因「子美未嘗爲考功，且與太白同遊時，尙爲布衣，未登仕籍，而詩題又微有不同。」（註十四）今人陳香亦考證此詩並不是寫給杜甫的，一者時間不對，當時杜甫人在東都；二則官銜不合，杜甫並未做過「補闕」，所以杜補闕應另有其人，而非杜甫。（註十五）

第二三四這則傳說是記敘著名天文學家一行和尚（六八三－七二七）的聰穎與好學，（註十六）從唐玄宗召見一行說起：

玄宗既召見一行，謂曰：「師何能？」對曰：「惟善記覽。」玄宗因詔掖庭取宮人籍以示之，周覽既畢，覆其本，記念精熟，如素所習讀，數幅之後，玄宗不覺降禦榻爲之作禮，呼爲聖人。（註十七）

《舊唐書．一行傳》中記敘一行爲了躲避武三思而隱居嵩山爲僧，後來睿宗即位，派韋安石請一行出山，一行「固辭以疾」，轉往荊州的當陽山。這次玄宗能把一行請到長安，是動用一行的族叔張洽「強起之」。（註十八）由此可看出唐玄宗對一行的器重，而見面之後，玄宗也立即發現一行的不凡。據《舊唐書．志第十二．曆一》云：「開元中，僧一行精諸家曆法，言《麟德曆》行用既久，晷緯漸差。宰相張說言之，玄宗召見，命造新曆。遂與星官梁令瓚先造《黃道遊儀圖》，考校七曜行度，準《周易》大衍之數，別成一法，行用垂五十年。」（註十九）可見玄宗對一行知人善任，一行對玄宗也竭盡所能，稱得上是一段君臣佳話。但《酉陽雜俎》第三六則傳說卻記敘一行和尚巧妙利用唐玄宗對他的信任，救了恩人王姥的兒子。故事中王姥因兒子犯了殺人罪，向一行求救：

一行曰：「姥要金帛，當十倍酬也。明君執法，難以請一作情求，如何？」王姥戟手大罵曰：「何用識此僧！」一行從而謝之，終不顧。（註二十）

王姥認爲一行忘恩負義，不接受他的道歉，一行只得另外設法，讓天空出現異象：

一行心計渾天寺中工役數百，乃命空其室內，徙大甕於中。又密選常住奴二人，授以布囊。謂曰：「某坊某角有廢園，汝向中潛伺，從午至昏，當有物入來，其數七，可盡掩之，失一則杖汝。」奴如言而往。至酉後，果有㹀豕至，奴悉獲而歸。一行大喜，另置甕中，覆以木蓋，封於六一泥，朱題梵字數十，其徒莫測。詰朝，中使叩門急召。至便殿，玄宗迎問曰：太史奏昨夜北斗不見，是何祥也，師有以禳之乎？」一行曰：「後魏時，失熒惑。至今，帝車不見，古所無者，天將大警於陛下也。夫匹婦匹夫不得其所，則隕霜赤旱。盛德所感，乃能退舍。感之切者，其在葬枯出繫乎？釋門以瞋心壞一切善，慈心降一切魔。如臣曲見，莫若大赦天下。」玄宗從之。（註二一）

一行把北斗七星變成七隻豬封藏起來，北斗星不見了，如何是好？唐玄宗接受一行的建議大赦天下，當然王姥的兒子也因此獲救不死，一行總算是報答了王姥的恩情，但也蒙蔽了唐玄宗。這件傳說十分離奇，一行是否眞能使北斗七星隱形，段成式也很懷疑（「此事頗怪，然大傳眾口，不得不著之。」），但玄宗有沒有大赦天下倒是可以考查一下。

據《舊唐書．玄宗本紀》，玄宗在開元五、九、十一、二十三、二十六及二十七年共大赦天下六次，前兩次未明言原因，第三次是因親祀南郊，第四次是親耕籍田，第五次是因冊皇太子，第六次是加尊號「開元聖文神武皇帝」，（註二二）皆無因北斗不見之故。又據《舊唐書・一行傳》，一行在開元五年及十年皆對玄宗有所建言且獲採納，（註二三）而開元五年與九年這兩次大赦恰為史書未載明原因者，則如眞有因一行建議而大赦天下之事，亦當在開元五年或九年較為可能。

第三〇四則傳說主角是會「致雷聲」的包超，是唐玄宗要包超去致雷聲的。包超不但會致雷聲，還能「得勝風」，眞是一代能人。筆者不解唐玄宗為何要致雷聲，但派包超「隨哥舒翰西征，每陣常得勝風。」（註二四）的是明智之舉。

從以上幾則傳說，可見唐玄宗頗有識人之明。李白的風采雖讓唐玄宗傾倒——「神氣高朗，軒軒然若霞舉，上不覺亡萬乘之尊，因命納履。」但當李白離開後，唐玄宗卻對高力士說：「此人固窮相。」一語中的。絕頂聰明的一行即受唐玄宗賞識而負責造《大衍曆》；會「致雷聲」的包超也被唐玄宗重用遂常得勝風。

不過唐玄宗雖貴為大唐皇帝，卻也有力不從心的時候。如第八一則傳說是唐玄宗向羅公遠學隱形的故事，把唐玄宗的壞脾氣表露無遺。羅公遠顯然是故意留一手，不願將隱形術全教給唐玄宗，他認為皇帝應以朝政為重，如果把隱形術完全學去，恐怕會惹出「白龍魚服」的麻煩。他太瞭解唐玄宗的性情，所以不能不提防著他。

玄宗怒，謾罵之。公遠遂走入殿柱中，極疏上失。上愈怒，令易柱破之。復大言於石磶中，乃易磶觀之。磶明瑩，見公遠形在其中，長寸餘，因碎爲十數段，悉有公遠形。上懼，謝焉，忽不復見。後中使於蜀道見之，公遠笑曰：「爲我謝陛下。」（註二五）

從以上引文可以看出羅公遠道行很深，唐玄宗根本拿他沒轍，最後還害了怕，向羅公遠謝罪。有趣的是羅公遠後來在四川遇到中使，也笑著請他代向唐玄宗謝罪，君臣之間一笑泯恩仇。又《新唐書・方技》有名「羅思遠」者：

天寶中，……又有羅思遠者，能自隱。帝學，不肯盡其術，試自隱，常餘衣帶，及思遠共試，則驗。厚錫金帛，然卒不得。帝怒，裹以襆，壓殺之。數日，有中使者自蜀還，逢思遠駕而西，笑曰：「上爲戲何虐也！」（註二六）

文字與之類似，但較爲簡潔。不同處在於此段是唐玄宗自己沒好好學（不肯盡其術），而非羅思遠（《酉陽雜俎》作「羅公遠」）有所顧忌而不願全力教授；又無玄宗向羅公遠道歉的情節（「上懼，謝焉」），所以最後羅氏對中使所說的話也不相同。

以上這些與唐玄宗有關的傳說，可以讓我們對這位皇帝有更深的認識。萬人之上的他也有能力未逮的時候，如他爲了五色玉大動干戈，結果　牲了四萬官兵；封禪泰山後，他眼睜睜看著鄭鎰突然高升爲五品官，要得個正當解釋也不能夠。還有他想學隱形術，羅公遠卻老讓他露馬腳。在這些傳說裡，我們看見唐玄宗的莫可奈何，他不再是高高在上，不可一世的大唐君王，而是有血有肉的凡軀，和我們這些尋常百姓貼近了許多。

三　市井傳說

在卷八「黥」與「夢」的部分，前者可見當時刺青的風氣，其中有把對句或五言詩黥在身上的，身體成了俗文學傳播的場域，是另一種的俗文學傳播。後者有不少解夢成眞的故事，所用的方法類似猜謎或測字，筆者以爲這都屬於俗文學「遊戲文字」的範疇。又因爲這些現象或傳說都發生在當時長安等城市，故名之爲市井傳說。

（一）黥身

《酉陽雜俎．前集卷之八．黥》共有二十五條記載，前四則較詳，茲迻錄三則於下：

二七九　上都街肆惡少，率髡而膚劄，備衆物形狀。恃諸軍，張拳強劫一作弓劍，至有以蛇集酒家，捉羊胛擊人者。今京兆薛西元賞，上三日，令裡長潛捕，約三十餘人，悉杖殺，屍於市。市人有點青者，皆灸滅之。時大寧坊力者張幹，劄左膊曰「生不怕京兆尹」，右膊曰「死不畏閻羅王」。又有王力奴，以錢五千召劄工，可胸腹爲山、亭院、池榭、草木、鳥獸，無不悉具，細若設色。公悉杖殺之。又賊趙武建，劄一百六十處番印、盤鵲等，左右膊刺言「野鴨灘頭宿，朝朝被鶻梢。忽驚飛入水，留命到今朝。」又高陵縣捉得鏤身者宋元素，刺七十一處，左臂曰「昔日以前家未貧，苦將錢物結交親。如今失路尋知己，行盡關山無一人。」右臂上刺葫蘆，上出人首，如傀儡戲郭公者。縣吏不解，問之，言葫蘆精也。

二八一　蜀小將韋少卿，韋表微堂兄也。少不喜書，嗜好劄青。其季父嘗令解衣視之，胸上刺一樹，樹杪集鳥數十。其下懸鏡，鏡鼻繫索，有人止於側牽之。叔不解問焉，少卿笑曰：「叔不曾讀張燕公詩否？『挽鏡寒鴉集』耳。」

二八二　荊州街子葛清，勇不膚撓，自頸以下，遍刺白居易舍人詩。成式嘗與荊客陳至呼觀之，令其自解，背上亦能闇記。反手指其劄處，至「不是此花偏愛菊」，則有一人持杯臨菊叢。又「黃夾纈林寒有葉」，則指一樹，樹上掛纈，纈窠鎖勝一作賸絕細。凡刻三十餘首，體無完膚，陳至呼爲白舍人行詩圖也。(註二七)

從這三則傳說看來，唐代長安、蜀、荊州等地都有刺青的風氣，和今人不同的是：唐人除了刺上圖畫，還常刺上詩句或對聯。如第二七九則中，張幹在左右胳膊上刺「生不怕京兆尹，死不畏閻羅王」，表明自己根本不把官威放在眼裡，活著時就不怕長安市長的管轄，死了也不怕去見閻羅王，這兩句很有民間對聯的味道。而賊人趙武建在左右膊刺言「野鴨灘頭宿，朝朝被鶻梢。忽驚飛入水，留命到今朝。」就格律看，是一首五絕（梢是肴韻，朝是蕭韻，屬鄰韻）；從內容看，他自比野鴨，天天被兇猛的鶻盯梢，因逃得快才留下一條命，這不啻是一首亡命之徒自嘲的打油詩。至於宋元素在左臂上刺「昔日以前家未貧，苦將錢物結交親。如今失路尋知己，行盡關山無一人。」道出阮囊羞澀後的世態炎涼，也很引人同情。

第二則的小將韋少卿年少時不喜歡讀書，嗜好箚青。他在自己胸口刺了一棵樹，樹梢上有幾十隻鳥；樹下懸鏡子，還有人在旁邊牽著鏡鼻的繩索。他叔父看不懂，韋少卿解釋是張燕公（張說）的詩「挽鏡寒鴉集」。韋少卿雖不喜歡讀書，卻用自己身上的圖畫來詮釋張說的詩句，可謂別出心裁。

最特別的是荊州街子葛清，他竟然在自己身上刺滿了白居易的詩，共三十餘首，這是段成式親眼看到的，所以段成式還舉例說明，這些刺青不僅有詩句，還配上圖畫，如「不是此花偏愛菊」，就配有一個人拿著酒杯在菊花叢旁的圖。（註二八）又如「黃夾纈林寒有葉」（〈泛太湖書事寄微之〉（註二九）），就配有樹上掛纈的圖，而且纈窠的鎖縢非常纖細。

葛清的例子和張幹、趙武建、宋元素三人大不相同，張幹等三人刺青的文字較少，而且都是自己的創作，對聯和打油詩都不出俗文學的範圍；葛清是刻大詩人白居易的作品，而且多達三十餘首。這就非常有趣了，我們不能說白居易的詩是民間文學，但他的詩是當時受民眾歡迎的通俗文學是錯不了的，連白居易自己也說：

> 昨過漢南日，適遇主人集眾樂，娛他賓。諸妓見僕來，指而相顧曰：「此是〈秦中吟〉、〈長恨歌〉主耳。」自長安抵江西三四千里，凡鄉校、佛寺、逆旅、行舟之中，往往有題僕詩者。士庶、僧徒、孀婦、處女之口，每每有詠僕詩者。（註三十）

可見白居易的詩廣受各地民眾歡迎。段成式說葛清是街子，顧名思義就是指天天在街上遊走的人，葛清把白居易的詩配上圖畫刻在身上，等於天天在街市上展示白居易的詩，難怪被陳至呼為「白舍人行詩圖」。

中國古代有墨刑，就是在犯人的臉上刺青作當懲罰。（註三一）《孝經・開宗明義章第一》曰：「身體髮膚，受之父母，不敢毀傷，孝之始也。」刺青是損傷身體肌膚的行為，一般人不會輕易嘗試。從《酉陽雜俎》所載看來，不畏官府禁令勇於刺青的，多是惡少、力士、小將、賊人之類的年輕人，他們有的是以此炫耀自己與眾不同，也有的是藉此發抒不滿與牢騷，當然也有像葛清那種把自己的身體當成傳播媒介的白居易「粉絲」。從這些現象，我們可以想像唐代社會是多麼的豐富多元。

(二)占夢

關於占夢的傳說，《酉陽雜俎》共有十五則，這裡舉出三則，以見一斑：

三一二　魏楊元慎能解夢，廣陽王元淵夢著衮衣倚槐樹，問元慎。元慎言當得三公，退謂人曰：「死後得三公耳，槐字木傍鬼。」果爲爾朱榮所殺，贈司徒。

三二四　祕書郎韓泉善解夢。衛中行爲中書舍人時，有故舊子弟赴選，投衛論屬，衛欣然許之。駁榜將出，其人忽夢乘驢蹶，墜水中，登岸而靴不濕焉。選人與韓有舊，訪之，韓被酒半戲曰：「公今選事不諧矣！據夢，衛生相負，足下不沾。」及榜出，果駁放。韓有學術，韓僕射猶子也。

三二五　威遠軍小將梅伯成以善占夢，近有優人李伯憐遊涇州，乞錢得米百斛。及歸，令弟取之，過期不至。晝夢洗白馬，訪伯成占之。伯成佇思曰：「凡人好反語，洗白馬，瀉白米也。君所憂或有風水之虞乎？」數日，弟至，果言渭河中覆舟，一粒無餘。(註三二)

這三則提到的占夢家是楊元慎、韓泉和梅伯成。王元淵夢見自己穿著衮衣倚槐樹，楊元慎解釋這表示他將得到三公的高位；但之後楊元慎又對別人說：「王元淵死後才能當三公，因爲槐字的木旁是個鬼。」後來王元淵果然是在被爾朱榮殺死後才獲贈司徒。楊元慎根據衮衣（古代帝王或上公所穿的禮服）推測王元淵有三公之命，但又以槐字的結構來解釋王元淵要死後才能封爲三公。第二則的夢境是騎驢跌落水中，登上岸邊鞋子卻沒濕。韓泉解釋：「鞋子沒濕即『足下不沾』，那就是你選不上了。」因爲鞋子正是足下之物，入水而不濕即「不沾」，而足下又是尊稱對方之詞，「足下不沾」就是「你沾不到這次的好處」，必定是落選無疑了。這種類似猜謎語「轉讀法」（註三三）的占夢方式，顯然與俗文學的關係極爲密切。

第三則是李伯憐向人借了百斛米，讓弟弟去取，卻一直沒取來。他白天做夢夢見洗白馬，不知是什麼意思，去問梅伯成，伯成用反語解釋，說洗白馬就是瀉白米，他弟弟可能有風水之災。幾天後，他弟弟回來了，果然是在渭河中翻了船，一粒米也沒剩下。這裡的「反語」應該就是曲解或反解的意思，《唐代文化》中有一節〈唐代的夢占與解夢〉其中就提到：「自古以來的解夢方法大致有直解、曲解、拆字、諧音、破譯、象徵、連類比附等。」書中並以最重要的象徵法、反解和諧音法舉例說明，（註三四）可見曲解或反解是同一種方法。用上述這些方法來對照，第二則用的應是破譯法，第一則用的是象徵法。

曾永義《俗文學概論》在〈神祕的測字〉一節中云：

以中國文字的離形合文解釋字義以定吉凶的情況，在漢代已見端倪，而且和占夢有關。（註三五）

舉劉邦的故事爲例：劉邦爲亭長時，夢見自己追羊，追到後拔掉羊的角和尾。占卜的人說：「羊無角尾，乃是王字，先生可要當王了。」後來劉邦果然當了漢王。（註三六）從這個故事看來，占夢確實是測字的源頭之一。而從上引的占夢傳說第三一二條來看，占夢又運用了測字的方法，所以筆者以爲占夢與測字在技巧上有不少雷同之處。測字既已收入俗文學的範圍，占夢實亦可納入俗文學的遊戲文字當中。

四　盜俠傳說

卷九「盜俠」中的故事也有共同性——老人，如韋行規一開始忽視老人的忠告，最後才發現老人功夫了得：

三三四　韋行規自言少時遊京西，暮止店中，更欲前進，店前老人方工作，謂曰：「客勿夜行，此中多盜。」韋曰：「某留心弧矢，無所患也。」因進發。行數十裡，天黑，有人起草中尾之，韋叱不應，連發矢中之，復不退。矢盡，韋懼，奔馬。有頃，風雷總至，韋下馬負一樹。見空中有電光相逐如鞠杖，勢漸逼樹杪，覺物紛紛墜其前，韋視之，乃木箭也。須臾，積箭埋至膝，韋驚懼，投弓矢，仰空乞命，拜數十，電光漸高而滅，風雷亦息。韋顧大樹，枝幹童矣。鞍馱已失，遂返前店，見老人方箍桶，韋意其異人，拜之，且謝有誤也。老人笑曰：「客勿恃弓矢，須知劍術。」引韋入院後，指鞍馱言：「卻須取相試耳。」又出桶板一片，昨夜之箭，悉中其上。韋請役力汲湯，不許，微露擊劍事，韋亦得其一二焉。（註二七）

韋行規年輕時仗著自己擅長射箭，不聽店中老人警告而騎馬夜遊，結果被人追得毫無招架之力，只得投降。回到店裡，行規看見老人正在箍桶，向老人道歉，老人提醒他不能只留心弓矢，得懂得劍術。老人把鞍馱還給韋行規，行規請求做老人的僕從，老人卻不答應，但老人小露了一兩手，韋行規也多少學到了一點。這則傳說中的老人擁有絕技卻深藏不露，只是爲了教訓年輕氣盛的韋行規，才取了他的鞍馱，並無謀財害命之惡意。

第三三五則是一位神祕老人和京兆尹黎幹交手的故事。黎幹在曲江塗龍祈雨，這位老人植杖不避。黎幹大怒，打了他二十背杖，老人沒當回事掉頭而去。黎幹懷疑他不是普通人，派了個老坊卒跟蹤他，知道他住在蘭陵里。黎幹便和坊卒登門拜訪，向老人說明不得不處罰他的原因。老人後來表演劍術，黎幹嚇得叩頭股慄。回家後黎幹才發現自己的鬍鬚已被剃落一寸多，第二天再去找老人，老人已搬走不見了。（註三八）

第三三六則是另一位韋生的遭遇，這位韋生在建中初搬家到汝州，半路上遇到一個和尚，相談甚歡。和尚邀韋生到附近他的蘭若去坐坐，韋生不疑有他便答應了，結果兩人一塊騎馬走了十幾里都還沒到，韋生知道是遇上強盜了。他向和尚的腦袋射了五發銅丸後，和尚才察覺，叫韋生別惡作劇。後來到了一座莊院，韋生看見自己的妻女已在那兒涕泣。這個假和尚向韋生承認自己是強盜，本來是不懷好意的，但因韋生技藝高超，所以甘拜下風，還說因為年紀大了，想洗手不幹，但「不幸有一子，技過老僧，欲請郎君為老僧斷之。」要求韋生替他殺死自己的兒子。韋生使出渾身解數，還是敵不過才十六七歲的飛飛，最後老僧送韋生絹百疋，垂泣而別。（註三九）

以上三則傳說，所謂的盜俠都是老人，雖貌不驚人，卻都身懷絕技，且以智慧型老人的形象出現，讓人不得不服。如第一篇中的店前老人竟能將韋行規的鞍馱和箭矢先一步全帶回店裡，所有行規射出的箭都射在一片桶板上，使行規立即表示願做老人的僕從，也就是想拜他為師。第二篇的老人一開始就顯示出不凡的氣概，如京兆尹黎幹現身時，他卻老神在在「植杖不避」，惹惱了黎幹；挨了二十大板後，居然像沒事人一樣「掉臂而去」；黎幹這才起了疑心。等老人展開劍術表演時，竟然是「擁劍長短七口，舞於庭中，迭躍揮霍，批光電激，或橫若裂盤，旋若規尺。有短劍二尺餘，時時及黎之衽，黎叩頭股慄。食頃，擲劍植地，如北斗狀」，這老人能同時揮舞七口長短不同的劍，速度飛快，變化多端，結束時還排成北斗七星的形狀，令人嘆爲觀止。第三篇中的韋生彈射的技術很高，但老和尚的能耐也不容小覷。他連發五彈都正中和尚的後腦，卻都絲毫傷不了和尚，所謂「舉手搦腦後，五丸墜地焉。蓋腦銜彈丸而無傷，雖列言『無痕撻』，孟稱『不膚撓』，不啻過也。」

嚴格說來，這三篇中只有第三篇中的老僧是盜俠，他原本是衝著韋生的家財來的，所以把韋生的妻女都俘虜了做人質。另外二篇則看不出偷盜的企圖，所以《太平廣記》把這三篇都列在「豪俠」類，將第一篇命名爲〈京西店老人〉，第二篇題爲〈蘭陵老人〉，（註四十）第三篇叫〈僧俠〉。（註四一）

康韻梅〈唐人小說中「智慧老人」之探析〉將智慧老人分爲渡世求仙者、預言示命者、解困除厄者、啓智展藝者、獎善施報者五類，並將〈京西店老人〉和〈蘭陵老人〉列爲第四類啓智展藝者。（註四二）筆者以爲《酉陽雜俎》中出現這種智慧老人，頗富有民間文學中的教訓意義，如第三三四則韋行規的遭遇，是所謂「不聽老人言，吃虧在眼前」；第三三五則老人植杖不避，顯然是「沒有三兩三，怎敢上梁山」的意思；第三三六則韋生遇老僧和飛飛，則是典型的「強中還有強中手」。

五　地方風物傳說

《酉陽雜俎》所載的地方風物傳說亦有特色，如〈泰山〉、〈妒婦津〉、〈渾子塚〉等。〈泰山〉篇前已提及，此處不贅。〈妒婦津〉原文如下：

五五四　臨清有妒婦津，相傳言，晉泰始中，劉伯玉妻段氏，字明光，性叶忌。伯玉常於妻前誦〈洛神賦〉，語其妻曰：「取婦得如此，吾無憾矣。」明光曰：「君何得以水神美而欲輕我？吾死，何愁不爲水神。」其夜乃自沉而死。死後七日，託夢語伯玉曰：「君本願神，吾今得爲神也。」伯玉寤而覺之，遂終身不復渡水。有婦人渡此津者，皆壞衣一作攘衣枉粧，然後敢濟，不爾，風波暴發。醜婦雖粧飾而渡，其神亦不妒也。婦人渡河無風浪者，以爲己醜，不致水神怒；醜婦諱之，無不皆自毀形容，以塞嗤笑也。故齊人語曰：「欲求好婦，立在津口。婦立水傍，好醜自彰。」（註四二）

這是典型的地方風物傳說，說明臨清「妒婦津」名稱的由來。故事中的男主角劉伯玉是個書呆子，他不懂得「憐取眼前人」，成天在妻子面前誦讀曹植的〈洛神賦〉，還說如果能娶洛神這樣的美女爲妻就沒有遺憾了。妻子段明光氣得投水自殺，把自己變成水神，段氏個性的強烈由此可見。弔詭的是，成了水神她還是不改妒忌美婦的脾氣，妒婦津成了辨別婦女美醜的審判長。西方兒童故事〈白雪公主〉中的「魔鏡」能照出世界上最美麗的女人，中國的「妒婦津」也有異曲同工之妙，原因都是妒嫉。

〈渾子塚〉本身篇幅很短，但又附了「五女墩」和「陰縣石塚」的故事：

一〇三　昆明池中有塚，俗號渾子。相傳昔居民有子名渾子者，常違父語，若東則西，若水則火。病且死，欲葬於陵屯處，矯謂曰：「我死必葬於水中。」及死，渾泣曰：「我今日不可更違父命。」遂葬於此。（註四四）

渾子在父親生前總是違背父親的話，他父親深知渾子這種脾氣，所以故意說自己死後要葬在水裡，想著渾子一定會做出相反的事來，把他葬在山陵上。不料渾子想老是違逆父意太不孝了，這最後一次總該順從老爸，於是就把父親葬在昆明池中，結果成了最奇特的水中塚。「五女墩」是五個女兒爲防止父親的墳墓被洱水破壞而修築的，「陰縣石塚」的故事和〈渾子塚〉類似：

據盛弘之《荊州記》云：「固城臨洱水，洱水之北岸有五女墩。西漢時，有人葬洱北，墓將爲水所壞。其人有五女，共創此墩，以防其墓。」又云：一女嫁陰縣佷子，子家貲萬金，自少及長，不從父言。臨死，意欲葬山上，恐子不從，乃言必葬我於渚下磧上。佷子曰：「我由來不聽父教，今當從此一語。」遂盡散家財，作石塚，以土繞之，遂成一洲，長數步。元康中，始爲水所壞。今餘石成半榻許，數百枚，聚在水中。（註四五）

「佷」是凶狠剛戾的意思，之前總是不聽父言的佷子，在父親死後卻散盡家財，作石塚，還用土環繞，成了一座洲，極力保護父親的墳墓，可以說眞的很用心。

筆者過去研究包公傳說時，也曾搜集到兩則類似的傳說，都是說包公有個專和他唱反調的兒子。在包公家鄉安徽合肥流傳的〈包公沒投胎〉原文如下：

清正廉明的包公，終生不稱心的事，是有個不聽話的兒子。「包公兒子——犟子」是出了名的。老子說向東，他偏向西，總是與你左著動。包公也拿他沒辦法。

包公臨終時，心想：我要是交代兒子在我逝世後給個土枕頭，他非給個石枕頭不可。因爲只有他知道，人死了要是枕上個石枕頭，須等石頭爛了才能投胎轉世。不如與兒子反說。包公懷著這種心思，就把兒子叫到身邊，囑咐他：「兒呀，我死後你就給個石枕頭吧！」

誰知礱子見老父死了，卻悔心轉意，孝心大發，遵囑而辦了。所以儘管人們世世代代盼，包公卻一直沒有再投胎。（註四六）

另一篇〈包文拯石棺犯咒神〉，在湖北流傳，也是講包公的兒子老是和他唱反調。包公想自己死後最好是睡個鐵棺材，葬在水裡，不幾年棺材就被漚爛了，他的陰魂便能出來超生。於是故意要兒子給他搞個石棺，葬到龍山下的漢江，盤算兒子定要跟他唱反腔戲，不搞石棺，偏偏搞鐵棺。誰知兒子就只聽了他爹這最後一句話，眞的用了石棺。石棺永遠也漚不爛，所以包公就永遠不能出來超生了。（註四七）

這兩則包公傳說的前半和〈渾子塚〉及「陰縣石塚」的故事非常類似，渾子、佷子、礱子意思也相近，這說明了古代傳說與現代傳說之間往往有些許傳承的關係。比較二者，不同處在於〈渾子塚〉及「陰縣石塚」是記實的，是確有其事而被段成式記錄下來，成了相當典型的地方風物傳說；包公的這類傳說基本上卻是虛構的，重點不在包公是否有個唱反調的兒子，（註四八）而是把故事附會在包公身上後，強調他被石枕頭（或石棺）困住，遲遲不能投胎轉世，因而世上就少有像包公的清官了。所以這兩則包公傳說不是地方風物傳說，而是人物傳說。

六　動植物傳說

在動植物傳說方面，如〈烏賊〉、〈瓜惡香〉、〈牡丹〉、〈葉限〉、〈郎巾〉、〈青蚨〉等篇亦極動人。先以〈烏賊〉爲例：

六八〇　烏賊，舊說名河伯度一曰從事小吏，遇大魚輒放墨，方數尺，以混其身。江東人或取墨書契，以脫人財物，書跡如淡墨，逾年字消，唯空紙耳。海人言，昔秦皇東遊，棄算袋於海，化爲此魚，形如算袋，兩帶極長。一說烏賊有矴，遇風，則蚪前一鬚下矴。（註四九）

在這則傳說中，提到烏賊的習性，當牠遇到大魚時就會噴放出墨汁，保護自己。而人們也利用牠的墨汁書寫契約，來騙取他人的財物。因爲用烏賊的墨汁寫字像淡墨，過一年字跡便會消失，變成一張空白無字的紙。而秦始皇東遊，把算袋抛到海裡化爲烏賊的說法也饒有趣味，因爲烏賊的身體確實是袋狀。至於矴，當指烏賊體內的船形石灰質硬骨。

再舉〈瓜惡香〉的傳說來看：

八一八　瓜，惡香，香中尤忌麝。鄭注太和初赴職河中，姬妾百餘盡騎，香氣數里，逆於人鼻。是歲自京至河中所過路，瓜盡死，一蒂不穫。（註五十）

鄭注在新、舊《唐書》皆有傳，《舊唐書》說他在王守澄門下時，「晝伏夜動，交通賂遺，初則讒邪姦巧之徒，附之以圖進取；數年之後，達僚權臣，爭湊其門。」文宗太和八年（八三四）十二月，鄭注官拜太僕卿兼御史大夫，到達頂峰。（註五一）這則傳說正可以看出鄭注在太和初年政壇得意的情狀，「姬妾百餘盡騎，香氣數里」，道盡他聲色享受的豪華，令人稱羨！但所謂「一物剋一物」，香氣連緜數裡竟然波及無辜的瓜果和瓜農。瓜全都死了，一點收穫也沒有。將這則傳說對照唐代史書來看，就可以感受到段成式不僅是在記實，而且還有意反諷鄭注過度的奢侈！

二七五　青蚨，似蟬而狀稍大，其味辛可食。每生子，必依草葉，大如蠶子。人將子歸，其母亦飛來。不以近遠，其母必知處。然後各致小錢於巾，埋東行陰墻下。三日開之，即以母血塗之如前。每市物，先用子，即子歸母；用母者，即母歸子，如此輪還，不知休息。若買金銀珍寶，即錢不還。青蚨，一名魚伯。（註五二）

這則傳說亦見《太平廣記．卷第四百七十七．昆蟲五》，文末言「出《窮神祕苑》（註五三）」，文字完全相同。（註五四）又見晉．干寶《搜神記．卷十三》，文字略多，前云：「南方有蟲，名𧑏蝺，一名蠋蠋，又名青蚨。」以血塗錢部分雲：「以母血塗錢八十一文，以子血塗錢八十一文。」末云：「故《淮南子術》以之還錢，名曰『青蚨』。」（註五五）其餘文字相同。綜合上述，〈青蚨〉的最早出處應是《淮南子術》（即《淮南子萬畢術》），但此書早已失傳。其次是《搜神記》，然而今本《搜神記》可能為明人輯錄而成，（註五六）也不足以斷定其〈青蚨〉文字即為原貌。但可以肯定的是這段文字被諸書轉錄，當與青蚨這種昆蟲可幫人省錢和賺錢的說法有關，青蚨也因此成了古代銅錢的代名詞。但筆者以為這則傳說中最動人的部分是「人將子歸，其母亦飛來。不以近遠，其母必知處。」顯示母愛的偉大。而以血塗錢之後，產生「先用子，即子歸母；用母者，即母歸子，如此輪還，不知休息」的效果，亦是建立在母子互依不捨的原則下，實發人深省。

雖然這則傳說並非始自唐代，但唐代的兩部小說集段成式的《酉陽雜俎》和焦璐（一作潞）的《窮神祕苑》都記錄了它，可見它是被唐代人肯定的，代表符合唐代人的思想觀念。唐代商業發達，錢滾錢，以錢賺錢，以母賺子（由本金而生利息）的做法已十分普遍。唐人在記錄這則傳說時，著眼點已不局限在神奇的「青蚨還錢」之說，而應該是已經肯定金錢（青蚨）流通的普世價值了。據說北京的百年老字號瑞蚨祥的名字就是從青蚨而來，（註五七）這也似乎說明：不論古今，商人總希望能得到青蚨之助，使事業蒸蒸日上。

七　「唐朝記者」段成式

最後來談談段成式的生平和他撰寫《酉陽雜俎》成書的態度。《舊唐書》和《新唐書》都有段成式的小傳，茲迻錄於下：

成式字柯古，以蔭入官，爲祕書省校書郎。研精苦學，祕閣書籍，披閱皆遍。累遷尚書郎。咸通初，出爲江州刺史。解印，寓居襄陽，以閑放自適。家多書史，用以自娛，尤深於佛書。所著《酉陽雜俎》傳於時。（註五八）

（文昌）子成式，字柯古，推蔭爲校書郎。博學彊記，多奇篇祕籍。侍父于蜀，以畋獵自放，文昌遣吏自其意諫止。明日以雉兔噍遺幕府，人爲書，因所獲儷前世事，無複用者，眾大驚。擢累尚書郎，爲吉州刺史，終太常少卿。著《酉陽書》數十篇。子安節，乾寧中，爲國子司業。善樂律，能自度曲云。（註五九）

段成式是憲宗元和末年宰相段文昌之子，家庭環境優渥。兩篇小傳都說他好讀書，曾任祕書省校書郎、尚書郎、吉州刺史等職；不同處在《舊唐書》說他「尤深於佛書」，《新唐書》

則提到他打獵的本領。至於《酉陽雜俎》的創作，《舊唐書》還說「傳於時」，可見當時就很風行。風行的原因或與段成式的寫作方式有關。

《酉陽雜俎》中大部分的條文都是他自己的見聞或從親朋同事處聽來的，這是很值得重視和肯定的。有人以「唐朝記者」稱許段成式，理由如下：

> 該書集合了眾多現代元素：奇幻、驚悚、異聞、娛樂、八卦，完全是一份內容豐富，包羅萬象的唐朝都市報。而段本人，正是這個媒體的主筆。除了許多動人的奇幻故事外，該書還保留了大量唐朝的珍貴資料。（註六十）

這種說法段成式當之無愧，因爲他確實盡到了訪查資料，註明來源的責任。以〈葉限〉來說，段成式在篇末就說：

> 成式舊家人李士元聽說。士元本邕州洞中人，多記得南中怪事。（註六一）

可見這故事是段成式以前家裡的僕人李士元講給他聽的，李士元也是聽別人說的。因爲李士元是邕州（今廣西壯族自治區南寧市）少數民族部落中的人，他記得許多南方的怪事。〈葉限〉是少數民族部落的故事，如果不是段成式和李士元有主僕關係，段成式也不可能聽到這個故事。段成式在篇末交代故事的來源，正如同今日我們採集民間傳說時，最後必須註明採訪對象的姓名、年齡、族別、籍貫、使用語言及時間、地點等，難得的是段成式在距今一千多年的晚唐時代就已經這樣做了。所以筆者以爲段成式不但是唐朝記者，同時也是唐代的民間文學採集者。

八　結語

本文從《酉陽雜俎》中摘出若干篇唐代傳說，將其分爲帝王傳說、市井傳說、盜俠傳說、地方風物傳說、動植物傳說等類，可拈出以下幾個要點：

首先，在帝王傳說方面：以唐玄宗的相關傳說爲多，由召見李白、一行和尚等傳說可見唐玄宗頗有識人之明，至於其喜怒哀樂亦可於有關唐肅宗、楊貴妃、張說或羅公遠等傳說中略窺一二。其次，在市井傳說方面：唐代出現了不少刺青（詩文）與占夢的傳說，可見俗文學的應用在當時已十分普遍。第三，在盜俠傳說方面：常有所謂的「智慧老人」出現，以教訓者的姿態導正年輕人或官員，頗有民間故事的風味。第四，在地方風物傳說方面：故事的地點很明確，有記實的特色，有些傳說如〈泰山〉甚至流傳至今，也有的內容被現代傳說所吸收或轉化。第五，在動植物傳說方面：不但能指出動植物本身的特質，而且記載了相關的史實或古代的記錄，寓有褒貶之意。

總而言之，《酉陽雜俎》雖不免有誤謬之處，但段成式的撰寫態度是極爲愼重的，常交代故事來源，一如今日的媒體記者或民間文學採集者。

注釋

編按　丁肇琴　世新大學中國文學系副教授。

註一　〔清〕紀昀總纂：《四庫全書總提要·卷一百四十二·子部五十二·小說家類三》（石家莊市：河北人民出版社，二〇〇三年），頁三六五〇。

註二　詳見韓釘釘：〈近二十年段成式《酉陽雜俎》研究綜述〉，《柳州師專學報》第二五卷第六期（二〇一〇年十二月），頁五五－五九。

註三　程薔：〈《酉陽雜俎》和民間文學〉，收於其《充滿智慧的民間精靈——民俗文化與民間文學研究》（桂林市：廣西師範大學出版社，二〇〇六年），頁一九一－一九八。引文見頁一九二。

註四　吳同瑞、王文寶、段寶林編：《中國俗文學概論·第四章　神話、傳說、故事·第二節　傳說》（北京市：北京大學出版社，一九九七年），頁一一〇－一一三。

註五　〔唐〕段成式：《酉陽雜俎·前集卷之十·物異》（臺北市：源流文化公司，一九八三年），頁一〇一。以下本文所引《酉陽雜俎》各條皆據此本。

註　六　（唐）段成式：《酉陽雜俎．前集卷之十二．語資》，頁一一八。

註　七　丁青雲搜集整理：〈岳父與泰山〉，收於陶陽、徐紀民、吳綿編：《泰山民間故事大觀．第七輯》（北京市：文化藝術出版社，一九八四年），頁四二三－四二四。據此輯之〈說明〉可知丁青雲是業餘民間文學採錄者，但其「記錄整理稿，確乎是泰山民間傳說故事，而不是隨意編造的東西。」（頁四〇九）

註　八　丁青雲搜集整理：〈岳父與泰山〉，收於陳慶浩、王秋桂主編：《山東民間故事集》（臺北市：遠流出版公司，一九八九年），頁一二一－一二三。

註　九　（唐）段成式：《酉陽雜俎．前集卷之十四．諾臯記上》，頁一三三－一三四。

註　十　（唐）段成式：《酉陽雜俎．前集卷之一．忠志》，頁二－三。

註十一　《酉陽雜俎．前集卷之十一．語資　四八七條》：「樂工賀懷智、紀孩孩，皆一時絕手。」頁一一六。

註十二　（唐）段成式：《酉陽雜俎．前集卷之十二．語資》，頁一一六。

註十三　（唐）李白著，清．王琦注：《李太白全集．卷之十五》（臺北市：華正書局，一九七九年），頁七〇三－七〇四。

註十四　同前註，頁七〇三。

註十五　詳見陳香編著：《杜甫評傳》（臺北市：國家出版社，一九八一年），頁三八〇。

註十六　一行，姓張名遂，精曆象、陰陽、五行之學。因避武三思而入河南嵩山為僧，開元五年（七一七）奉召入京，修訂曆法，造黃道遊儀，卒諡大慧禪師。《舊唐書．卷一百九十一》有傳。

註十七　（唐）段成式：《酉陽雜俎・前集卷之五・怪術》，頁五八。

註十八　（後晉）劉昫等：《舊唐書・卷一百九十一・方伎・一行》（臺北市：鼎文書局，一九八一年），頁五一一二。

註十九　（後晉）劉昫等：《舊唐書・卷三十二・志第十二・曆一》，頁一一五二。

註二十　（唐）段成式：《酉陽雜俎・前集卷之一・天咫》，頁九。

註二一　同前註，頁十。

註二二　（後晉）劉昫等：《舊唐書・卷八、九・本紀・玄宗》，頁一七七－二一〇。

註二三　（後晉）劉昫等：《舊唐書・卷一百四十一・方伎・一行》，頁五一一二。

註二四　（唐）段成式：《酉陽雜俎・前集卷之八・壺史》，頁八一。

註二五　（唐）段成式：《酉陽雜俎・前集卷之二・壺史》，頁二四。

註二六　（宋）歐陽修、宋祁撰：《新唐書・卷二百四・方技》（臺北市：鼎文書局，一九八一年），頁五八一一。

註二七　（唐）段成式：《酉陽雜俎・前集卷之八・黥》，頁七六－七七。

註二八　此為元稹〈菊花詩〉，非白居易詩。

註二九　（唐）白居易：〈泛太湖書事寄微之〉，《白居易全集・卷第二十四・律詩》（上海市：上海古籍出版社，一九九九年），頁三六三－三六四。

註三十　（唐）白居易：〈與元九書〉，《白居易全集・卷第四十五・書序》，頁六五〇。

註三一　〔東漢〕班固：《漢書．卷二十三．刑法志》：「昔周之法，……五刑，墨罪五百。」顏師古注：「墨，黥也，鑿其面以墨涅之。」（臺北市：鼎文書局，一九八三年），頁一〇九一。

註三二　〔唐〕段成式：《酉陽雜俎．前集卷之八．夢》，頁八三－八五。

註三三　轉讀法：「不照謎底原音節而斷讀破句，使含義變化以符合謎面的方法。如『言必及物』猜一軍事設施，『防空洞』，於防字頓。」詳見曾永義：《俗文學概論．首編．短語綴屬．貳、謎語》（臺北市：三民書局，二〇〇三年），頁一三七。

註三四　李斌城主編：《唐代文化．下卷．第九編．科技與術數文化篇．第四章．形形色色的術數文化．第三節．唐代的夢占與解夢》（北京市：中國社會科學出版社，二〇〇七年），頁一六一七。

註三五　曾永義：《俗文學概論．首編．短語綴屬．肆、遊戲文字》，頁一九八。

註三六　同前註。

註三七　〔唐〕段成式：《酉陽雜俎．前集卷之九．盜俠》，頁八八。

註三八　同前註，頁八八－八九。

註三九　同前註，頁八九－九〇。

註四十　〔宋〕李昉等編：《太平廣記．卷第一百九十五．豪俠三》（臺北市：文史哲出版社，一九八七年），頁一四六四－一四六五。

註四一　〔宋〕李昉等編：《太平廣記．卷第一百九十四．豪俠二》，頁一四五四－一四五六。

註四二　康韻梅：〈唐人小說中「智慧老人」之探析〉，《中外文學》第二三卷四期（一九九四年九月），頁一三六－一七一。
註四三　〔唐〕段成式：《酉陽雜俎．前集卷之十四．諾臯記上》，頁一三二。
註四四　〔唐〕段成式：《酉陽雜俎．續集卷之四．貶誤》，頁二三七。
註四五　同前註。
註四六　魏先一搜集整理：〈包公沒投胎〉，收於合肥民間文學集成編委會編：《合肥民間故事集》（合肥市：安徽省民政印刷廠，一九九三年），頁六四。
註四七　葛朝寶講述，李征庚錄音整理：〈包文拯石棺犯咒神〉，收於《伍家溝民間故事集》（北京市：中國民間文藝出版社，一九八九年），頁七六－七七。
註四八　包拯（九九九－一〇六二）有二子，長子包繶先包拯而亡，次子包綬出生時，包拯已六十歲。包拯亡時包綬尚未滿五歲。故知所謂遵父囑為石棺之傳說純屬子虛。
註四九　〔唐〕段成式：《酉陽雜俎．前集卷之十七．廣動植之二．鱗介篇》，頁一六三。
註五十　〔唐〕段成式：《酉陽雜俎．前集卷之十九．廣動植之四．草篇》，頁一八四。
註五一　《舊唐書．卷一百六十九．鄭注》，頁四三九九－四四〇〇。
註五二　〔唐〕段成式：《酉陽雜俎．續集卷之八．支動》，頁二七七－二七八。
註五三　李劍國以為「此條乃誤注出處，應作出《酉陽雜俎》。」詳見其《唐五代志怪傳奇敘錄》（天津市：南開大學出版社，一九九八年），頁七六九。
註五四　〔宋〕李昉等編：《太平廣記．卷第四百七十七．昆蟲五》，頁三九二七。

註五五　〔晉〕干寶撰，汪紹楹校注：《搜神記・卷十三》（臺北市：里仁書局，一九八二年），頁一六四。

註五六　同前註，〈出版說明〉，頁一。

註五七　詳見「百度百科」網站http://baike.baidu.com/view/4470350.htm「青蚨還錢」條，瀏覽日期2012/04/05）。

註五八　〔後晉〕劉昫等：《舊唐書・卷一百六十七・段文昌子成式》，頁四三六九。

註五九　〔宋〕歐陽修、宋祁：《新唐書・卷八十九・段成式》（臺北市：鼎文書局，一九八一年），頁三七六四。

註六十　魏風華：〈像段成式這樣的唐朝記者〉，《東南西北》二〇一〇年第三期，頁一八。

註六一　〔唐〕段成式：《酉陽雜俎・續集卷之一・支諾皐上》，頁二〇〇。

王昭君說唱文學的人物型塑

王友蘭

摘要

王昭君故事原見於史書，後經文人想像、民間口傳、說唱與戲曲家的創作，成爲家喻戶曉的文學作品與表演題材，故事內容則一變再變，故事人物的形象也隨之改變。

雖然，元馬致遠《漢宮秋》所創作的王昭君故事幾成定型，但清代以後的說唱者卻仍再度創作，對於故事人物、情節與結局的演變，均有不同的評價。

由於說唱文學體制與創作方法，各有特色，因此，王昭君故事中的主要人物形象，也隨著文體特質與創作者的民族意識而有所轉變，本文將以「說唱」中「人物形象的塑造」爲主題，包括王昭君、呼韓邪單于與漢元帝。

關鍵詞

王昭君、變文、說唱、說唱文學、人物型塑

一　前言

唐代詩人杜甫〈詠懷古跡五首〉（註一）之三云：

> 群山萬壑赴荊門，生長明妃尚有村。一去紫臺連朔漠，獨留青塚向黃昏。
> 畫圖省識春風面，環珮空歸月夜魂。千載琵琶作胡語，分明怨恨曲中論。

這首詩的幾個關鍵字：「明妃」、「青塚」、「畫圖」、「琵琶」、「怨恨」，幾乎涵蓋了王昭君故事演變過程中的重要情節，也成爲歷代昭君說唱與戲曲再創作的泉源，雖然，王昭君故事的原型並非民間故事，相關記載原出自史傳資料，但歷代文人與藝人，卻透過詩詞、說唱、戲曲、小說、圖畫、話劇、影視等形式，將《漢書》一句「賜單于待詔掖庭王檣爲閼氏」的史事記載，逐漸敷衍成各種版本的王昭君故事，近年甚至出現「昭君文化」一詞（註二），成爲學術界、企業界各學科研究的對象，這就不得不歸功於自漢迄今歷代民間創作人豐富的想像力了。

王昭君事蹟始見於東漢班固《漢書》中的兩篇文字，分別是卷九〈元帝紀第九〉與卷九十四〈匈奴傳第六十四下〉（註三）。《漢書・元帝紀》云：

竟寧元年春正月，匈奴呼韓邪單于來朝。詔曰：「匈奴郅支單于背叛禮義，既伏其辜，呼韓邪單于不忘恩德，鄉慕禮義，復修朝賀之禮，願保塞傳之無窮，邊陲長無兵革之事。其改元爲竟寧，賜單于待詔掖庭王檣爲閼氏。」

《漢書・元帝紀》只用「賜單于待詔掖庭王檣爲閼氏」一句話，交代了當時和親的「王檣」，《漢書・匈奴傳》則從匈奴的角度作記錄，對這位和親女子有稍多的著墨：

竟寧元年，單于復入朝，禮賜如初，加衣服錦帛如絮，皆倍於黃龍時。單于自言願壻漢氏以自親。元帝以後宮良家子王牆字昭君賜單于。……王昭君號寧胡閼氏，生一男伊屠智牙師，爲右日逐王。呼韓邪立二十八年，建始二年死。……復株絫單于復妻王昭君，生二女，長女云爲須卜居次，小女爲當于居次。

根據上述《漢書》兩段資料，可知王昭君姓王名「檣」或「牆」，字「昭君」，至東晉葛洪《西京雜記》與南朝范曄《後漢書》的記載，改字爲「王嬙」，本名爲王昭君（註四），魏晉以後，曾因恐觸犯晉文帝司馬昭的名諱，改稱「明君」與「明妃」（註五），從此，《漢書》中的「王檣」或「王牆」統一爲「王嬙」，只不過《後漢書》把「昭君」作爲本名，「嬙」是昭君的字，與魏晉以前本名「王嬙」字「昭君」說法相反。至於其身分原爲「待詔掖庭」或「後宮良家」，漢元帝竟寧元年，王昭君被賜予匈奴呼韓邪單于和親，邊塞因此休兵，而昭君以「寧胡閼氏」之號嫁胡地，與前後兩任單于丈夫，分別生下一子與二女。

不過，王昭君故事早已非原貌，一九三二年張壽林〈王昭君故事演變之點點滴滴〉一文，從漢魏時期民間的傳說，經《西京雜記》與《後漢書》的整理記載，與託名蔡邕的《琴操》，昭君故事循兩條不同線索發展，文人之作還包括大量的詩詞與元明的戲曲，至於民間流傳的故事，該文特別強調：

> 幸而二十年前，在甘肅敦煌千佛洞發現的俗文學中，我們找出了一部《明妃傳》的殘缺的變文。（註六）

此處所謂《明妃傳》即《王昭君變文》（詳見下節），「變文」正是「韻散相間」說唱文學成型期的代表形式。

研究王昭君故事演變的相關論著，有一九二八年容肇祖〈唐寫本《明妃傳》殘卷跋〉（註七）、一九三二年張壽林〈王昭君故事演變之點點滴滴〉、一九三一年張長弓〈王昭君〉、霍世林〈王昭君故事在中國文學史上的演變〉、一九三二年黃鴻翔〈昭君故事及關於昭君之文學〉、一九三三年黃綮琇〈王昭君故事的演變〉……等，近年相關論文選輯則有巴特爾編選《昭君論文選》，內有一九五九年至二〇〇二年相關論文五十七篇（註八）、鄒志斌、蔡長明主編《昭君文化叢書．論文選》內有以湖北宜昌市興山縣爲主的相關論文二十九篇（註九）。專書部分則有二〇〇八年出版的張文德《王昭君故事的傳承與嬗變》（博士論文）（註十）、二〇一一年出版的張高評《王昭君形象之轉化與創新》（註十一）等，可謂車載斗量，然而，在諸多論著中，提及昭君故事演變的文學載體大多集中於詩詞、戲曲或小說，唐代「變文」著墨並不多。

再進一步細究，昭君研究中不乏以「王昭君形象」爲主題，其中，尤以詩詞與戲曲爲最。以詩詞爲研究素材者，如：一九八六年王翚〈在歷代吟凉中逐漸偶像化的王昭君形象〉（註十二）、一九九〇年張高評〈王昭君形象之流變與唐宋詩之異同——北宋詩之傳承與開拓〉（註十三）、二〇〇二年王慶源、王世昌〈淺論王昭君的形象〉（註十四）、二〇〇六年陳曉薇〈金、元時期詠昭君詩研究〉等。以戲曲爲研究素材者，如：一九五九年田漢〈談王昭君的塑造〉（註十五）針對湖南祁陽戲談昭君角色型塑；一九六一年余國欽〈漫談昭君戲〉談元明清戲曲與近代話劇；一九八六年林幹〈試論王昭君藝術形象的塑造〉針對近代昭君地方戲與曹禺話劇〈王昭君〉的評論與建議（註十六），以及二〇一〇年內蒙古大學賀芬〈略論歷代戲劇中的王昭君形象〉碩士論文、二〇一〇年雲南藝術學院馬文瑩〈昭君戲考——論元代以來昭君戲中昭君形象的演變〉碩士論文等。另有一九九二年馬冀〈論王昭君悲劇形象的成因〉（註十七）強調元雜劇與宋元詩詞的影響力；二〇〇三年山西大學孫義梅〈王昭君形象演變體現的民族文化衝突與融合〉碩士論文，則以詠昭君作品與戲曲為素材，探究昭君形象在文學、歷史上的演變。至於兼論多種文學載體者，舉例如下：

一九三三年黃綮琇〈王昭君故事的演變〉（註十八），研究對象兼及史書、詩歌、戲曲、小說。

一九八二年林麗珠〈論昭君藝術形象的產生及其歷久不衰的奧秘〉（註十九）從史書、文獻記載、古代琴曲歌舞、唐變文、元明戲曲的演變來探析昭君和親的民族意義。

二〇〇四年馬冀、楊笑寒《昭君文化研究》書中列出多樣王昭君相關藝術形式，文學領域包括了詩、詞、散曲、變文、轉踏、小說、民間故事。

二〇〇六年可永雪、余國欽《王昭君》（註二十）書中單篇介紹「歷代歌涼昭君的文學藝術作品」，包括詩詞、變文、戲曲、小說、音樂、舞蹈、繪畫、舞台話劇與電影等。

二〇一〇年復旦大學過元琛〈中國文學中王昭君形象的古今演變〉博士論文，兼及中國文學史上有關昭君的多種體裁作品，包括詩詞、小說、戲曲。

二〇一一年張高評《王昭君形象之轉化與創新》，副書名則為「史傳、小說、詩歌、雜劇之流變」。

綜觀上述文獻資料，研究王昭君形象演變的相關論著固然不少，但所依據的素材，除了史傳之外，以詩詞與戲曲爲大宗，次爲小說，說唱文學「變文」出現的篇幅並不大。馬冀、楊笑寒《昭君文化研究》書中第七章「昭君文化的重要載體——文學藝術作品」：

> 文學領域的詩、詞、散曲、變文、轉踏、小說、民間故事等等，藝術領域的繪畫、雕塑、歌舞、戲劇、工藝品等等，都有昭君題材作品。近年來，昭君形象又陸續出現在電視、電影屏幕和交響樂舞台，可以說幾乎涵蓋了古今文學藝術的所有體裁、樣式及民間文學藝術樣式。（註二一）

文中雖出現「變文」、「轉踏」這兩種唐宋說唱形式，甚至連現代電影、電視、交響樂都提到了，卻唯獨清代以來大量的王昭君「說唱」作品，隻字未提。

筆者將其王昭君故事演變分爲三個階段，第一階段由史書記載、經到唐代民間文學《王昭君變文》，讓昭君從和親公主變爲貞節烈女，亦即說唱文學的成型期。第二階段從詩歌（註二二）、音樂文獻（註二三），到元雜劇馬致遠的《漢宮秋》，讓故事人物形象一一逐漸鮮明、故事情節更加曲折，該劇成爲戲曲文學經典之作。此後，即第三階段，王昭君說唱、小說與戲曲作散狀發展與改編創作，故事人物、情節、結局，也一變再變。值得一提的是，雖然元雜劇《漢宮秋》幾乎讓王昭君故事定型，但清代以後的「說唱」作品，數量可觀、型態多樣，對於昭君故事人物、情節與結局的轉變，各有不同的發揮，其中最常出現的「昭君出塞」描述，幾乎看不出與元雜劇《漢宮秋》有直接關聯，追溯源頭，應當是最先從史書轉變爲民間「俗文學」的唐代說唱文學《王昭君變文》。

因此，本文擬以自唐至今歷代王昭君說唱文學爲主要研究素材，從說唱文學的文體發展、敘事方法切入，以主角人物王昭君、單于、漢元帝的人物形象爲主題，探究說唱人對於故事人物的型塑方法。

二　現存王昭君說唱資料

說唱文學歷經秦漢魏晉的孕育，終於在唐代成型[註二四]，王昭君說唱最早的作品，正是說唱成型期的代表作之一。直到明清以後，王昭君故事受了唐宋文人詩作與元雜劇《漢宮秋》的影響，說唱作品數量增多，有長篇、有摘唱，包括了文人之筆與藝人之口。

雖然，下列說唱曲目僅爲筆者近年蒐集兩岸相關文獻、影音資料所彙整，必有遺漏，但卻是常見曲目，也是學者、創作者、演員、觀眾共同重視的代表之作。

（一）王昭君說唱作品

1　唐代說唱文學《王昭君變文》

由於甘肅敦煌千佛洞文物的出土，才使得唐代大批說唱文學資料重見天日，其中，唐代民間寫本變文是說唱文學成型期的代表。《王昭君變文》殘卷出土時，原題亡佚，題名爲今人依故事所補，上下兩卷，上卷殘缺，存於法國巴黎國家圖書館，在收錄於伯希和、羽田亨合編印的《敦煌遺書》中題名《明妃傳》，容肇祖曾撰文〈唐寫本《明妃傳》殘卷跋〉（註二五），後劉半農編《敦煌掇瑣》則題名《昭君出塞》，王重民、向達、周紹良等人的《敦煌變文集》（註二六）卷一，名之爲《王昭君變文》。

2 明清以後王昭君說唱曲目

說唱文學經唐代的「成型」與宋代的蓬勃繁榮之後，其觸角開始展延，元明兩代的「詞話」，至明末發展出長篇「鼓詞」與「彈詞」，清代以後，文人之筆與藝人之口紛紛加入說唱文學的創作行列，更結合各地俗曲與戲曲，讓多樣化的說唱在各地絢爛開花，形式互異，王昭君故事成爲常見題材，筆者將之歸納成下列七大類，茲舉明清以後重要曲目不同版本名稱如下：

(1)評話類（長篇說書）

福州平話《前和番》二集，又名《雙鳳奇緣傳》，福州益聞書局石印本，藏中研院傅斯年圖書館。

北京評書《王昭君》，臺北廣播人楚雲廣播說書。（註二七）

(2)彈詞類（以蘇州彈詞爲代表）

蘇州彈詞《王昭君》，楊振雄演唱曲目。有聲音資料存世。

蘇州彈詞《昭君出塞》，夏史改編、楊振雄演唱，曲譜見《中國曲藝音樂集成·上海卷》。

蘇州彈詞《昭君篇——落雁歌》，竇福龍編撰，上海評彈團二〇一〇年來臺演出。（註二八）

(3)鼓詞類（包括長篇鼓詞與多種短篇大鼓曲目）

鼓詞《和北番》二十冊，永隆齋抄本，藏中研院傅斯年圖書館。（以下簡稱「傅圖」）

鼓詞《雙鳳奇緣》，八十回，六冊，清道光年間京都琉璃廠刊本。（註二九）

鼓詞《鴻雁捎書》一冊，清北京寶文堂、學古堂刻本兩種。藏中研院傅圖。

鼓詞《昭君出塞》一冊，收錄《文明大鼓書詞》第一冊（註三十）。藏中研院傅圖。

鼓詞《昭君出塞》題名下注「代哭廟」，一冊，收錄《文明大鼓書詞》第二冊（註三一）。藏中研院傅圖。

大鼓書《昭君和番》，中華書局鉛印本，收錄《文明大鼓書詞》第七冊。藏中研院傅圖。

大鼓書《鴻雁捎書》，中華書局鉛印本再版，收錄《文明大鼓書詞》第八冊。藏中研院傅圖。

大鼓書《大雁捎書》，抄本，藏中研院傅圖。

大鼓書《昭君出塞》又名《和北番》，致文堂、學古堂鉛印本兩種，藏中研院傅圖。

大鼓書《雙鳳奇緣》石印本，藏中研院傅圖。

山西襄垣鼓兒詞《王昭君出塞》，收錄於《山西民間曲藝資料傳統曲目匯編》（註三二）

東北大鼓《昭君出塞》，有聲音資料存世。

山東大鼓《鴻雁捎書》，收錄於《鼓詞匯集》第三輯《梨花大鼓書詞初編》（註三三）

山東大鼓《昭君出塞》，曲譜見《中國曲藝音樂集成・山東卷》

西河大鼓《昭君出塞》，曲譜見《中國曲藝音樂集成・河北卷》

京韻大鼓《昭君出塞》，有同名版本多種（註三四）。有聲音資料存世。

京韻大鼓《鴻雁捎書》，爲《昭君出塞》下段，一九〇八年天津藝人高六順曾灌唱片。

梅花大鼓《昭君出塞》，花五寶、籍薇演唱本。有聲音資料存世。

梅花大鼓《鴻雁捎書》，收錄於《鼓詞選刊續集》（註三五），金萬昌、花四寶演唱本。

樂亭大鼓《昭君出塞》，王佩臣、王淑玲演唱。有聲音資料存世。

京東大鼓《昭君出塞》，劉文斌演唱。

(4)子弟書（清代滿人貴族子弟自編自唱，通篇韻文）

子弟書《明妃別漢》(註三六) 清光緒二十九年海城合順書坊本。

子弟書《出塞》羅松窗作、傅惜華藏本、清車王府藏曲本(註三七)。

子弟書《昭君出塞》五回抄本，藏中研院傅圖。

子弟書《新昭君》二回抄本，藏中研院傅圖。

(5)唱曲類（由俗曲小調發展而成）

馬頭調《昭君》共四頁，藏中研院傅斯年圖書館。

四川清音《大和番》，曲譜見《中國曲藝音樂集成・四川卷》上卷。

四川清音《哭雁》，曲譜見《中國曲藝音樂集成・四川卷》上卷

四川清音《昭君出塞》，曲譜見《中國曲藝音樂集成・四川卷》上卷。

四川清音《和番》，曲譜見《中國曲藝音樂集成・四川卷》上卷。

湖南絲弦《昭君出塞》，曲譜見《中國曲藝音樂集成・湖南卷》。

甘肅秦安老調《昭君怨》，曲譜見《中國曲藝音樂集成・甘肅卷》。

福建南音《王昭君》，曲譜見《中國曲藝音樂集成·福建卷》上卷。
福建颺歌《昭君和番》，曲譜見《中國曲藝音樂集成·福建卷》下卷。
福建南詞《昭君和番》，曲譜見《中國曲藝音樂集成·福建卷》下卷。
閩南歌仔《王昭君冷宮歌》、《王昭君和番歌》，有博文齋、會文堂、文德堂刊本，藏中研院傅斯年圖書館。
臺灣唸歌《昭君出塞》楊秀卿唱，收錄於國立傳統藝術中心出版《楊秀卿唸歌唱故事》有聲書。（註三八）

(6)聯曲類（集合曲牌聯套而成）

山東八角鼓《昭君出塞》，曲譜見《中國曲藝音樂集成·山東卷》。
江南牌子曲《昭君和番》，曲譜見《中國曲藝音樂集成·江蘇卷》上卷。
湖北長陽南曲《昭君和番》，曲譜見《中國曲藝音樂集成·湖北卷》上卷。
河南鼓子曲《昭君和番》，曲目名稱收錄於張長弓《鼓子曲言》。（註三九）

(7)漁鼓類

道情《昭君怨》，收錄於《新出道琴書》，藏中研院傅斯年圖書館。

河南墜子《鴻雁捎書》，曲譜見《中國曲藝音樂集成・河南卷》下卷。

河南墜子《昭君出塞》，李玉萍演唱本。

王昭君故事流傳區域甚廣，不僅傳誦於漢族各地，邊塞地區亦然，王昭君的「青塚」如今已不再是「獨留青塚向黃昏」，而是今之內蒙呼和浩特「昭君博物院」裡的觀光景點，《昭君文化叢書》更蒐羅了傳說、散文、論文，可見王昭君在蒙古人心目中的地位，不過，筆者僅從蒙古的民間傳說故事中，找到〈王昭君河套撒種〉（註四十）、以及〈大仙洞〉、〈昭君橋〉、〈石人灣〉、〈昭君廟〉、〈昭君粉〉、〈米子和昭君蛇〉、〈金馬駒〉、〈銀針衣的故事〉、〈昭君的故事〉等九篇（註四一），至於蒙古的好來寶、烏利格ㄦ等說唱曲種，想必應有相關曲目，可惜現存說唱曲目文獻或影音資料並未收錄，有待繼續蒐集查證。

（二）王昭君說唱文學的文體

說唱文學的基本文體是「韻散相間」，雖然，先秦瞽矇說書、《逸周書・太子晉解篇》、《荀子・成相篇》……等，已有韻文與散文交互出現的情形，但卻是偶而為之，僅具備了說唱文體的雛形而已，直到唐代俗講變文才眞正奠定了說唱文學「韻散相間」新興文體的基礎。這種說唱文體一直持續到明代詞話、鼓詞、彈詞，縱然清代以後出現轉變分化現象，開始由長篇轉為「摘唱」，並衍生出韻文為主的「只唱不說」與散文為主的「只說不唱」形式，但其實都是從「韻散相間」的基本文體演化而來的。

1 說唱文學的正體——韻散結合

⑴唐代《王昭君變文》

敦煌出土文物中，最值得一提的是「韻散相間」的變文，變文意即「佛經變相之文」，原爲唐代寺廟俗講的底本，但這種韻散間用的新興文體有說有唱、口語通俗，很受民眾歡迎，正如〔唐〕韓愈《華山女》詩所云：「街東街西講佛經，撞鐘吹螺鬧宮庭。廣張罪福恣誘脅，聽眾狎恰排浮萍。……」（註四一）於是，變文題材擴大，不限佛經故事，「教坊效其聲調以爲歌曲」，《王昭君變文》正是其一。

能將王昭君從史書中一個微不足道的小人物，轉變爲百姓心中偶像、四大美人之一的重要轉戾點，首功當推《王昭君變文》，觀其文詞內容，應爲教坊藝人根據當時民間流傳的故事情節而唱成。晚唐詩人吉師老《看蜀女轉昭君變》詩云：

妖姬未著石榴裙，自道家連錦水濆。檀口解知千載事，清詞堪歡九秋文。
翠眉顰處楚邊月，畫卷開時塞外雲。說盡綺羅當日恨，昭君傳意向文君。（註四二）

從此詩可以想見當時演唱《王昭君變文》搭配畫幅有說有唱的情形。

說唱文學《王昭君變文》較之史書記載，可謂作了大膽的「再創作」，而變文這種「韻文」與「散文」交叉出現的新興文體，兼具了敘事與寫景抒情的功能。《王昭君變文》上篇雖不完整，直接從昭君出塞沿途景物寫起：

（前缺）

□□□□□□迷，前□（軍）□□□□□，

□□□□□此難，路難荒徑足風愔，

□□□□□□□，□□景色似醞膃。

銀北奏黃蘆泊，原夏南地持白□，

□□□搜骨利幹，邊草叱沙紇羅分。

陰圾愛長席箕掇，□谷多生沒咄渾，

縱有衰蓬欲成就，旋被流沙剪斷根。

酒泉路遠穿龍勒，石堡雲山接雁門，

驀水頻過及敕戌，□□□（望）見可嵐屯。

如今以慕單于德，昔日還承漢帝恩，

□□□（定）知難見也，日月無明照覆盆。
愁腸百結虛成著，□□□（千）行沒處論，
賤妾儻期蕃裏死，遠恨家人招取魂。

漢女愁吟，蕃王笑和，寧知惆悵，恨別聲哀，管弦馬上橫彈，即會途間常奏。侍從寂寞，如同喪孝之家，……（註四四）

行文至此，韻文部分雖多字殘缺，但「路難荒徑足風惛」、「邊草叱沙紇邏分」、「旋被流沙剪斷根」仍可看出昭君出塞沿途路況之險惡，「酒泉路遠穿龍勒，石堡雲山接雁門」終於千里迢迢地出了雁門關。而王昭君的情緒則是「愁腸百結虛成著、□□□（千）行沒處論」（「千行」前的缺字可能是形容「眼淚」的字句），以及散文中的「漢女愁吟」、「恨別聲哀」，至於「賤妾儻期蕃裏死，遠恨家人招取魂。」似乎已經預告了昭君到匈奴後將悲劇收場。

(2)明清以後的鼓詞與福州平話

上述明清以後王昭君說唱作品中，仍保留韻文與散文交互呈現者，有福州平話《前和番》二集、長篇鼓詞《和北番》二十冊、鼓詞《雙鳳奇緣》八十回六冊。

「鼓詞」是由元明「詞話」發展而來。說唱詞話是元明兩代承襲唐代變文體製、說唱並重的形式。現存詞話文本除了《大唐秦王詞話》與楊愼擬作的《歷代史略十段錦詞話》之外，一九六七年，上海嘉定縣城東公社因整地而出土一批竹紙刊本，經考證爲明代中葉成化七年到十四年間北京永順堂刊印的說唱詞話十一種共十六篇「說唱詞話」（註四五），均屬於韻散相間的說唱文學，詞話約自明代中葉起分南北兩大系統，南方統稱「彈詞」，承襲了詞話的七言詩讚，北方概稱「鼓詞」，承襲了詞話的七言與「攢十字」，因此，明清兩代長篇鼓詞，大多說唱並重。茲舉鼓詞《和北番》永隆齋抄本爲例，該曲目由漢元帝登基寵信毛延壽講起，直到昭君投水自盡，長達二十冊，摘錄第十六冊開頭片段：

【詩曰】抬頭吳越與秦楚，又見梁唐晉漢周
世事只從忙到老，人生何日心方休

昭君娘娘乃是一位聰明女子，聽得漢（原文「汗」）王有捨他之意，哭啼了叫聲：陛下！你今日把此話哄奴去和番，分明是斷線（原文「線斷」）的風箏，往日恩情都丢在東洋大海去了，常言烈女不配二夫，……說罷急忙站起身來，要扯壁上的龍泉劍自刎身死，只唬得漢王向前一把扯住，叫聲美人：你若要完全你的名節倒（原文「到」）也罷了，倘若番人到來，豈不難壞孤王，孤的江山全靠于你，你若尋了短見，連孤的性命也就活不成了。

漢天子說著不由生悲痛，龍目之中淚紛紛（原文「分」）
昭君一見如刀攪，倒身形漢王懷內大放聲
口內連連尊陛下，黃爺你乃負心人
你如今怎管萬民登九五，怎在中原作帝君
既爲江山與社稷，爲何不遣將與兵
拿著奴家平天下，供獻番邦化外人……

愛妃！不是孤王忍心薄情，乃是番人逼得我，孤實然無法了，就便捨去美人，豈不撇得寡人好不孤悽。漢王正在與昭君敘分別之苦，又見內侍……（註四六）

全篇鼓詞《和北番》皆以韻文與散文交叉呈現。另，福州平話是近代說書類少數仍保留「韻散相間」的說書形式，例如福州平話《前和番》全本二集，也都是一段散文、一段韻文的相互出現（如右圖），散文辭句通俗，敘述情節，聽者易懂，韻文詞藻則稍典雅，不需弦索伴奏，說書人左手大拇指戴玉扳指、手持鐃鈸，右手以竹棒敲擊鐃鈸打節奏（如右圖），鏗鏘悅耳，適合作爲人物或景物的細膩描述。

2 說唱文學的變體——韻唱、散說

明末清初，說唱文學從「韻散相間」的文體，分化出「韻唱為主」與「散說為主」的變體，這些變體雖然早就出現在唐宋時期，但僅偶然為之，直到清代以後，才成為重要形式，包括「散說」，就是只說不唱的說書類說唱，以及「韻唱」，即以唱為主的彈詞類、鼓曲類、琴書類、漁鼓類、唱曲類……等說唱音樂，這些變體的普及率甚至有臨駕正體之上的趨勢。

從本文所列「現存王昭君說唱作品」來看，「散說」者僅「北京評書」一種，「韻散相間」者有福州平話一篇、臺灣唸歌一篇、鼓詞二篇等共四種，其餘皆為「韻唱」為主的說唱音樂，共四十四種，約佔全部曲目的百分之八九點八，包括「短篇摘唱」四十三篇與「長篇韻唱」一篇。

(1) 短篇摘唱

說唱文學除了原本長篇的鼓詞與彈詞之外，更發展出大量的短篇「摘唱」形式，內容僅摘選故事片段，甚至加強寫景與抒情的部分，成為說唱文學「摘唱」的一大特色。綜觀現存王昭君說唱曲目，發現《昭君出塞》與《鴻雁捎書》佔極大比例，大多是「摘唱」片段，僅演唱《昭君出塞》（或《昭君和番》），以及《鴻雁捎書》情節，這也證明這兩個關目是民間百姓與藝人的最愛。

《昭君出塞》之名是以王昭君出塞時的沿途見聞與思鄉心情爲主，這個情節首見於唐代說唱《王昭君變文》上卷，明清以後多摘唱此情節，甚至與鴻雁捎書合併，如：江南牌子曲《昭君和番》，該曲爲曲牌體說唱音樂，用了【滿江紅】、【銀紐絲】、【跌斷橋】、【剪剪花】、【滿江紅尾】等曲牌，摘錄片段：

【銀紐絲】出了雁門關啊沙途好難行，
向前邊遠望，好似分關近。
【跌斷橋】我好痛傷心（哎哎呀），命令催得緊（哎哎呀）
恨奸臣太是無情，畫眞容獻與番君，我好傷心。
鴛鴦拆散一霎兩啊兩處分。

……

【滿江紅尾】見一只啊南來雁，萬里傳書信，寄與漢劉君，
與奴傳書信，寄與漢劉君。（註四七）

此曲篇幅很短，前四個曲牌寫的是昭君出塞和番，最後的【滿江紅尾】則簡短地唱到鴻雁傳書信。

不過，有些短篇曲目故事雖完整，卻仍以《昭君出塞》與《鴻雁捎書》爲名，屬於「濃縮式」的摘唱。茲舉京韻大鼓爲例，《昭君出塞》與《鴻雁捎書》是早期京韻大鼓代表曲目之一，二者卻述說著王昭君全本故事，先從胡漢兩國相爭的背景寫起，再以「二黃帶腔」敘述毛延壽勾結番邦，獻昭君圖，第三、四段是漢王送行，昭君啓程，第五段以「西皮帶腔」唱著昭君出塞途中的心情，終於抵達番邦，單于率領人馬，熱鬧相迎：

> 正是打馬往前走，迎對面喇叭聲音，
> 吹的是哞哞哞哞、哞哞哞哞，番兵番將亞賽天神。
>
> 這一回昭君國母來到塞北，到下回鴻雁捎書兩國又動起征塵。（註四八）

京韻大鼓《昭君出塞》僅爲「上回」，下一回《鴻雁捎書》是續篇，受了元雜劇《破幽夢孤雁漢宮秋》的影響，明清以後的王昭君說唱開始加入此情節，以王昭君託大雁傳書給漢王爲主題，此曲目除了先敘述昭君在番邦的思鄉之情，最大篇幅是與大雁之間的互動，要求大雁傳書：

> 塞北沙陀凜冽風，有一位出塞的昭君國母盼想還宮。……
> 叫聲大雁你是聽，你若知哀家我的心腹事，抿翅收翎落流平；
> 你要是不知哀家我的心腹事，展翅搖翎任飛翔；
> 你別看大雁雖小通人性，你看它抿翅收翎噗噗愣落在了地流平。
> ……
> 娘娘寫完血書信，疊了又疊封了又封，
> 腰中取出五色線，忙繫在大雁脖項中，
> 餓了來別在高山把食打，遇見了猛虎你的命傾；
> 渴了來別在江邊去飲水，濕了我的家書認也認不清。……（註四九）

昭君和番異地卻心懷漢室，當然需要有一傳書遞簡者，牠就是「鴻雁」，最初運用「飛鴻」的是石崇的〈王明君辭〉：「願假飛鴻翼，乘之以遐征。飛鴻不我顧，佇立以屏營。」（註五十）藉飛鴻大雁來送行，後來發展成替王昭君傳書遞簡的信差，也因此醞釀出元雜劇《破幽夢孤雁漢宮秋》（註五一）與後代說唱與戲曲中《鴻雁捎書》的重要情節，而昭君寫下血書、透過大雁傳遞，表現了王昭君的眞情，也襯托出漢元帝的孤寂與悔恨，這些都是民眾關心的，所以，成爲說唱文學的「摘唱」主題。

⑵長篇韻唱

所謂長篇韻唱，就是故事完整、通篇韻文的長篇曲目，依本文歸納現存王昭君說唱作品的七大類型中，不乏長篇韻唱作品，不過，文本較完整、篇幅最長的應爲「唱曲類」中的閩南歌仔《王昭君冷宮歌》與《王昭君和番歌》（分別爲上下集）。

「唱曲類」說唱是由明清俗曲發展而來，原本大多短篇片段摘唱，而閩南歌仔則常出現長篇曲文，「閩南歌仔」又稱「臺灣唸歌」，早期唱本幾乎通篇韻文，其結構通常七字一句、四句稱爲「一葩」，上集《王昭君冷宮歌》有二五四葩、下集《王昭君和番歌》則有二五八葩，全長五一二葩共二千零四十八句。茲摘錄上集開頭：

1. 唱出昭君歌恁聽，並無姊妹共弟兄，王忠是伊爹親名，官做知府越州城。
2. 十八青春正當時，生成恰美吳西施，也會做對共吟詩，琵琶歌曲伊最奇。
3. 八月十五中秋時，昭君一夢眞是奇，夢見漢王來相見，卜共伊身來交纏。
4. 伊身一時未從伊，甲伊越州做親誼，妾叫昭君親名字，等待入宮完親時。

上集開頭即唱王昭君與漢元帝同時作夢，下集尾聲則是工昭君投水自盡，番王悲痛欲絕、漢王在舉辦隆重葬禮後，立賽昭君爲正妃：

二五〇　吩咐禮部來收屍，卜葬皇陵大路邊，墓牌打落伊名字，卜豎節坊共節牌。
二五一　漢王捽袱做頭前，皇后啼哭在後面，王親國戚一大陣，文武孝衫相爭穿。
二五二　灵旌官清高麗皇，后土官清琉球王，五百和尚開路懺，天師念咒到日暗。
二五三　棺前糊落開路神，腰大八尺三丈身，花亭緞亭筭千頂，百陣大纙共八音。
二五四　王忠送葬淚紛紛，帶著伊子賽昭君，無疑漢王來偷看，神魂呼伊攝一去。
二五五　反主返來就引魂，做了功德鬧紛紛，功德做了都完備，漢王卜做賽昭君。
二五六　親成做了未幾時，林后一病歸陰司，就立伊身爲正宮，二人恩愛未離身。
二五七　王后仙法學得眞，思卜報冤來起兵，掠著番王卜刣祭，卜祭昭君死甘心。
二五八　昭君顯聖來救伊，帶念番王有情義，爲作事事來從伊，等待造橋十六年。

閩南歌仔《王昭君冷宮歌》與《王昭君和番歌》故事極爲完整，所唱內容的重要情節，幾乎與長篇鼓詞《和北番》大同小異。

「現存王昭君說唱作品」中，「短篇摘唱」較之「長篇韻唱」比例爲大，此亦近代說唱的發展趨勢，也較能針對某一事件或人物作細膩描述，而「長篇韻唱」的閩南唸歌、長篇散說的「評書」，以及鼓詞、彈詞等長篇說唱，由於能完整的敘述故事，人物較多、情節較曲折，可以看出王昭君故事情節的演變發展，二者各有千秋。

三　說唱文學人物型塑的方法

「說唱」是口語表演藝術，說唱文學乃口語藝術的文本，屬於通俗文學，王昭君故事能從史實敷演成流傳千古、家喻戶曉的「故事」，除了民間傳說、文人記載、詩人吟詠、戲曲搬演之外，說唱人的口語傳播故事，功不可沒。故事的主要組成元素包括人物、景物、事件，因此，人物的塑造、景物的描寫、事件的鋪敘，每一環節都是說唱人必須掌握的，其中又以人物為基本要素。

王昭君故事從史書開始，始終圍繞著三個人物——王昭君、單于、漢元帝，唐變文如此，明清以後的「短篇摘唱」大多只寫昭君個人的見聞、思想、或與大雁的互動，雖然元雜劇《漢宮秋》增添了一位關鍵性的反派人物毛延壽，明傳奇《和戎記》內容變化極大，主要人物也增加了，包括宮女蕭善音、皇后、賽昭君等，但前節曾統計王昭君說唱作品以「短篇摘唱」為最多，而這些人物僅在長篇說唱作品中出現，因此，本文僅以王昭君、單于、漢元帝三人的形象為主要探討對象，而唐代變文與明清以後王昭君說唱作品，其人物的描述重心也有差異。

本節試從說唱文學的寫人技巧著手，說唱人對於故事人物的塑造，可以從多層面進行，綜觀現存王昭君說唱文本，其人物型塑的方法，以「短話長說」、「夾議夾敘」與「韻散兼顧」爲最。

（一）短話長說（註五二）

「短話長說」是說唱人敘述故事情節的本領，也是說唱文學的特質之一，說唱人對於寫景、寫人、抒情，乃至解說辭意、加強語氣、穿插心聲，都必須短話長說，才能引起觀眾的共鳴。其中「寫人」的部分，則可透過外型描述、角色對話與抒情的心聲，來塑造其形象。

首先舉故事主人翁王昭君爲例，由於王昭君成功地完成了漢胡之間的外交任務，卻終其一生離鄉背景，因此，獲得後人的景仰與憐惜，她個人的形象也藉著創作者的想像力，一點一滴的鮮活起來。這一部分，也是所有以「形象」爲主題的王昭君相關論著的焦點，除了昭君和親的歷史背景之外，文人的詩詞大多以「吟涼」方式來塑造王昭君的「悲」與「怨」，戲劇作品則以事件與對白來塑造王昭君的「美貌」、「愛國」與「琵琶」形象，王慶源、王世昌〈淺論王昭君的形象〉文中歸納出五個不同角度的形象，分別是第一「作爲美人、貴人形象而賦予光彩」、第二「作爲神靈形象而倍受愛戴、敬仰」、第三「作爲英雄形象而被頌揚」、第四「作爲薄命悲怨的形象而被同情」、第五「作爲犧牲品的形象而爲其大鳴不平」（註五三）。馮陽〈王昭君形象的審美意象〉則從「價值觀」、「幸福觀」、「愛情觀」、「生存觀」等美學視角來審視王昭君形象的象徵意涵。（註五四）

說唱文學乃民間俗文學，說唱人的對象是民眾，因此，他們對於故事人物的塑造，一方面反映著民眾的期待，一方面也透露出自己的觀點，因此，說唱人口中的王昭君形象必定是直接而口語的。筆者將說唱人塑造的王昭君形象，歸納出「天賦的美貌形象」、「內在的貞節形象」與「懷抱琵琶的外在造型」三項。

1　天賦的美貌形象

「沉魚落雁」、「閉月羞花」是源於我國四大美人（註五五）典故的成語，其中，「落雁」一詞指的就是王昭君，既然被譽爲我國四大美人之一，她的美貌自不在話下。託名東漢蔡邕所作的《琴操》（註五六）卷下有〈怨曠思惟歌〉一首，其序云昭君「顏色皎潔」、「端正閑麗」，以致「帝大驚」。〔劉宋〕范曄《後漢書》卷八十九〈南匈奴列傳第七十九〉（註五七）也對昭君的美貌作描繪，說「昭君豐容靚飾，光明漢宮，顧景裴回，竦動左右。帝見大驚，……」，與《琴操》所云近似，都說昭君是因不得元帝召幸，而賭氣自願和親；《舊唐書・音樂志二》（註五八）介紹《明君》一曲時，更說王昭君「光彩射人，聳動左右，天子悔焉。」

從此，昭君之美透過文人之筆加以鋪敘描述，更美了，包括詩詞、說唱與戲曲，例如：元雜劇《漢宮秋》第一折，漢元帝因王昭君一曲琵琶而與她「初識」，立刻誇她「容貌端正」，是「好女子」，然後唱了下列兩曲：

〔醉中天〕將兩葉賽宮樣眉兒畫，把一個宜梳裏臉兒搽，額角香鈿貼翠花，一笑有傾城價。若是越句踐姑蘇臺上見她，那西施半籌也不納，更敢早十年敗國亡家。

（云）你這等模樣出眾，誰家女子？……

〔金盞兒〕我看你眉掃黛，鬢堆鴉，腰弄柳，臉舒霞，……

（云）看卿這等體態，如何不得近幸？……

作者馬致遠對於昭君美貌的形容，從眉眼、臉頰、雲鬢、柳腰，到一顰一笑，皆細膩描繪，並說她的「傾城」容貌，可比西施，極盡誇讚能事。

雖然，比起昭君的容貌，說唱人更強調她「內在的貞節形象」與「懷抱琵琶的外在造型」，不過，在長篇說唱中，昭君「天賦的美貌形象」少不得會被「短話長說」一番，更何況「細膩寫人」是說唱文學的一大特色，說唱人可以運用「短話長說」的技巧，讓聽故事者如見其人，尤其是長篇說唱，茲舉福州平話《前和番》爲例，上集首先寫漢元帝在夢中遇見王昭君：

君王正在朦朧睡，龍身得夢好稀奇，忽見祥光生燦爛，光中降下一佳人。
桃腮杏臉生的好，丰采精神可愛人，頭戴九龍冠一頂，遍身珠翠貌非常，
身穿月白繡金襖，腰結山河地理裙，宮鞋三吋金蓮小，好似仙女下凡臨，
恍如嫦娥離月殿，猶似南海活觀音。……
……自稱名喚昭君女，姓王小字王大眞。（註五九）

文中，接下來寫毛延壽見到王昭君「美貌花容生的好，冰肌玉體世難尋，行似牡丹風吹動，坐如南海活觀音，十指尖尖如春筍，三寸金蓮步步嬌。」以及昭君面對菱花鏡「眉似三月春楊柳，口似五月石榴紅，臉似芙蓉初出水，紅蓮出水映滔滔，眼似秋波眞可愛，一身窈窕世難尋。」這些描述，比起元雜劇《漢宮秋》對昭君的讚美之詞，毫不遜色。

2 內在的貞節形象

史書上的昭君卻因匈奴有「父死妻母」的風俗而不得不「從胡俗」（見《後漢書・南匈奴列傳》），隱約透露出王昭君的「怨」，直到（晉）石崇的〈王明君辭〉（註六十）才藉昭君之口唱出她的無奈，從「父子見凌辱，對之慚且驚。殺身良不易，默默以苟生。」之句，可見昭君有了「殺身」的念頭；而《琴操》卷下〈怨曠思惟歌〉序，乾脆讓昭君因抵抗亂倫、不願從

胡俗而「吞藥自殺」，昭君葬於青冢。

不過，這兩則資料中，昭君「貞節」的對象並非漢元帝，而在人們的心目中，王昭君即使遠嫁匈奴，仍必須是一個具有民族氣節與婦女貞操之人，於是，首先將此觀念投射在故事裡的，是唐代變文，敦煌遺書中《王昭君變文》原有兩卷，可惜上卷多殘缺，前已摘錄片段，未能得知昭君和番之前是否有容貌的描述？是否有與漢元帝的相處情形？僅描述昭君出塞長途跋涉之艱險，並襯托出一個漢族女子離鄉背井的不適應，下卷又以大篇幅筆墨來敘述昭君思念漢朝之苦：

遠指白雲呼且住，聽奴一曲別鄉關：
「妾家宮宛（苑）住奏（秦）川，南望長安路幾千，
不應玉塞朝雲斷，直為金河夜蒙連。
煙旨山上愁今日，紅粉樓前念昔年，
八水三川如掌內，大道青樓若服（眼）前。
風光日色何處度，春色何時度酒泉？
可笑輪臺寒食後，光景微微上（尚）不傳。
衣香路遠風吹盡，朱履途遙躡鐙穿，

假使邊庭突厥寵，終歸不及漢王怜（憐）。

……

昭軍（君）一度登千山，千迴下淚，慈母只今何在？君王不見追來。當嫁單于，誰望喜樂。良由畫匠，捉妾陵持，遂使望斷黃沙，悲連紫塞，長□赤縣，永別神州。虞舜妻賢，渧能變竹，颼良（杞梁）婦聖，哭烈（裂）長城。乃可恨積如山，愁盈若海。（註六一）

除了變文上卷「愁腸百結虛成著」、「令妾愁腸每意歸」（註六二）等句之外，全篇更細膩地寫出昭君在番邦受單于的憐惜與尊重，尤其是下卷保存完整，詳盡地敘述昭君在匈奴雖受單于恩寵，卻心懷故國，乃至思鄉病死，以及單于悲痛、漢哀帝遣使節祭奠昭君……等情節。故事至此，昭君的愛國節操尤其突顯，變文中昭君雖嫁單于，卻沒有一字提及生兒育女，即曾師永義《俗文學概論》所云「硬要她雖有嫁而無嫁之實」（註六三），昭君尚未生子即抑鬱而終，比起《琴操》中不願再嫁而吞藥自殺，更具有民族氣節，也符了漢族倫理中女性的貞節傳統，因此，昭君的葬禮，受到了胡漢兩國的尊重。變文中有「墳高數尺號青塚」之語，由於昭君「青塚」具有神秘性，所以更容易成為民間口傳與文人歌詠的題材。

全篇變文透過觸景傷情的「短話長說」筆法，不僅說出了昭君的「愁」與「怨」，更突顯了昭君的「貞節」形象。

明清以後的王昭君說唱作品，幾乎都強調王昭君的貞節觀念與行為，如：蘇州彈詞《昭君出塞》：

我紅粉消沉何足惜，可憐辱沒漢朝廷，
恨煞那奸臣禍國又殃民，我寧作南朝黃泉客。（註六四）

再舉京韻大鼓《昭君出塞》為例：

這娘娘懷抱著琵琶心酸難忍，望不見祖國君臣合黎民，
彈的是君為臣綱臣當抱忠盡，父為子綱子孝父雙親，
夫為妻綱夫婦順，……（註六五）

這段曲文突顯出王昭君面對險惡環境的抗壓性格與對愛國、愛鄉、愛情的堅貞美德，簡直讓王昭君成為具備「婦德」、「婦言」、「婦容」、「婦功」（註六六）的完美女性。後代說唱作品不論摘唱《昭君出塞》或《鴻雁捎書》，總是以大篇幅的景物來烘托心情，運用「短話長說」，詳加描述，茲舉清車王府藏曲本子弟書《出塞》為例，該書共四回，先從昭君出雁門關

寫起：

且說那苦命的王妃出雁門，胡兵數萬擁昭君，
皇娘乍入沙漠地，景物蕭條嘆死人。
野渡無人行客少，漁調樵歌總不聞，……
土嶺層層黃沙滾，山水蒼蒼接黑雲。……
刷啦啦敗葉凋零撲人面，冷颼颼凜冽寒風透體侵，
孤零零四野胡笳吹斷續，叫喳喳山中野鳥送悲音。
顫巍巍枯枝聲憔悴，重疊疊遙望遠岫長稠雲，……（註六七）

第一回寫途中觸景傷情的句子約四十餘句，思念漢朝、自怨自艾約五十餘句，彈琵琶抒發情緒約二十句。第二回寫昭君途經李陵碑與蘇武廟，祈求能回故土。第三、四回寫昭君咬破手指親寫血書，洋洋灑灑共約百句，寄望賓鴻大雁能爲她傳書給漢王：

囑咐一畢雙撒手，賓鴻展翅就搖翎，
左旋三旋辭國母，右旋三旋別太眞。

哧嘮一聲往上起，悠悠起在半虛空，
濱鴻寄信南朝去，這娘娘眼望空中痛淚淋，
禽鳥尚且知大義，何況昭君你係人，
娘娘心中只一狠，噗通跳在黑河中。（註六八）

最後寫鴻雁受命傳書，王昭君這才放心，以「禽鳥尚且知大義」透露出忠君意識，義無反顧地投水殉國。這篇曲文雖名《出塞》，卻囊括了「昭君出塞」與「鴻雁捎書」兩個主題，這種「短篇摘唱」曲目，不僅大篇幅加強寫景與抒情的部分，呈現說唱文學「短話長說」的特性，王昭君的貞節人格，也透過這兩個重要關目而愈形突出。

3 懷抱琵琶的外在造型

近人熟悉的一首歌曲《王昭君》，詳細描寫了昭君出塞時手抱琵琶、歌唱陽關三疊的造型，如：

王昭君悶坐雕鞍，思憶漢皇，朝朝暮暮、暮暮朝朝、黯然神傷；……
陽關初唱，往事難忘，琵琶一疊，……舊夢前塵，前塵舊夢空惆悵。

陽關再唱，觸景神傷，琵琶二疊，……賸水殘山，殘山賸水無心賞。陽關終唱，後事淒涼，琵琶三疊，……地老天長，天長地老，長懷想。一曲琵琶恨正長！

「手抱琵琶」幾乎已經成爲王昭君出塞時的固定造型。其實，琵琶出現在昭君故事的記載始於《樂府詩集》，不過並非昭君自彈，而是送行隊伍中以琵琶作樂：

《明君》歌舞者，晉太康中季倫所作也。王明君本名昭君，以觸文帝諱，故晉人謂之明君。匈奴盛，請婚於漢，元帝以後宮良家子明君配焉。初，武帝以江都王建女細君爲公主，嫁烏孫王昆莫，令琵琶馬上作樂，以慰其道路之思，送明君亦然也。其造新曲，多哀怨之聲。……（註六九）

漢朝實行和親政策，通常以琵琶做樂來送行，以「慰其道路之思」，以致「多哀怨之聲。」因此，經過詩人的想像力，昭君出塞途中也開始自己彈奏琵琶，如：劉長卿《王昭君歌》有「琵琶弦中苦調多，蕭蕭羌笛聲相和。」李白相和歌辭《王昭君》有『昭君拂玉鞍，上馬啼紅頰。』董思恭《昭君怨》有『琵琶馬上彈，行路曲中難。』宋代秦觀《王昭君》詩則云

「獨抱琵琶恨更深，漢宮不見空回顧。」從此，王昭君多了一項琵琶才藝，不過，唐《王昭君變文》說昭君「管絃馬上橫彈」：

漢女愁吟，蕃王笑和，寧知惆悵，恨別聲哀，管弦馬上橫彈，即會途間常奏。（註七十）

「管」與「絃」是兩類型樂器，一爲「吹管」類、一爲「彈撥」類，王昭君不可能又吹管、又彈絃，所以，此處「管絃」應爲民間口語文學的誇張敘述或口誤，「馬上橫彈」有可能是「馬上橫吹」，吹的是笛子，更有可能是「橫抱」琵琶，因爲，我國琵琶自南北朝時期傳到中國後稱爲「胡琵琶」（註七一），就是以撥子橫抱彈奏，直到唐代，琵琶才改橫抱爲豎抱。橫抱琵琶不必正襟危坐，即使是在馬背上也可以輕鬆彈撥，所以，昭君當時在馬上橫抱琵琶彈奏的可能性極大。

王昭君的琵琶才藝，到了元《漢宮秋》一劇，更被編成昭君接受恩寵的關鍵事件（第一折），與後面第三折昭君手抱琵琶含淚出塞相呼應。經過劇作家的二度創作，以及民間文學的創作，人們對於王昭君和親的「馬上琵琶」印象，更爲深刻，如：大鼓書《雙鳳奇緣》石印本，開頭即唱著「馬上回頭辭殿月，琵琶亦斷紫臺鄉。」京韻大鼓《昭君出塞》中，也以一段西皮「帶腔」來描述昭君「懷抱著琵琶心酸難忍……」（註七二），梅花大鼓《昭君出塞》頭段唱詞爲：

哎哪塞呀北沙呀坨迎烈風，哎哪表得是出了塞的昭君盼想還宮，
哎哪在心中惱恨奸賊毛延壽，將哀家的美人圖獻與了番營，
哎哪御賜（玉石）的琵琶就在懷中抱起呀，那位昭君她眼含痛淚進了雁門關城啊！（註七三）

說唱人甚至會運用「短話長說」的手法，把昭君彈奏的曲調與內容都唱出來了。如：清代說唱文學子弟書《出塞》：

這娘娘命取琵琶彈馬上，眼望南朝兩淚淋。
彈的是斷腸商調湘妃怨，唱的是慟耳傷心故國音。（註七四）

樂亭大鼓《昭君出塞》則唱出陽關三疊：

琵琶一疊，陽關初唱，王昭君迴轉雕鞍望漢疆，怎麼能忘，蜀山那個碧水呀長江浪，再難見哪！我那魂牽夢縈，我那魂牽夢縈的老爹娘。

琵琶二疊，琴弦聲響，馬蹄兒敲碎了塞外的風霜，但只見多少個將士醉臥沙場，嘆千載呀！嘆千載古征戰有幾人還鄉？有幾人還鄉？

琵琶三疊，舉目四望，見草原如綠毡遍地牛和羊，突然間，唰啦啦眾胡人從天而降，人歡笑、馬嘶鳴、彩旗飛揚，昭君忙下馬，低頭拜賢王，絕色惊四座，氣韻動八方，單于整素手，相迎入錦帳，折劍發重誓，永不負嬌娘，從此後恩愛夫互妻敬仰，胡漢永世修好國運昌，這就是昭君出塞一段唱，奇女子永垂青史，萬古流芳。（註七五）

此處，說唱人運用「短話長說」的手法，把王昭君彈琵琶的心聲唱出來，尤其是「嘆千載古征戰有幾人還鄉？」同時也感嘆自己無法再還鄉。後代戲曲或畫作中的王昭君形象，總是手抱琵琶，得歸功於歷代王昭君說唱與戲曲的民間口傳。

（二）夾議夾敘

我國說唱自孕育期的漢代「瞽矇說書」起，就擅長「寓教於樂」，透過故事來說理以諷諫君王，兼具「敘事」與「評議」功能，唐代變文最初則是以佛經故事來傳達佛教教義，後來說唱藝人用來敘述民間故事，仍難免「夾議夾敘」，尤其是對於故事人物的「褒」或「貶」，王昭君說唱文學亦然。此節將以說唱人心中對單于與漢元帝的評價爲主。

1　對單于的「褒」勝於「貶」

爲了美化王昭君與漢王的愛情，元雜劇《漢宮秋》把單于番王寫成「搶親」的第三者，但史實上的單于並非如此，「和親政策」早在漢初就開始實施，由於呼韓邪單于「鄉慕禮義，復修朝賀之禮」，所以，漢王把王檣（牆）賜給單于（見本文「前言」），兩國關係友好，單于對王昭君這位「閼氏」也極禮遇，因此，儘管漢雜劇之後的戲曲作品幾乎都醜化了單于，但許多說唱作品卻給單于比較公允的評述，褒揚最大者莫過於唐《王昭君變文》。

文中，單于對王昭君非常尊重，對於她思念漢朝更有極大的包容心，不僅百般依從，安排「釖前校尉歌楊柳」，更擺下獵陣要逗她開心：

明妃既榮立，元來不稱本情，可汗將爲情合，每有善言相向。『異方歌樂，不解奴仇，別域之歡，不令人愛。』單于見她不樂，又傳一箭，告報諸番，非時出獵，圍遶孼脂山，用昭軍（君）作中心，萬里攢軍，千兵逐獸。昭君既登高嶺，愁思便生，……

當昭君病危，單于的癡情之舉，令人動容：

從昨夜已來，明妃漸困，應爲異物，多不成人。單于重祭山川，再求日月，百計尋方，千般求術，縱令春盡，命也何存。可惜□□從風燭，故知生有地，死有處。恰至三更，大命方盡。單于脫卻天子之服，還著庶人之裳，披髮臨喪，魁渠並至。曉夜不離喪側，部落豈敢東西。日夜哀吟，無由漸輟，慟悲切調，……」（註七八）

直至三更，昭君病亡，單于「披髮臨喪」，「曉夜不離喪側」，次日，更「解韌脫除天子服，披頭還著庶人裝。」悲痛至極：

單于喚丁寧塞上衛律，令知葬事，一依蕃法，不取漢儀。棺槨穹廬，更別方圓。……一百里鋪氍流毛毯，踏上而行；五百里鋪金銀胡瓶，下腳無處。單于親降，部落皆來，傾國成儀，乃葬昭軍（君）處若爲陳說。……

說唱文學「韻散間用」，《王昭君變文》先以「散文」作敘述，再以「韻文」詳盡鋪敘，大篇幅描繪單于對昭君的厚葬：

若道可汗傾國葬，焉知死者絕妨生，黃金白玉蓮（連）車載，寶物明珠盡庫傾，昔日有秦王合國葬，挍料昭軍（君）亦未平。墳高數尺號青塚，還道軍人爲立名，只今葬在黃河北，西南望見受降城。

如此隆重的葬禮，表達了單于對明妃的寵愛，只可惜單于這樣偉大的胸襟，到了元雜劇卻被污衊，曾師永義《俗文學概論》有〈王昭君故事〉一文亦云：

從《王昭君變文》可見民間造就了兩個人物，其一是昭君的人格，……但也同時塑造呼韓邪單于的形象，使他成為義夫的模範，但止於此而已，往後呼韓邪就成了橫兵奪愛的番王了。（註七七）

受民族意識影響，當時文人筆下作品，以及後世劇作家的編創（元代寫《漢宮秋》的馬致遠是漢族文人），幾乎再也看不到這位番邦的情聖了，有些作品受其影響，也將單于寫成是掠城搶親的霸王，如：

單于王見此圖容顏美俊，立時起下了搶擄心，帶領著人馬共把中原反進，祇殺得中國裏一個個扶老攜幼東逃西奔無處存身祇殺得中國裏無人抵擋，無奈何這位漢劉王他纔當面許下了王氏美昭君。（註七八）

不過，在現存王昭君說唱中，如此敘述的作品並不多，反倒是偶而出現爲單于翻案叫屈的作品，如：文明大鼓書詞《昭君和番》尾聲說「韃王無道也有道」，閩南歌仔《王昭君和番歌》尾聲，王昭君投水自盡後，也仍感念番王的情義，當漢王要「掠著番王卜剖祭」時，「昭君顯聖來救伊，帶念番王有情義」，可見民間說唱人對單于番王的「有情義」，是極爲推崇的。

正如〔宋〕王安石的《明妃曲》所吟：「漢恩自淺胡恩深，人生樂在相知心。」所謂「漢恩淺」、「胡恩深」，不僅爲呼韓邪單于叫屈，似乎也暗示王昭君對漢王的埋怨，並感念單于的厚待。說唱人運用「夾議夾敘」的手法，對於呼韓邪單于的評價，「褒」多於「貶」是顯而易見的。

2　對漢王的「貶」大於「褒」

根據史書記載，王昭君和親是在竟寧元年，同年夏天漢元帝即駕崩，不過，在民間的流傳演變與文人的二度創作之下，漢元帝成爲王昭君的愛情歸宿，同時也因此被視爲「無能君主」、「薄情漢」，遭到說唱人與戲曲家的諷刺。

其實，唐代以前的王昭君故事中，當漢元帝發現昭君的美貌時，最初僅只閃過一絲惋惜而已，並未產生愛情，仍以一國之君不能失信於匈奴而慨贈美女；至於唐代《王昭君變文》因前有殘缺，雖然現存文本中有「假使邊庭突厥寵，終歸不及漢王憐。」與「慈母只今何在？君王不見追來。」等句，卻只能斷定王昭君對漢元帝「癡癡的等」，而無法確認二人之間是否有「愛情」？直到元雜劇《漢宮秋》，王昭君才因一曲琵琶獲得恩寵，同時漢元帝昏庸與儒弱性格開始浮現，直到昭君投江、鴻雁傳信，元帝對王昭君的思念，卻被一聲聲鴻雁哀鳴驚醒，無奈昭君已經埋於青塚，留給後人無限的惋惜。

身在漢宮的美女，卻得不到元帝召幸，反而為國獻身、嫁到胡地，人們一方面希望她有著漢族傳統女性的貞操觀，一方面對她寄予深深的憐惜，並想像她的出塞和親應該是滿懷怨憤。因此，在王昭君故事發展進行中，「昭君之怨」比「昭君之美」出現的早，《琴操》云「昭君恨帝始不見遇，心思不樂，心念鄉土，乃作〈怨曠思惟歌〉。」說昭君自己作〈怨曠思惟歌〉，吐露滿腹怨忿；〔晉〕石崇的〈王明君辭〉（註七九）也敘述昭君出塞時「僕御涕流離，轅馬悲且鳴。哀鬱傷五內，泣淚沾朱纓。」其實，《舊唐書・音樂志二》曾收錄民間流傳的《明君》（註八十），該曲歸屬於清商樂，是因「漢人憐其遠嫁，為作此歌。」可見石崇之前昭君故事情節已在民間敷衍發展而流傳，石崇只是進一步增潤而已。於是，從漢魏到唐宋以後，不乏歌詠王昭君的知名詩作，「昭君」之名經常與「怨」字連在一起。

明清以後的王昭君說唱曲文，不論是長篇或摘唱，昭君的「怨」似乎永遠存在。如：清末說唱文學子弟書《明妃別漢》（註八一）中，昭君滿腔怨恨，第一恨者為毛延壽，說：『真可恨貪狼賊子毛延壽，最不該暗畫惡圖欺哄君王。』第二恨者即爲漢元帝，說「今君你坐金鑾安然自在，何知我行蠶丛辛苦艱難。」說唱文學的再創作中，先鋪排動人的戀愛情節，再將昭君送出和番，讓故事曲折起伏較大，也更能流露昭君的「怨」。

因此，說唱人不但爲王昭君的委屈抱不平，明清以後王昭君說唱的二度創作，幾乎篇篇都有譴責漢王的字句，對於漢王對昭君是否專情，說唱人有不同的解讀，於是產生了兩極的發展，其一，保存《漢宮秋》的元帝形象，雖昏庸卻專情，讓昭君思念不已；其二，說漢元帝因昏庸而「絕情」、「負心」，哄騙王昭君出塞和親，讓昭君死不瞑目。前者例證不勝枚舉，如：大鼓書《昭君出塞》，開頭就批評漢王「軟弱」：

言得是漢劉邦得天下成爲基業，傳到了七代玄孫軟弱之人，軟弱的漢劉王難把江山來整，這才招惹塞北番邦兩國動征塵。（註八二）

另，蘇州彈詞《昭君出塞》亦然，唱詞有「漢王昏聵朝政亂」以致「文官無能只好和番遣婦人」之句，彈詞《王昭君》唱詞則有：

但願君王從此知榮辱，勵精圖治振朝班，不須弱女媚強虜，抵敵從來用鬚眉。

至於第二種，認爲漢元帝是「負心漢」者，仍舉閩南歌仔《王昭君和番歌》爲例：

漢王聽見苦傷悲，恁今不免開聲啼，這事實在不得已，姑將用計卜騙伊。
恁今暫去且和番，行去住落雁門關，寡人隨時起兵馬，定規趕到救返還。
昭君心内就知機，知是漢王卜騙伊，舉起寶劍卜來死，思著目滓淚淋漓。……

筆者曾爲製作《楊秀卿唸歌唱故事》有聲書，訪問臺灣說唱藝人楊秀卿，要求她演唱王昭君故事的精采片段，她摘唱了《昭君出塞》，一開頭就說漢元帝欺騙昭君先行，允諾將隨即派人搭救，然而他失信了。這種情節應參考自《王昭君和番歌》閩南歌仔冊，不過，楊秀卿的臺灣唸歌有「口白歌仔」之稱，有敘述者的「表」，包括「表白」與「表唱」，也有代言體的「白」與「唱」，與傳統歌仔冊中通篇韻文不同。因此，筆者整理其曲文時，以「表白」、「表唱」，以及人物的「白」與「唱」分列於下，漢王簡稱「王」、昭君簡稱「昭」：

（表白）咱來說王昭君的故事，受到毛延壽的陷害，入宮當了貴妃已經有半年的時間，現在又被奸臣所害，番邦起兵圍攻了雁門關，漢王向昭君要求。

（王白）御妻，事到如今以國家爲重，不然你就代朕到雁門關，稍微拖延一點時間，我一定招軍買馬，到時候親自操練這些軍兵，寡人御駕親征，救妃回朝，你我夫妻再來團圓。
（昭白）這個……，君王，萬歲，你將我當成三歲孩童，我又不是三歲孩子，你要我去雁門關，我想一去若要回朝，眞是比登天還難啊！
（王唱）寡人開口勸御妃，你我暫且來分開，然後我寡人親帶隊，親身救妻你回歸。
（王白）你放心，寡人一定御駕親征，救妃回轉宮廷，絕對，我話說出口，就是這樣。
……
（表白）等了一天又一天，昭君在此等不到人，想得心裡好難過，不時眼眶一直紅。
（昭白）萬歲，君王，莫非你是安撫我一下，說你要親自帶隊來這裡把我救回去，根本全無消息，一日等了又一日，不念君妃的親蜜，如今完全沒消息，讓我是渡日如年，要我昭君怎渡日。
（昭唱）等不到君王的形影，心內煩惱沒心情，想到心裡非常痛，不願失節到番城。（註八二）
這段說唱強調了漢元帝的「失信」與「負心」，顯然與《漢宮秋》、《和戎記》等戲曲文學有很大差距，自從《漢宮秋》寫出了漢元帝與昭君的情愛，後世說唱與戲曲都不再出現「自願和親」的情節，於是，昭君的怨則轉向毛延壽的「狠毒」與漢元帝的「絕情」，尤其是元帝的懦弱絕情，在民間說唱藝人的心目中是應該被撻伐的，所以，說唱藝人不僅強調昭君的「怨」，有些作品甚至要讓昭君永遠都不原諒這位連妃子都保不住的昏庸皇帝。

由於「夾議夾敘」是說唱人透過故事敘述與人物對白來進行，並非直接教育觀眾，因此聽者能潛移默化地接受說唱人注入的觀念，對於思想傳達，很能奏效。

(三) 韻散兼顧

本文前述說唱文學的基本文體是「韻散相間」，最早的王昭君說唱作品《王昭君變文》即爲代表。其中，散文部份將王昭君故事情節的舖敘、昭君與單于之間的對話、昭君病死後單于奔喪……等，都寫得極爲細膩：

漢女愁吟，蕃王笑和，……妾聞：「居塞北者，不知江海有萬斛之舡；居江南之人，不知塞北有千日之雪。」此及苦復重苦，怨復重怨。行經數月，途程向盡，歸家淯遙，迅昔不停。即至牙帳，更無城郭，空有山川。地僻多風，黃羊野馬，………

文中不乏工整的對句，如「漢女愁吟，蕃王笑和」、「江海有萬斛之舡……塞北有千日之雪」、「苦復重苦，怨復重怨」「乃可恨積如山，愁盈若海。」作爲口語文學，變文讀來可謂鏗鏘有力。

變文中，多以「韻文」來寫景抒情，重複地描述昭君出塞沿途景象，對於後世說唱與戲曲的再創作影響極大，不僅塑造了王昭君的悲苦形象，更對此情景多所著墨，前已多次舉證，此處從略。

《王昭君變文》透過「散文敘事與對話」、「韻文寫人與抒情」的文體特質，能將昭君出塞的見聞、心情、單于的義夫情操……等，描述得繪聲繪影，尤其是同一情節先後以韻文與散文重複敘述，加深了聽者對故事人物的印象。

前節已統計，明清以後的王昭君說唱作品中，「韻唱」爲主的曲目約佔九成（百分之八九點八），而韻文詞藻、語法，受了明清俗曲的影響，俗中帶雅、雅中透俗。例如：長篇鼓詞《和北番》第十七冊，敘述昭君彈琵琶的唱詞內容，其中嵌入許多曲牌名稱：

相思情多付你江兒水去，紅繡鞋踢破了踢破了惱恨劉君，

怎能夠朝天子御（原文「玉」）駕親征，全不想在西宮醉扶歸去

……

奴只待（原文「代」）月兒高懸樑自盡，捨不得耍孩兒錦繡京城。

這段琵琶曲唱詞全長四十四句，其中嵌入的曲牌名稱有【紅繡鞋】、【朝天子】、【醉扶歸】、【滾繡球】、【黃鶯兒】、【憶多嬌】、【集賢賓】、【將軍令】、【普天樂】、【罩袍兒】、【哭相思】、【山坡羊】、【耍孩兒】等（註八四），分明是一種文字遊戲，明代俗曲萬曆刊本《玉谷調簧》中，就收錄一篇《曲牌名》：

賀新郎娶得個虞美人，駐馬廳多集賢賓，雙聲子兒同歡慶。送入銷金帳，眞個稱人心。我憶多嬌，我憶多嬌，普天樂得緊！

鼓詞《和北番》爲明末清初作品，而這篇民間遊戲作品，對於鼓詞想必有此影響力，運用民間說唱文學的「俗趣」，刻劃出昭君手抱琵琶的形象。

王昭君說唱作品經過藝人之口與文人之筆，展現出亦雅亦俗的詞藻風格。如前述長篇閩南歌仔《王昭君冷宮歌》敘述王昭君在冷宮盼望漢王召幸的情形：

春過夏到綠荷池　蓮花荷葉開透枝　聞得花紅共花白　生根結子正當時
昭君看見淚淋漓　阮身不值這花枝　花爾開透人賞時　虧得昭君無人池
夏去秋到一下聽　聽見樹頂秋蟬聲　蟲爾乜事來哀怨　聲聲雜著阮心情
天頂秋雁來孤單　飛來飛去尋無伴　鳥爾亦無成雙對　親像阮身無人看
秋過冬來是寒天　北風冷冷透枕邊　被席因何冷枝枝　一冥寒到天光時
十二月來冬天冥　人人尫某在身邊　雙人困著燒混混　虧得昭君冷枝枝（註八五）

經過了春夏秋冬、夜夜五更等到天明，共用了一四葩，唱詞雖通俗，卻深刻動人。

當文人參與說唱文學的創作，即產生典雅而巧妙的句法，例如：清代貴族子弟文人自編自唱的「子弟書」，慣用大量疊字、嵌字、頂眞句、排比句等特殊語法，如：子弟書《出塞》第一回即運用「慘淒淒」、「敗殘殘」、「路迢迢」、「懸念念」、「絮叨叨」、「軟怯怯」等疊字，以下又出現大量排比句，如第二回有八句「我愛你……」與六句「可憐你……」來讚頌大雁，第三回昭君咬破手指寫血書，內容中又出現四句「恨不能……」與十六句「再不得……」：

再不得慶賞元宵看燈火，再不得鬥草尋芳登上林

再不得綠柳池塘鶯鶯語，再不得梨花架賞太平春
再不得採蓮折葉穿竹徑，再不得艾葉靈符插鬢中
再不得避暑乘涼荼蘼架，再不得龍舟御水下絲綸
再不得穿針七巧邀妃后，再不得丹桂亭前拜月神
再不得登高同飲黃菊酒，再不得閑步花陰滿地金
再不得祭祀先君參太廟，再不得陪龍覽本看條陳
再不得暖閣紅爐添壽炭，再不得觀梅賞雪撫瑤琴（註八八）

這些語法雖然早見於明清俗曲，但子弟書作者運用文人之筆，既巧妙又典雅，而這十六個排比句，分別寫出昭君與漢元帝從春到冬、一年四季的相處時光，加強了王昭君對愛情執著的貞節形象。

總之，說唱文學透過「韻文」與「散文」的文體特色，加以「短話長說」、「夾議夾敘」，不僅加強觀眾的聽力，還可以對人物外型、行動、心理的描述，作深度刻畫。

四　影響人物型塑的的因素

歸結上述王昭君說唱中的人物型塑，其影響因素包括了「倫理觀念與民族意識」、「歷代

戲曲的人物塑造」、「民眾對愛情的期待」以及「個人思想與想像力」。

（一）倫理觀念與民族意識

唐《王昭君變文》作者不可考，應當爲當時民間說唱人的口頭創作，我國古代女性應有「一女不嫁二夫」的貞節觀念，已經深值人心，更何況是漢宮妃子，豈能嫁爲胡人之妻？更不應在番邦生兒育女，因此，唐變文中的王昭君抑鬱而終。

從元雜劇《漢宮秋》作者馬致遠是蒙古統治下漢族出仕文人的代表（註八七），對於當時的民族災難感受極深，戲文裡透示出濃郁的民族感情，於是，《王昭君變文》中昭君抑鬱而終的民族氣節，到了馬致遠筆下則發揮成自投江自盡、爲國殉節，陸永峰在《敦煌變文研究》中也認爲「忠君愛國」是民間文學的屬性之一：

> 對於忠君愛國，世俗變文同正統文學一樣，也持肯定、頌揚態度。……昭君的家國之思，成爲其悲劇命運的核心內容。（註八八）

王昭君生長的漢朝並未受匈奴威脅，和親只是漢胡之間的外交慣例，因此，有著胡人祖先血統的唐代，無論文學、音樂，都不排斥族群融合，以致《王昭君變文》裡，呼韓邪單于的形象極好，但到了元馬致遠筆下，由於蒙古人統治漢人，作者遂有意控訴「番邦」的強大而蠻橫，如《漢宮秋》第二折：

（番王云）世間那有如此女人，若得他做閼氏，我願足矣，如今就差一番官，率領部從，寫書與漢天子，求索王昭君與俺和親，若不肯與，不日南侵，江山難保，……

上有昏君、下有奸臣的現象，各朝代屢見不鮮，而亡國恥辱更是漢族人民的共識，金元如此、明末與清代更是如此，遂能表現在民間文學的說唱、戲曲中，不論是文人筆下的雜劇、傳奇、子弟書，或藝人口傳的彈詞、大鼓書、閩南歌仔、京劇、川劇、秦腔、湘劇、贛劇、黃梅戲、粵劇、北管戲……等，漢族女子是絕對不能嫁到番邦的，今日人們所熟悉的王昭君，再也不是爲匈奴單于生兒育女的「寧胡閼氏」了。

因此，明清以後的王昭君說唱文學，不論長篇或短篇，正如前節所舉例證，總是在王昭君的「貞節形象」上，多所著墨。

（二）歷代戲曲的人物塑造

從史書到變文，王昭君故事人物開始形象化，到了馬致遠《漢宮秋》雜劇則大多定型，對後世戲曲與說唱文學都有極大影響力，明清以後的說唱與戲曲作品繁多，創作者必然相互參閱，例如，明清之際的《和戎記》傳奇擴增了人物與情節，有昭君自畫圖像、漢　曾安排宮女蕭善音代替昭君出嫁、以及漢帝另娶昭君妹王秀眞……等，《和戎記》影響廣遠，不亞於《漢宮秋》，因此，其他作品爭相借用。凡是創作年代越晚者，所參考引用的作品越多，以致故事情節東引西借、由簡入繁。筆者試將王昭君故事的結局分爲四大類，除第一類之外，後三類大多是王昭君說唱與戲曲再創作的成果。

第一類爲「生兒育女」，包括《漢書・匈奴傳》、《後漢書・南匈奴傳》與石崇的〈王明君辭〉，都說王昭君昭君在匈奴嫁了兩任單于，生下一子二女。

第二類爲「殉節身亡」，有《琴操・怨曠思惟歌》序說昭君不願從胡俗而亂倫改嫁，選擇了「吞藥自殺」；唐《王昭君變文》則說昭君未曾與單于生兒育女，就因思念家國、抑鬱而終；元雜劇《漢宮秋》雜劇中，昭君出塞至番漢交界處即投江而死。而《和戎記》傳奇則說昭君在雁門關要求單于三事，心願達成之後投江殉國。

第三類爲「由妹代嫁」，以《和戎記》傳奇爲代表，說昭君死後，由其妹王秀眞代替姐姐嫁給漢帝，這項重大轉變，成爲清代雪樵主人《雙鳳奇緣傳》小說的藍本，共八十回，後二十回幾乎是由《和戎記》的「復取其妹王秀眞」（註八九）敷衍而來，只是昭君之妹「王秀眞」改名爲「賽昭君」。因此，明清說唱以後作品如：福州平話《前和番》、鼓詞《和北番》、鼓詞

《雙鳳奇緣》、大鼓書《雙鳳奇緣》、閩南歌仔《王昭君冷宮歌》與《王昭君和番歌》等，都有賽昭君代嫁情節，故事人物眾多。

第四類爲「受引登仙」，以周樂清《琵琶語》傳奇爲主，全劇六齣，加入了神仙色彩，出現另類的故事結局，說昭君在出塞途中，哭訴於聖母廟，果然，東方朔及青鳥使者奉命搭救昭君，昭君受其指引，終於白日登仙。

綜觀上述四類結局，王昭君的結局從「生兒育女」，演變爲「殉節身亡」，甚至出現「由妹代嫁」與「受引登仙」等情節。其中，說唱作品最常用的是第二類結局「殉節身亡」，不過，清代長篇鼓詞《和北番》、閩南歌仔《王昭君冷宮歌》與《王昭君和番歌》等說唱文學，則同時吸取了二、三、四類情節，如《王昭君和番歌》：

> 工部領旨就行宜，造成這橋十六年，國庫開了無半厘，借了外債來相添。
> 工部出奏橋造成，番王共伊說知情，請卜美人恁去祭，返來共阮卜成親。
> 昭君聽見苦傷悲，阮今不死是卜年，擇定日子卜去祭，跳落海中歸陰司。……

這些長篇說唱運用了神仙色彩，讓王昭君有「仙衣」保身，在要求單于的三件事中，因造橋花了十六年光陰，讓昭君的投水殉情整整晚了十六年，然後由其妹賽昭君代替她嫁給漢王，並扶正為皇后，猶如昭君得寵一般。這種結局將《王昭君變文》與《漢宮秋》的悲劇氛圍沖淡了，也符合了傳統戲曲「大團圓結局」的模式。

（三）民衆對愛情的期待

王昭君從一個被送到匈奴生兒育女的和親女子，演變成變文中因思念漢朝、抑鬱而終的閼氏娘娘，更在《漢宮秋》雜劇中變成投水殉國的貞節烈女，至一連串的演變，是民衆的期待。身在漢宮的美女，卻得不到元帝召幸，反而為國獻身、嫁到胡地，人們一方面希望她有著漢族傳統女性的貞操觀，一方面對她寄予深深的憐惜，雖然，單于對昭君既尊重又痴情，但他不是漢人，總覺得昭君的人生少了美好的愛情歸宿，因此，唐變文有「昔日還承漢帝恩」（註九十）句，證明了昭君早已得到漢元帝的寵愛，終於，元雜劇《漢宮秋》還給她一個完整的愛情。

因此，明清以後的王昭君說唱作品，大多如前述以「昭君出塞」、「鴻雁捎書」為民衆最愛的兩個關目，從出塞的沿途心境、馬上琵琶形象，透露出昭君對漢元帝的寵愛依依不捨，藉大雁傳遞血書，表達昭君與漢王之間的藕斷絲連，符合了民衆喜見愛情故事的期待。

（四）個人思想與想像力

不論是藝人之口，或文人之筆，說唱的創作人總會在故事演變與民衆的期待下，加入個人思想，夾議夾敘，尤其是對故事人物的「褒」與「貶」，褒者予以歌誦讚揚，貶者也豪不留情地口誅筆伐，然後再透過豐富的想像力，短話長說。

例如：在歷代故事的演變中，有「沉魚」之美的昭君，「被迫」離鄉背井、出塞和番，創作人則想像她的出塞和親必然是滿懷怨憤。因此，明清以後的相關曲文，不論是長篇或摘唱，昭君的「怨」，幾乎篇篇可見，以昭君的怨爲中心點，說唱人可以發揮豐富的想像力，添枝加葉，二度創作。

再如：由於史書上的單于並非橫刀奪愛，所以，唐變文以大篇幅敘述單于的「義夫形象」，不僅尊重昭君的感受，派人保護她登高望南朝，昭君死後，又對隆重的葬禮加強描述，這與歷代王昭君戲曲的單于形象，完全不同，即使元明戲曲將單于塑造成反派人物，明清以後的說唱人仍然或多或少地爲他叫屈。同樣地，即使戲曲中塑造了痴情的漢元帝，但相較於呼韓邪單于，漢元帝的情似乎不夠「眞」，因此，部分說唱作品在情節上發揮了想像力，讓他成爲哄騙昭君出塞的「負心漢」，前已舉證，茲不贅述。

五　結語

王昭君故事人物形象，早在魏晉時期就開始脫離了史書的原型，最早以故事呈現的唐代《王昭君變文》，大膽地重塑王昭君與呼韓邪單于的性格，元雜劇《漢宮秋》則增加了毛延壽與漢元帝的戲份，或許由於變文自五代到清光緒年間敦煌文物出土之前，藏於敦煌石窟中，不見天日，以至於唐變文與元雜劇的內容差距不小，不過，二者卻分別對於後世說唱與戲曲等各類載體的再度創作，有同樣份量的影響力，先後都透露出藝人與文人的民族意識。

從筆者蒐集的「現存王昭君說唱資料」來看，最早的作品爲盛唐時期的說唱文學《王昭君變文》，繼變文之後，宋元期間未留下王昭君說唱曲目，無法一窺究竟，不過，從宋詞中不乏歌詠王昭君的作品看來，可見這段時期民間不可能沒有王昭君故事流傳，這些民間口傳故事，都成爲明清以後說唱文學的創作素材。

明清以後王昭君說唱作品，類型眾多，除了源於唐宋以來的說書評話類，還有從元明兩代「詞話」發展出的「鼓詞」與「彈詞」、吸收明清俗曲作爲曲牌的「唱曲類」與「聯曲類」、由長篇鼓詞發展出藝人之口的「大鼓書」與文人之筆的「子弟書」，以及由宗教說唱道情發展出的多種「漁鼓類」說唱曲種，本文共搜得四十九篇。依說唱文體來看，說唱文學從「韻散相間」的文體，後來分化出「韻唱爲主」與「散說爲主」的變體，其中，有故事完整的長篇說唱，也有摘唱片段的「短篇」曲目，尤其是後者，王昭君說唱曲目以此爲最大宗，而《昭君出塞》與《鴻雁捎書》佔極大比例，可知這兩個關目是民間百姓與藝人的最愛，「短篇摘唱」加強寫景與抒情的部分，突顯出王昭君面對險惡環境的抗壓性格與愛國、愛鄉、愛情的堅貞美德。

昭君個人的形象是所有以「形象」爲主題的王昭君相關論著的焦點，藉著歷代各種文學載體創作者的想像力，一點一滴的鮮活起來。除了昭君和親的歷史背景之外，文人的詩詞大多以「吟涼」方式來塑造昭君的「悲」與「怨」，戲劇作品則以事件與對白來塑造昭君的「美貌」、「愛國」與「琵琶」形象，而說唱文學乃口語通俗文學，說唱人的對象是民眾，因此，他們對於故事人物的塑造，一方面反映著民眾的期待，一方面也透露出自己的觀點，運用說唱文學「短話長說」的特質，王昭君在說唱人口中的形象有「天賦的美貌形象」、「內在的貞節形象」與「懷抱琵琶的外在造型」等。

說唱自孕育期的漢代「瞽矇說書」起，就擅長寓教於樂，透過故事來說理以諷諫君王，兼具「敘事」與「評議」功能，而唐代俗講變文，更是運用韻文與散文交叉呈現的方式傳教，收效極佳，因此，說唱人對於人物的形塑，除了「短話長說」，還有「夾議夾敘」與「韻散兼顧」等特質。相較於元明戲曲中單于與漢元帝的人物形象，說唱人則是對單于「褒」勝於「貶」、對漢王「貶」大於「褒」。至於「韻文」與「散文」不同文體的說唱文學，對故事人物的形塑，也會出現比例輕重互異的描述，透過通俗的散文敘事與對話，以及細膩的韻文寫人與抒情，說唱人可以更自由地、更深刻地選擇適合的方式來型塑故事人物。

說唱文學並非案頭文章，欣賞對象不僅止於「讀者」，更應該是「觀眾」或「聽眾」，因此，它的故事人物與情節描述，通常會反映民間百姓的社會價値觀與民族意識，王昭君說唱作品正是如此，「倫理觀念與民族意識」、「歷代戲曲的人物塑造」、「民眾對愛情的期待」以及「個人思想與想像力」等，都是影響說唱人對於故事人物型塑的重要因素，更掌握說唱文學的諸多特質，如：「短話長說」的細膩描述、「夾議夾敘」的評議功能，以及「韻散結合」的敘事特性，創作了許多與其他文學體裁不同意境的作品，再透過說唱人傳神的表演，讓說唱文學立體呈現，不僅與聽者或觀眾互動，重新塑造出栩栩如生的故事人物，也適時地透露出民眾對人物塑造與故事發展的期待。

總結本文論述，王昭君說唱文學的人物型塑，是藝人、文人、觀眾共同創作的結晶。

注釋

編　按　王友蘭　臺灣藝術大學副教授。

註　一　〈詠懷古跡〉爲杜甫在大曆元年（七六六）作於夔州。五首中的古跡指江陵、歸州、夔州的庾信故居、宋玉故宅、明妃村、永安宮、武侯祠。其中，明妃村指的是王昭君的出生故居湖北秭歸縣，晉時因避司馬昭諱，改稱明君，又稱明妃。詩句全文見《杜詩詳注》（〔唐〕杜甫著，清．仇兆鰲註，臺北市：里仁書局，一九八〇年）卷二，頁一五〇二。

註　二　馬冀、楊笑寒著《昭君文化研究》總序：『昭君文化是由「呼和浩特昭君文化研究會」提出，並經過連續四屆昭君文化節的創新實踐，在獲得豐碩成果及總結成功經驗的基礎上，經各方專家充分論證形成的。』（林幹主編《昭君文化叢書》第一部，蒙古市：內蒙古人民出版社，二〇〇四年）。

註　三　以下兩段文字摘自漢・班固：《漢書》（臺北市：明倫出版社，一九七二年），卷九與卷九十四。

註　四　〔東晉〕葛洪《西京雜記》卷上：『王昭君，西漢南昭秭歸（今屬湖北）人，名嬙。』（收入嚴一萍選輯《關中叢書》，臺北市：藝文印書館，一九七〇年）。劉宋・范曄《後漢書》卷八十九〈南匈奴列傳第七十九〉：『昭君字嬙，南郡人也。』（臺北市：鼎文書局，一九八三年）。

註　五　見〔宋〕郭茂倩編撰《樂府詩集》卷二十九《相和歌辭四》〈王明君〉文中引《古今樂錄》曰：『王明君本名昭君，以觸文帝諱，故晉人謂之明君。』（臺北市：里仁書局，一九八四年），頁四二四。

註　六　該文原載《文學年報》一九三二年第一期，輯入周紹良、白化文編：《敦煌變文論文錄》下冊（臺北市：明文書局，一九八五年）。

註　七　該文一九二八年原刊於《迷信與傳說》，全名〈唐寫本《明妃傳》殘卷跋——彈詞一類作品的新發現王昭君故事的歧異〉，後輯入周紹良、白化文編：《敦煌變文論文錄》下冊，頁五九九—六〇七。

註　八　巴特爾編選：《昭君論文選》。

註　九　鄒志斌、蔡長明主編：《昭君文化叢書・論文卷》（成都市：四川美術出版社，二〇〇九年）。

註　十　張文德《王昭君故事的傳承與嬗變》是將博士論文加工改寫而成。（上海市：學林出版社，二〇〇八年）。

註十一　張高評《王昭君形象之轉化與創新》，爲作者依據兩度申請之國科會專書寫作計畫完成論文，重新立章分節、集結成書，（臺北市：里仁書局，二〇一一年）。

註十二　該文輯入巴特爾編選：《昭君論文選》。

註十三　該文於一九九九年一月發表於「世變與創化：漢唐、唐宋轉換期之文藝現象」研討會，次年輯入《中央研究院中國文哲專刊》一七期（臺北市：中央研究院中國文史哲研究所，二〇〇〇年）。

註十四　該文輯入巴特爾編選：《昭君論文選》。

註十五　同前註。

註十六　同前註。

註十七　同前註。

註十八　該文輯入陳鵬翔主編：《主題學研究論文集》（臺北市：東大圖書公司，一九八三年）。

註十九　馬冀、楊笑寒著：《昭君文化研究》，林幹主編：《昭君文化叢書》第一部。

註二十　全名《王昭君——獻身民族友好事業的奇女子》，收入於《画說漢唐文明叢書》（西安市：三秦出版社，二〇〇六年）。

註二一　馬冀、楊笑寒著《昭君文化研究》第七章「昭君文化的重要載體——文學藝術作品」（林幹主編《昭君文化叢書》第一部），頁一七〇。

註二二　唐宋詩人不乏以昭君作爲題材，杜甫的《詠懷古蹟五首》、白居易《王昭君》、李白相和歌辭《王昭君》、劉長卿《王昭君歌》、上官儀《王昭君》、庾信《昭君辭應詔》、江淹《恨賦》、董思恭《昭君怨》、賈天源《昭君志》、翦伯贊《遊昭君墓》、秦觀《王昭君》、王安石《明妃曲》等。

註二三　記載王昭君故事的音樂文獻有：託名東漢蔡邕所作的《琴操》〈怨曠思惟歌〉序、五代後晉劉昫等撰《舊唐書》卷二十九志九《音樂志二》介紹《明君》一曲、郭茂倩編《樂府詩集》卷二十九《相和歌辭四》引《古今樂錄》與卷五十九《昭君怨》等。

註二四　筆者曾將說唱文學的發展分爲「孕育期」、「成型期」、「繁榮期」與「發展期」，詳見拙著《說唱藝術之妙》第一篇「認識篇」第三章（臺北市：蘭之馨文化音樂坊，二〇〇五年）。後於二〇〇九年出版《說唱文學與說唱音樂》「總論」第一章「說唱小史」則將元明清的「發展期」又分出清代以後的「轉變期」（臺北市：蘭之馨文化音樂坊，二〇〇九年）。

註二五　該文一九二八年原刊於《迷信與傳說》，全名〈唐寫本《明妃傳》殘卷跋——彈詞一類作品的新發現王昭君故事的歧異〉，後輯入周紹良、白化文編：《敦煌變文論文錄》下冊，頁五九九–六〇七。

註二六　王重民向達、周紹良等編：《敦煌變文集》（北京市：人民文學出版社，一九五七年）。

註二七　見王友蘭、王友梅《弦鼓唱千秋‧舌間話人生——臺北市說唱藝術發展史》第四章第二節第一條「廣播說唱節目」：『繼胡云之後，復興電臺廣播主持人楚雲，自民國七二年起，在他所主持的「迴旋曲」節目中穿插說評書。……近年又在臺北市佳音電臺主講廣播說書，節目名稱為「楚雲說書」，其代表書目有《慈禧傳》、《王昭君傳》、《岳飛傳》等。』（臺北市：臺北市政府文化局，二○一二年），頁一六一。

註二八　二○○二年十二月上海評彈團由竇福龍編撰的《四大美人》評彈系列中篇在上海大劇院首演，後來又多次在電視臺播出。二○一○年一月一一日至一四日該團來臺於臺北新舞臺演出，《四大美人》評彈系列分別為《西施篇——沉魚曲》、《昭君篇——落雁歌》、《貂蟬篇——閉月吟》、《楊妃篇——羞花譜》，每天一篇。其中、《昭君篇——落雁歌》分為〈長門怨〉、〈建章宮〉、〈雁門關〉。

註二九　見盛志梅《清代彈詞研究》附錄「所見彈詞目錄中的非彈詞作品」第四條之（四）：「《雙鳳奇緣》，八○回，道光年間京都琉璃廠刊本，六冊。按：此本唱昭君、賽君姐妹事，為評話或鼓詞」。（濟南市：齊魯書社，二○○八年），頁四七九。該書未能判別是評話還是鼓詞？可見其文體必定相近，八○回的長篇鼓詞屬於北方說唱文學，文體應為「韻散相間」，與部分南方評話「韻散相間」文體相同，此刊本既出自北京琉璃廠，而北京評書的文體乃全篇散文、只說不唱，因此，筆者判定此篇《雙鳳奇緣》為北方「鼓詞」。

註三十　收錄《文明大鼓書詞》第一冊的鼓詞《昭君出塞》一冊，首句為「七星北斗參共商，春夏秋冬四季分。」藏中央研究院史語所傳斯年圖書館。

註三一　收錄於《文明大鼓書詞》第二冊的鼓詞《昭君出塞》一冊，首句為「一塊頑石落山林，能工巧匠凿成人。」藏中央研究院史語所傅斯年圖書館。

註三二　《山西民間曲藝資料傳統曲目匯編》第一輯《襄垣鼓兒詞》，藏山西大學文學院。見李豫等編著：《中國鼓詞總目》（太原市：山西古籍出版社，二〇〇六年）第一六九三條。

註三三　《梨花大鼓書詞初編》爲山西大學文學院藏《鼓詞匯集》第三輯，見李豫等編著：《中國鼓詞總目》，第〇五七五條。

註三四　京韻大鼓《昭君出塞》有收錄於黑姑娘秘本《五音大鼓書》叢書《眞好唱詞大鼓快書》；有收錄於《大鼓書詞彙編》，版心題《五音大鼓書》；有藝人胡十唱本，穿插二黃與西皮帶腔；另有僅帶二黃刻本一冊版本兩種。藏中央研究院史語所傅圖。

註三五　民國《鼓詞選刊續集》藏山西大學文學院，見李豫等編著《中國鼓詞總目》，第〇五七五條。

註三六　收錄張壽崇主編：《滿族說唱文學：子弟書珍本百種》（北京市：民族出版社，二〇〇四年），頁九四。

註三七　收錄張壽崇：《滿族說唱文學：子弟書珍本百種》，頁九七，與《清車王府藏曲本》第五一冊（北京市：學苑出版社，二〇〇一年），頁二〇六。

註三八　文建會國立傳統藝術中心民族音樂研究所二〇〇一年委託大漢玉集劇藝團策劃執行「楊秀卿唸歌唱故事」有聲書保存計劃，錄製楊秀卿演唱、楊再興伴奏的臺灣唸歌六個長篇曲目，分別爲《孟姜女》、《昭君出塞》、《山伯英臺》、《雪梅教子》、《孟麗君》、《周成過臺灣》，以「口白歌仔」的方式演唱，韻散間用、有說有唱，並出版《楊秀卿念歌唱故事》有聲書，該作品由計畫主持人王友蘭撰文，二〇〇九年出版、二〇一一年再版。

註三九　見張長弓《鼓子曲言》十五「題材來源考」（臺北市：正中書局，一九七五年），頁一〇二。

註四十　見林修澈、黃季平合著：《蒙古民間文學》第四章〈民間傳說〉【表一五】，編號Po2，蒙古族的傳說/傳奇人物傳說，（唐山市：唐山出版社，一九九六年），頁一七八。

註四一　見鄒志斌、蔡長明主編：《昭君文化叢書．傳說卷》（成都市：四川美術出版社，二〇〇九年）。

註四二　（唐）趙麟《因話錄》云：『有文淑僧者，公為聚眾談說，假托經論，所言無非淫穢鄙褻之事。不逞之徒轉相鼓扇扶樹，愚夫冶婦樂聞其說，聽者塡咽寺舍，瞻禮崇拜，呼為和尚。教坊效其聲調，以為歌曲。其甿庶易誘，釋徒苟知眞理及文義稍精，亦甚嗤鄙之。』（《新校因話錄》，臺北市：世界書局，一九五九年）。

註四三　（唐）吉師老：《看蜀女轉昭君變》，收錄於《全唐詩》下冊（上海市：古籍出版社，一九八六年），頁一九一五。

註四四　抄自楊家駱主編：《敦煌變文》第一編《王昭君變文》，收錄於《中國俗文學名著叢刊》第一集第二冊（臺北市：世界書局，一九七七年），頁九八。

註四五　西元一九六七年上海出土明成化說唱詞話，由上海圖書館收藏。一九七九年，臺灣改以《明成化說唱詞話叢刊》。（臺北市：鼎文書局影印）。

註四六　見鼓詞《和北番》第一六冊（北京市：永隆齋抄本，藏中研院傅斯年圖書館）。

註四七　曲譜收錄於《中國曲藝音樂集成‧江蘇卷》上卷（中國ISBN中心，一九九四年），頁一一〇二。

註四八　京韻大鼓《昭君出塞》唱詞，收錄於姜昆主編：《京韻大鼓傳統唱詞大全》（中國戲劇出版社，二〇〇〇年），頁四七二。

註四九　京韻大鼓《鴻雁捎書》唱詞收錄於姜昆主編：《京韻大鼓傳統唱詞大全》，頁六〇九。

註五十　同前註四。

註五一　元雜劇馬致遠《漢宮秋》全名《破幽夢孤雁漢宮秋》。

註五二　筆者曾於一九八八年七月二日在聯合報副刊發表〈讓民間講唱傳誦不絕〉一文，首次提出「短話長說」一詞，一九九二年在〈講故事的藝術〉文中重申此義：『眞正講故事的能手，必須「短話長說」，還得句句沒廢話，字字扣人心弦，……說書人對故事中人物、情節、景色，都要鋪敘一番，以他豐富的歷史知識、社會經驗及生活體認，發揮想像力，添枝加葉。』該文並收錄於王友蘭：《談戲論曲》（臺北市：學海出版社，一九九二年），頁一一九。

註五三　該文輯入巴特爾編選：《昭君論文選》，頁四七六－四七九。

註五四　馮陽：〈王昭君形象的審美意象〉，《延安大學學報》（社會科學版）第二五卷第五期（二〇〇三年），頁八九－九三。

註五五　我國古代四大美人，其美貌有「沉魚」、「落雁」、「閉月」、「羞花」之形容，分別指的西施、王昭君、貂蟬、楊貴妃。

註五六　《琴操》作者有爭議，據曾永義《俗文學概論》三編第五〈王昭君故事〉：「《琴操》或謂東漢蔡邕所著，……因蔡氏史學名家必不肯生造歷史」，所以認定《琴操》爲西晉孔衍據民間傳說編寫而成。（臺北市：三民書局，二〇〇三年），頁五〇一。

註五七　見范曄著、楊家駱主編：《新校本後漢書并附編十三種》（臺北市：鼎文書局，一九七九年）。

註五八　見五代後晉劉昫等撰：《舊唐書》卷二十九志九《音樂志二》（臺北市：鼎文書局，一九八五年）。

註五九　抄自益聞書局石印本福州平話《前和番》上集，藏中研院傅斯年圖書館。另，影本收錄於《俗文學叢刊》第三六七冊（臺北市：新文豐出版公司，中央研究院歷史語言研究所俗文學叢刊編輯小組編輯），頁二五三－二五八。

註六十　收錄於郭茂倩：《樂府詩集》卷二十九《相和歌辭四》（臺北市：世界書局，一九六七年）。

註六一　抄自楊家駱主編：《敦煌變文》第一編《王昭君變文》，收錄於《中國俗文學名著叢刊》第一集第二冊（臺北市：世界書局，一九七七年），頁一〇一－一〇二。

註六二　同前註二四。

註六三　見曾永義：《俗文學概論》三編：民族故事（伍、王昭君故事），頁五〇三。

註六四　曲譜收錄於《中國曲藝音樂集成·上海卷》（中國ISBN中心，一九九四年），頁六九三－六九四。

註六五　抄自《大鼓書詞彙編・京韻大鼓昭君出塞》，收錄於《五音大鼓書》（上海市：振圜圖書局印行）。藏中央研究院史語所傅斯年圖書館。

註六六　見漢・班昭《女誡》七篇中的「婦行第四」首收錄於句云：「女有四行，一曰婦德，二曰婦言，三曰婦容，四曰婦功。」收錄於班固《後漢書》卷八十四「列女傳第七十四」。

註六七　抄自《清車王府藏曲本》〈出塞〉頭回，頁二一九。

註六八　同前註，〈出塞〉第四回，頁二二六。

註六九　見郭茂倩：《樂府詩集》卷二十九《相和歌辭四》引《古今樂錄》。

註七十　同前註二四。

註七一　《隋書》卷一十四志第九音樂中：「周武帝時有龜茲人，曰蘇祇婆，從突厥皇后入國，善胡琵琶，聽其所奏，一均之中，間有七聲」。

註七二　收錄劉洪濱、劉梓鈺編：《京韻大鼓傳統唱詞大全》，頁四七二。

註七三　見《中國曲藝音樂集成・天津卷》花五寶演唱曲譜，頁一〇八一。

註七四　收錄張壽崇主編：《子弟書珍本百種》（北京市：民族出版社，二〇〇〇年），頁九七。

註七五　王佩臣演唱本，今有王淑玲影音存世。

註七六　楊家駱主編：《敦煌變文》，頁一〇三。

註七七　見曾永義：《俗文學概論》三編：民族故事（伍、王昭君故事），頁五〇三。

註七八　抄自《大鼓書詞彙編・京韻大鼓昭君出塞》，收錄於《五音大鼓書》（上海市：振圜圖書局印行）。藏中央研究院史語所傅斯年圖書館。

註七九　收錄於郭茂倩《樂府詩集》卷二十九《相和歌辭四》。

註八十　五代後晉劉昫等撰《舊唐書》卷二十九志九《音樂志二》云：《清樂》者，南朝舊樂也。永嘉之亂，五都淪覆，遺聲舊制，散落江左。宋、梁之間，南朝文物，號爲最盛；人謠國俗，亦世有新聲。後魏孝文、宣武，用師淮、漢，收其所獲南音，謂之《清商樂》。隋平陳，因置清商署，總謂之《清樂》。遭梁、陳亡亂，所存蓋鮮。隋室已來，日益淪缺。武太后之時，猶有六十三曲，今其辭存者，惟有《白雪》、《公莫舞》、《巴渝》、《明君》……等。……《明君》，漢元帝時，匈奴單于入朝，詔王嬙配之，即昭君也。及將去，入辭。光彩射人，聳動左右，天子悔焉。漢人憐其遠嫁，爲作此歌。晉石崇妓綠珠善舞，以此曲教之，而自製新歌曰：『我本漢家子，將適單于庭，昔爲匣中玉，今爲糞土英。』晉文王（司馬昭）諱昭，故晉人謂之「明君」。

註八一　收錄張壽崇主編《子弟書珍本百種》，文後註明「故事見于明富春堂本《王昭君出塞和戎記》，作者佚名，清光緒二十九年海城合順書坊本」，（北京市：民族出版社，二〇〇〇年）。

註八二　抄自《新出大鼓書帶二黃．昭君出塞》京都寶文堂板，藏中央研究院史語所傅斯年圖書館。

註八三　唱詞見王友蘭：《楊秀卿念歌唱故事》有聲書（國立傳統藝術總處籌備處發行、臺北市：蘭之馨文化音樂坊出版，二〇一一年），頁三九。

註八四　見鼓詞《和北番》第一七冊，永隆齋抄本，藏中研院史語所傅斯年圖書館。

註八五　見閩南歌仔《王昭君冷宮歌》、《王昭君和番歌》，會文堂刊本，藏中研院傅斯年圖書館。

註八六　抄自《清車王府藏曲本》〈出塞〉第三回，頁二二四。

註八七　馬致遠號東籬，大都人，曾擔任從五品的江浙行省務官。作有雜劇一五種，今存七種，《漢宮秋》、《薦福碑》爲其代表作，又有《江州司馬青衫淚》等。

註八八　抄錄陸永峰：《敦煌變文研究》（成都市：巴蜀書社，二〇〇〇年），頁三〇二。

註八九　引焦循《曲海》云：「嫱至塞外，請先誅毛延壽乃入，單于即殺延壽，嫱自投烏江以死，因夢見漢帝，復取其妹王秀眞。」

註九十　抄自楊家駱主編：《敦煌變文》第一編《王昭君變文》，收錄於《中國俗文學名著叢刊》第一集第二冊，頁九八。

江蘇常熟龍神傳說初探

丘慧瑩

摘要

中國的龍神信仰起源很早，唐代已確立「祀龍求雨」的制度。唐代的皮日休、宋代的范成大，都記錄過吳郡「祀龍祈雨」的靈驗事蹟。而這樣的靈驗背後有一個有趣的「龍子祭母」傳說。「龍子祭母」的故事主題，雖流傳於中國各地，但江蘇常熟因結合破山寺龍堂、頂山白龍祠、白龍澗、七十二瞟娘灣等地方風物，經文人的筆記與史地資料的記載而流傳，其後又有《龍王寶卷》一遍遍的宣講、民間故事的口口相傳，使得「龍子祭母」傳說成爲當地民眾共同的記憶，也使得龍王成爲當地民眾重要的信仰，且流傳至今。

關鍵詞

龍神、常熟、方志、龍王寶卷、龍母

一 前言

中國對龍的觀念，從動物、氏族圖騰，到具有神格的水神，掌管著興雲布雨的工作，並被人們崇信與敬拜，是經過很長期的變化而來。（註一）典籍中，論及龍與水的關係，起源很早，《易經．乾卦文言》「雲從龍，風從虎」，孔穎達對此的解釋爲：「龍是水畜，雲是水氣，故龍吟則景雲出，是雲從龍也」（註二），說明天地之間互相感應的道理。《管子．水地》：

> 龍生於水，被五色而游，故神。欲小則化如蠶蠋，欲大則藏於天下，欲上則凌於雲氣，欲下則入於深泉，變化無日，上下無時。（註三）

強調龍身爲水畜，卻有千變萬化，藏雲入泉的特性。《山海經．大荒東經》：

> 大荒東北隅中，有山名曰凶犁土丘。應龍處南極，殺蚩尤與夸父，不得復上。故下數旱，旱而爲應龍之狀，乃得大雨。（註四）

則說明了應龍不能上天，導致大旱，此處確立了龍興雲布雨的神通。《春秋繁露．求雨》

記載了四時祈雨的方法；若春旱祈雨，則：

甲乙日爲大蒼龍一，長八丈，居中央。爲小龍七，各長四丈。於東方。皆東鄉，其間相去八尺。小童八人，皆齊三日，服青衣而舞之。……丙丁日爲大赤龍一，長七丈，居中央。又爲小龍六，各長三丈五尺，於南方。皆南鄉，其間相去七尺。壯者七人，皆齊三日，服赤衣而舞之。（註五）

夏冬則戊己日爲大黃龍一、小龍四；庚辛日爲大白龍一、小龍八；壬癸日爲大西龍一、小龍五。可知四時行雨分屬不同的龍神負責。

不過中國祈雨的對象，並非僅止龍神而已，雨師、風伯是最早掌管行雲布雨的神靈，舉凡山川百源、五湖四海，甚至城隍、土地，亦可成爲祈雨的對象。唐代普遍建龍壇、龍堂，並將龍神提高到與雨師同等地位，成爲官祀之一。（註六）〔宋〕趙彥衛《雲麓漫鈔》中即提及：

《史記．西門豹傳》說河伯，而《楚辭》亦有河伯詞，則知古祭水神曰河伯。自釋氏書入，中土有龍王之說，而河伯無聞矣。（註七）

由此可知，受佛教影響，「龍王」一詞幾乎成為水神的代稱，加上祀龍求雨的靈驗，使得龍神傳說廣泛流傳，龍王也成為中國重要的水神之一。龍王信仰的興盛，與佛教關係密切，已為學界定論，前行的相關研究此處不再贅述。（註八）唐傳奇、元雜劇中出現許多龍王、龍女故事，而一般人最熟悉的莫過於通俗小說中敖家班的「四海龍王」。（註九）然而本文所要探討的江蘇常熟地區的龍神傳說，卻不是以上的系統，而是屬於具有孝思的「龍子祭母」型龍神傳說。

二　常熟方志中的龍神身世傳說

常熟又名海虞、南沙、琴川，原為吳之北境，其沿革如下：

常熟縣，漢會稽郡吳縣有虞鄉乃縣地也，吳孫權時嘗置虞農都尉此。晉武帝太康四年始建為海虞縣，仍屬吳郡。成帝咸康七年置南沙縣屬晉陵郡。梁因之及置信義郡。隋平陳郡，廢縣屬，吳州所領海隅、前京、信義、海虞、興國、南沙入焉，治南沙城。至唐高祖武德七年，移海虞城，即今治也，若縣所以名之義，則未有考意者。海虞以山，南沙以地，而常熟則或以土壤膏沃，歲無水旱而名歟。又別名曰琴川，此其顛末也。（註十）

常熟今屬蘇州市，歷來分屬於吳郡、信義郡、蘇州、江南道、平江府等，漢時曾分爲南沙與海虞二縣，後合一，雍正時又分爲常熟、昭文二縣。（註十一）

〔唐〕皮日休（約八三四/八四〇—八八三）所作〈破山龍堂記〉，是目前所知，最早記錄常熟祀龍祈雨的事蹟：

《禮》：「山林、川谷、丘陵，能出雲，爲風雨，見怪物，皆曰神。」若然者，龍亦能爲風雨，見怪物，則其澤之在民厚矣。神而祀之，又宜矣。常熟，澤國也，風雨怪物日作於民。在有其地者，苟祀之至，民被其利；祀之不至，民受其禍。汝南周君爲令之初，年夏且旱，禜其神於破山之潭上，果雨以應。君曰：「受其賜，徒禜以報不可也。」於是命工以土木介其象，爲寶宮以蔭之，著之於典以潔其祀。於是風雨時，怪物止，水旱不爲厲。民經大荒，連歲以穰，其神之澤乎？君之祀乎？凡雩者，《春秋》之道皆書之，勤民之祀也。君爲其祠已，乞文其事。日休佳君之爲，志在民，故從之。咸通十三年（八七二）二月十九日，襄陽皮日休記。（註十二）

由於祀龍祈雨靈驗，縣令周思輯（註十三）興建龍堂，以供祭祀，常熟也因此風調雨順，莊稼豐熟。

（一）龍神身世

〔宋〕范成大（一一二六—一一九三）撰《吳郡志》「煥靈廟」條，則對唐代的破山龍堂有所補述：

> 煥靈廟，在常熟縣破山。唐咸通中所建龍堂也。本朝政和二年（一一一二），賜今額。五年，加賜宣惠侯。〔註十四〕

由此可知唐代的破山龍堂，因祈禱感應確實，到宋代成爲御賜廟名的「煥靈廟」。而立像修廟的過程，可由〔宋〕魯詹（一〇八二—一一三三）：〈新建煥靈宣惠侯廟記〉得知：

> ……惟侯之祠，舊在破山興福之澗上。父老相傳，其誕育之異，肇自梁武之初。我宋龍興，妙選守令，爲民師帥。太平興國中，蔣侯文懌來宰是邑，距天監幾五百歲矣。時積潦泛漲，躬禱於侯。不移晷，雲斂而霽，歲則大穫。乃迎侯與聖母之像，歸于頂山壽聖之西偏。是日白龍示見，盤旋冢上，彩雲之瑞，焜耀山間。迄今又幾一百有四十載矣，邑人乃相與作廟于山腰龍池之上，侯之先壟在焉。〔註十五〕

這裡所謂的「父老相傳，其誕育之異，肇自梁武之初」、「天監」年間的龍神傳說，在《（寶祐）重修琴川志．卷十》「白龍祠」，可見較詳細的記錄：

白龍祠，在縣西北頂山之上。世傳梁天監元年（五〇二），有村姥姓蔣，氏居山之東，因有異感，孕而生白龍。失所往，三日龍歸，若就乳，姥怖而死。即所居葬之，既而大雷雨，冢遷于山腹。歲之五月，龍率來省，或見形山間。始至，必甚風雨，既留，則一境爲之寒，邑人於此候之。唐貞觀十年，龍嘗鬬黑龍于海虞山之東，邑人因像，事龍母子于破山寺西澗旁，水旱禱焉。（註十六）

北宋大觀三年（一一〇九）陸韶之（一〇八〇－一一二五）〈頂山白龍祠記〉亦有相同記錄。（註十七）由上述記錄，得知頂山龍神傳說，可上溯至梁天監年間的蔣姓龍母，感生產子，因龍就乳、母驚死；大雨龍母冢遷，龍神每年五月省母。因龍神雨暘得時，深受當地居民愛戴，因此頂山上供奉龍神的地方，從唐代的「龍堂」，到宋初「白龍祠」，宋政和二年得賜廟號，稱「煥靈廟」。頂山上最初僅有龍母塚，其後有龍神母子的塑像，唐代才建祠立廟。這一系列的相關記載，勾勒出極爲清晰的常熟龍神的傳說及信仰的靈驗。

但常熟的龍神身世，卻還有不同的說法。《吳郡志》另載「陽山靈濟廟」條：

陽山靈濟廟，在澄照寺傍，白龍母廟也。無碑碣可考。有僧祖照者，以父老相傳，述事於壁云：「東晉隆安中（三九七－四〇一），山下居民繆氏，家有女，及笄，出行。風雨暴至，天地陡暗，避於今所謂龍塘之側。俄有一白衣老人，語女曰：「氏族爲何，居何所？」女答姓繆。指山之西曰：「我家舍于陽山三峰之下，家有父母。」老人曰：「天色如此，吾無所歸，欲假館，可乎？」女曰：「當告父母。」老人強之再三，遂首肯。語竟，遽失老人所在。女歸有咯，父母惡之。逐出，丐食鄰里。明年三月十八日，至今所謂龍塚之上，產一肉塊。居民怪之，驚棄水中。倏焉，塊破化而爲龍。夭矯母前，若有所告，其母驚絕于地。即有風雨雷電，飛沙折木，咫尺不辨人物之異。既開霽，但見白龍昇騰而去。眾乃厚葬其母，自後累降巫語，始祠之於山顛。而雨暘失候，祈禱必應。（頁一八〇－一八二）

陽山，在滸墅西北數里，亦屬常熟地界。此處記錄東晉年間的繆氏女，於隆安某年三月十八日生一肉塊，肉塊遇水化爲龍；龍告母、母驚死。其後風雨交加、白龍飛昇，居民葬龍母，立廟山顛，頗有靈驗。

陽山龍神與頂山龍神身世二者略有異同，（註十八）但由人類母親感生而孕，龍母產子後因龍告母、母驚死，龍省母皆有大風雨等情節皆相同。二者極有可能是同一個傳說，因二地各有龍王廟，而產生的細微變異。因爲在〔宋〕朱長文（一〇四一－一一〇〇）撰《吳郡圖經續記》中，「祠廟」部份有兩條記錄：

龍母廟，在吳縣陽山。郡中嘗於是祈雨而應，民所欽奉。

常熟縣龍堂。唐咸通中，縣令周思輯以旱故，禜龍于破山之潭上，果雨以應，於是爲堂以祀之。記刻今存。破山，即虞山也。父老以謂每歲有龍往來於陽山虞山之間，其雲雨可識。（頁二六）

朱長文將陽山、虞山二處的龍神視爲同一龍神，所謂：「父老以謂每歲有龍往來於陽山虞山之間，其雲雨可識。」更有趣的是，這龍神還不只遊走於陽山虞山二處，平日還往來長沙與江蘇之間。《吳郡志．卷十三》「陽山靈濟廟」載：

建炎間（一一二七－一一三〇），主僧覺明復一新之。相傳龍子分職瀟湘，每歲是日，必歸山間。風雨淒冷，人以爲龍子誕日云。過是，山中方有春意。其去也，或變怪之狀，見於雲間。紹興十九年（一一四九）六月某日，犇雲靉靆，起于是山。俄頃，盲風驟雨大作，龍自郡城過，捲去女牆數百丈。居人余氏家小亭，吸入雲中。及有負販者，

> 被吸復墮，而無傷焉。又云：昔有白鬚老人，至鎮江江步買船，自云後（從）長沙來，與船人錢十千，先付五千，餘錢約至蘇州陽山看親處還。登舟，即令篙工悉睡，日暮抵許市（滸墅）上岸去，蓋已三百六十里矣。舟人至山下尋覓，值風雨大作，避於廟中。於像前得錢五千，方悟神龍之歸，乃以錢設供僧，辭謝而去。比歲，祈龍母屢應。（頁一八一—一八二）

這裡的龍神被形容爲騰雲駕霧，倏忽往來於陽山、虞山及瀟湘間，正是「神靈見首不見尾」的具體寫照。

在《（寶祐）重修琴川志》「破山興福寺」，另有一說：「朱長文志云：正觀（註十九）（六二七—六四九）中，山中嫗生白龍，與一龍鬬於此，而成此澗。」（頁三四三上）。此處的「朱長文志」正是前引朱長文《吳郡圖經續記》，其中「興福寺」的記錄有：

> 興福寺，在常熟縣破山，爲海虞之勝處。齊郴州刺史倪德光捨宅爲寺。唐常建詩云：「竹徑通幽處禪房花木深山光悦鳥性潭影空人」即此地也。山中有龍鬥澗，唐正觀中，山中嫗生白龍，與一龍鬬於此，而成此澗。（頁二六）

此處記錄雖略嫌簡略，龍母產子的時間也遲至唐貞觀，但同樣指出龍神爲人類母親感生而來。

（二）故事類型分析

常熟龍神的身世傳說，雖各有細節的不同，但其共通的母題皆是：凡人母親、感生、怖死、祭母。這一類型的記錄，即〔德〕艾伯華（一九〇一－一九八九）《中國民間故事類型》中「龍的母親」（註二十）、祁連休（一九三七－）《中國古代民間故事類型》研究中的「龍子祭母型故事」（註二一）、顧希佳（一九四一－）稱爲「龍子望娘型故事」（註二二）。

「龍子」類型的故事，最早可追溯到晉時的記錄，〔晉〕干寶（不詳－三三六）《搜神記》卷十四的「竇氏蛇」：

> 後漢定襄太守竇奉妻生子武，并生一蛇。奉送蛇野中，及武長大，有海內俊名。母死，將葬未窆，賓客聚集，有大蛇從林草中出，徑來棺下，委地俯仰，以頭擊棺，血涕並流，狀若哀慟，有頃而去。時人知爲竇氏之祥。（註二三）

〔南朝宋〕劉義慶（四〇三－四四四）《幽明錄》「謝婦生蛇」中亦有頗類於「竇氏蛇」

的記載：

會稽謝祖之婦，初育一男，又生一蛇，長二尺許，便徑出門去。後數十年，婦以老終，祖忽聞西北有風雨之聲，頃之，見一蛇長十數丈，腹可十餘圍，入户造靈座，因至柩所，繞數匝，以頭打柩，目血淚俱出，良久而去。（註二四）

《搜神後記》的「蛟子」與前述二者亦有共同的母題：

長沙有人，忘其姓名，家住江邊。有女子，渚次浣衣，覺身中有異，後不以爲患，遂妊身。生三物，皆如鮧魚。女以己所生，甚憐異之，乃着澡盤水中養之。經三月，此物遂大，乃是蛟子。各有字，大者爲「當洪」，次者爲「破阻」，小者爲「撲岸」。天暴雨水，三蛟一時俱去，遂失所在。後天欲雨，此物輒來，女亦知其當來，便出望之。蛟子亦舉頭望母，良久方去。經年後女亡，三蛟子一時俱至墓所哭之，經日乃去。聞其哭聲，狀如狗嘷。（註二五）

《搜神後記》舊題爲〔東晉〕陶潛（約三五六－四二七）所撰，此書雖非靖節先生所作，但成書年代當在唐前。無論是「竇氏蛇」、「謝婦生蛇」或是「蛟子」，都與范成大《吳郡志》中所載「東晉隆安中」的時間段相當接近。足見這個故事類型，在晉代已廣泛流傳。其共通的特色都是女子生下龍子；龍騰飛，回頭望娘，母死祭母。

而這一類的龍子祭母故事的異文，在唐宋時期大量出現，《集異志》「產龍子」、《嶺表錄異》「溫媼」、《稽神錄》「史氏女」、《太平廣記》「張魯女」等，都是此類的記載。但其中隨著地域的不同，增加了「斷尾龍」情節，進而演變爲大江南北皆流行的「禿尾巴老李」故事。不過「產龍子」、「溫媼」無祭母的母題；「史氏女」有斷尾情節，但卻是斷鯉魚之尾，方能化龍，與後世龍子斷尾的原因不類，也與人生龍子或蛟、蛇的情況不同。「張魯女」中的感生，與常熟方志所載的龍神故事相同：

> 張魯之女，曾浣衣於山下，有白霧蒙身，因而孕焉。恥之自裁，將死，謂其婢曰：「我死後，可破腹視之。」婢如其言，得龍子一雙，遂送於漢水。既而女殯於山，後數有龍至，其墓前成蹊。（註一二八）

龍行成蹊情節，與常熟《龍王寶卷》中的「瞟娘灣」相似。龍子祭母故事的異文，唐宋時期在中國各地大量出現，但其中卻存在不少的差異；相形之下，常熟文獻中有關龍神身世的三種傳說，雖有時代及龍母姓氏上的差異，但其母題卻是趨於一致。

常熟方志中記錄的龍神傳說，除了凡人母親感生產龍、龍子祭母之外，還有「大雨塚遷」、「省母風雨」兩個細節，構成了具有神異色彩，但又兼具孝思的龍神傳說。〔晚唐〕劉恂《嶺表錄異》「溫媼」雖有大雨遷塚的情節，但龍神卻非感生，而是被人類母親撿來孵化的，也無龍子祭母部份。這一類型的龍子故事，據顧希佳研究，認爲時間要比感生的龍子故事晚出。由此可見唐宋時期，常熟方志中記錄的龍神傳說，不只傳奇色彩濃厚，且情節完整，敘事成熟，在「龍神故事群」（註二七）中，應具相當的研究價值。

三　常熟龍神的靈驗傳說

常熟的龍神傳說，除前述富含孝思的龍子祭母、望娘相關的身世傳說外，當然還有其本身職掌的水旱得時。隨著龍神祈雨靈驗，龍神的形象也日漸人格化、多樣性，其能力神通也日漸擴大，不止是祈雨的對象，更有治病的能力，甚而演變成具有國族意識的正義龍神助戰，可謂集龍神傳說之大成者。

（一）龍神與地方風物：破山、白龍澗

中國常會有各種地方風物傳說，常熟的虞山之所以名爲「破山」，及山上「白龍澗」，正

是此類龍神傳說的重點。《（寶祐）重修琴川志・卷四》「頂山」：「破山亦虞山之別山，因白龍鬭，衝山而去，故曰破山」（頁三一五上）。但同書卻又有不同的說法，卷十「破山興福寺」條載：

舊傳正觀中，有老宿在寺說法，常有白髯老人，每旦必先至。一日，師問爲誰？曰：某山中白龍也。師願見其形。老人云：我見形時，當念《摩訶經》號，助我之威。師怖，誤誦《揭諦神咒》，神以杵擊龍，龍衝山而去，遂成破澗。又略《高僧傳》云：白龍與黑龍交勇，衝迸成蹊。朱長文志云：正觀中，山中嫗生白龍，與一龍鬭於此，而成澗。則文與白龍祠事相涉，三說未知熟是。（頁三四三上）

朱氏原文，即前引「山中有龍鬥澗，唐正觀中，山中嫗生白龍，與一龍鬬於此，而成此澗」。《（寶祐）重修琴川志・卷十》「白龍祠」有：

唐貞觀十年，龍嘗鬬黑龍于海虞山之東，邑人因像，事龍母子于破山寺西澗旁，水旱禱焉。（頁三四一上）

北宋大觀三年（一一〇九）陸韶之（一〇八〇－一一二五）〈頂山白龍祠記〉：

唐貞觀十年，龍嘗鬬異龍于海虞山之東，山破水泉出其下，有破山寺，今興福寺是也。邑人因像，事龍母子于寺西澗旁，水旱禱焉。本朝太平興國四年，蔣文懌爲縣令苦雨，祈龍而霽。令爲之增碑冢封，濬治故池。既又卜遷其像，歸諸頂山寺。是日，有白氣離故地而龍見。既至，舍其像佛殿西偏，而大治其祠宇結構之。三日，龍復見，尾冢而首祠。繼日，雲氣光色錯雜，遠近見之。（《（寶祐）重修琴川志．卷十三》，頁三七〇下－三七一上）

以上所引，可知常熟的龍神是白龍神。但虞山之破，則有兩說，一則是因常熟龍神與黑龍相鬬；一則與佛教相關。此處所說的《摩訶經》，應爲《摩訶摩耶經》一名《佛昇忉利天爲母說法》（註二八），此經的內容即世尊向其母說法，依此指涉龍神與龍母的情況，用來替龍神現身助威，頗爲恰當。而誤誦的《揭諦神咒》，現在一般指的都是《般若波羅蜜多心經》中的「揭帝　揭帝　般羅揭帝　般羅僧揭帝　菩提　僧莎訶」（註二九）。「揭諦」爲佛教護法神，一誦神咒，揭諦現身，故有「神以杵擊龍」事。雖說龍王傳說的興盛與佛教關係密切，但此處所用的經咒，恐怕不是口頌「阿彌陀佛」的普及常識。此種因現形，而被神懲，故破山成澗的說法，因涉及佛教經典的層次，對普通民眾而言，較難解其中旨趣；不如「二龍相鬭」的說法平易有趣，而廣泛流傳。考察後來的方志，如〔明〕管一德（一〇六五前後）編《萬歷皇明常熟文獻志》（註三十）及清修的《常熟縣志》，皆採「龍鬬」的說法，可見此說較易流傳於民間。

（二）龍神現形

《吳郡志．卷十三》：「靈濟廟」：

> 靈濟廟，在府東南，舊五龍堂也。淳熙十年（一一八三）秋，大旱，郡守耿秉，即設廳作祈雨道場，設行雨龍王位於東西序。有蜥蜴見於香案果飣之上，蜿蜒不去，終日雲合。秉以杯珓祈之，若有靈異，已而大雨三日。具以事聞，詔賜靈濟廟爲額。（頁一八二）

這條記錄一如皮日休《破山龍堂記》中祈雨得雨的靈驗，特異處是龍神以蜥蜴的樣子出現在香案上。

《康熙常熟縣志》卷十三「煥靈廟」載：

紹熙甲寅（五年，一一九四）春無雨，至夏五，侍御冷世光率縉紳禱龍於慧日寺。夢白衣老人曰：「我即龍也，水涸甚，將於何取？」見旁有古澗，澗水一泓，指曰：「可矣！」及寤，徐覺窗紙皆鳴，甘雨驟澍。

邑令孫應時下車，未幾苦旱，亦迎禱於寺。五月九日龍見尚湖之濱。其上片雲正黑，爪角時露，尾屬地可數十丈，色如霜。後二日，大雨霑足。（註二一）

這兩則雖出現在清修的方志中，但所載皆宋代龍神因祈雨而現形的事蹟。前一則龍神是以白衣老人出現；後一則龍神則是現出眞身，顏色依舊是白色；二者都延續有關常熟龍神爲白龍的一致性。

這一類的傳說，是祀龍祈雨靈驗下的產物，主要雖是記錄龍神祈雨的靈驗，但又結合了民眾豐富的想像，因此龍神時而以獸形，時而以人形出現，突顯其變化莫測的特性。龍神以人的姿態出現，唐傳奇〈柳毅傳〉、〈李衛公靖〉皆有生動的描述，其情感與生活，皆被凡人化。只不過常熟龍神的人形，僅是呼應白龍身份，成爲白衣老人，對於人形化後的龍神性格，欠缺具體的描寫。

(三) 龍神職能的擴大

1 龍神助戰

常熟龍神不只能布雨行雲，亦頗有家國意識，能在危急中阻止敵軍的行動。《(寶祐)重修琴川志·卷十》「白龍祠」載：

(紹興)辛巳(三一年，一一六一)逆亮犯順，御降祝文以禱。時李寶奏海道之捷，既而獲裨將倪新、殷簡二賊。昌言於眾，曰：當戰之時，有大龍舟，旗幟皆白，上植一認，旗書海虞山龔皓。俄風濤大起，虜舟皆不能自制，遂爲所勝。眾因悟龔乃龍字，皓者白色，蓋龍助順云。(頁三四一上)

在金人南侵時的常熟龍神，接受了宋高宗的請託(祝文)，變化爲龍舟，並興起風浪，使金人船櫓無法順利前行。而這種以操控風浪的「神力」助戰，充份發揮龍神呼風喚雨的執掌。

2 龍神治眼

《雍正昭文縣志》卷二祠祀「白龍神廟」條：

邑人陳璹，父母沒，廬墓六年，目失明。夢白衣老人治之，覺而目已復明。有僧見龍盤其墓木。（註三二）

這一則也是記錄宋代的龍神事跡，因陳璹孝親感天，故龍神主動幫忙治癒其因哀傷過度而哭瞎的眼睛。

龍神職能的擴大，則是龍神祈雨靈驗隨之而來的龍神信仰，從「雨暘失候，祈禱必應」的風調雨順，到「累降巫語」的警示指引，再到吸人入雲，卻無損傷，龍神的能力擴大，不止具備呼風喚雨的能力，還有治病、護祐、示警的功能。但這些擴大的龍神能力，是由龍神行雲布雨的本職基礎上推展出來，彰顯龍神靈驗、護祐邑人的神貺。特別是醫治孝子雙眼的神能，更符合常熟龍神身世傳說中的「望娘」、「省母」孝思特質，具有鮮明的常熟特色。

有關種種龍神靈驗的傳說，在宋代到達顛峰，常熟龍神在宋代屢受封贈，「五賜封號、進侯而公」（頁二二二），龍神被封爲「靈澤宣惠通濟孚應廣利公」、龍母爲「靈順慈穆顯祐普應夫人」。（註三三）

四　寶卷中的龍神傳說

《吳郡志》中的「陽山靈濟廟」、《（寶祐）重修琴川志》「煥靈廟」，由於二者的內容相常接近，皆已具備：凡人母親、感生、怖死、祭母等母題。所以被視爲是同一位龍神，且供職於瀟湘。但中國龍神之多，實在難以數計，《法華經》中的記載了八位龍王、《華嚴經》中出現了十位龍王；《西遊記》中提到「四海五湖、八河四瀆、三江九派」皆有龍王，可見龍王數量之多。唐代各地普設龍堂，五龍祠與司中、司命、風師、雨師、眾星、山林、川澤及州縣社稷釋奠皆爲小祀。（註三四）唐傳奇〈柳毅〉中的錢塘龍君、洞庭龍君、涇川龍王等亦是膾炙人口。唐玄宗曾封東、西、南、北四海龍王爲廣德王、廣潤王、廣利王、廣澤王。（註三五）宋徽宗則封青、赤、黃、白、黑龍爲廣仁王、嘉澤王、孚應王、義澤王、靈澤王。如果有水之處便有龍王，那麼陽山龍神和虞山龍神是否是同一位龍神，或是供職瀟湘原本是不必深究的問題。不過，唐宋之後常熟地區的龍神傳說似乎已然固定，其後的方志對於龍王的相關記載，皆延續唐宋舊有的說法；但流行在民間的《龍王寶卷》，卻對龍王傳說有進一步的鋪敘與開展，使得此一民間傳說廣泛的爲常熟地區民眾熟悉，進一步形成較固定的龍神本生傳說。

所謂「寶卷」，是宣卷的腳本。中國寶卷是一種古老而又與宗教或民間信仰活動相結合的說唱形式，講唱寶卷稱做宣卷（或「念卷」、「講經」）。寶卷的淵源，可追溯到唐代佛教寺院中的俗講。寶卷的發展，自宋元以下六、七百年來，在內容和形式上都有較大的變化和發展。清康熙（一六六一－一七二二）之後，宣卷與教派的關係變淡，成爲「民眾信仰、教化、娛樂活動，而沒有明確的宗教歸屬」的活動。（註三六）

目前可知的《龍王寶卷》有六種，分別是：常州《白龍寶卷》（註三七）、靖江的《龍王寶卷》（註三八）、河陽的《龍王卷》（註三九）、白茆的《龍王寶卷》兩種（註四十）、常熟余鼎君新編的《龍王寶卷》（註四一）。隋文帝開皇九年（西元五八九年）於常熟縣置常州，這是「常州」這一名稱的由來，即「常熟州」而來，治所因常熟被劃歸蘇州而搬遷到當時的晉陵（現常州市區）。宋、元、明、清分別為常州州、路、府治，所轄範圍基本包括現在的武進、江陰、無錫、宜興。靖江位於長江北岸，隔江與江陰、張家港對望；張家港原分屬常熟、江陰兩縣，一九六二年設沙洲縣，一九八六年才改為張家港市，舊名河陽的地區原屬常熟。這六種在江南一帶流行的寶卷，有相當緊密的地緣關係。不過也許是受到長江的阻隔，六種寶卷大致可分為三類：常州《白龍寶卷》說的是龍女下凡投胎故事；靖江《龍王寶卷》說的是四海龍王與蔡狀元造洛陽橋故事，二者皆自成一格；而相鄰的河陽與常熟的《龍王寶卷》，則是與常熟方志一致的「龍子望娘」型龍神故事，且說的都是頂山龍神的故事。本文主要以此為分析對象。

河陽的《龍王卷》，說的是南宋高宗年間常熟縣北門外的穆康員外，有女妙貞，因吃了一顆從河裡漂來的白蒲棗而有孕，懷胎十月後還不出生，直到甲辰年的五月十三日從母親胳肢咬洞鑽出，外形像蛇頭上有角。遇水變為小白龍飛出房門外。往東飛去，拖成一條白龍港，回頭望娘，成了七十二瞟娘灣。然後小白龍向北過了長江進入東海，往水晶宮中拜見東海龍王鰲光，並拜其為師，東海龍王上奏天廷，封小白龍為「頂山太白龍王」，平日救災，每年五月十三日生日可回老家。而穆妙貞因生了下小白龍而死，縣官將此事上奏，皇帝下旨建造「白龍王廟」，並將穆氏墳於正山門下，立石碑刻有「龍母基」，並供奉「頂山聖母娘娘」長生牌位。

兩本白茆的《龍王寶卷》故事，主角與河陽的《龍王卷》相同，都是敘述南宋高宗年間，常熟縣北門外的穆員外，有女名妙貞，因吃了一顆從河裡漂來的白蒲棗而有孕。妙貞懷胎十四月後，在三月初三日，生下一頭上有二支玉角的蛇。小龍向娘親點了三個後，就往外游去，弄塌了房屋幾百間；由於白龍難忘母親，頻頻回頭望娘，便望成了七十二灣。小白龍從福山塘往北游，到了長江，被東海的蝦兵蟹將迎至水晶宮，東海龍王要他到中央水晶龍宮去登位，並允其每年五月二十二日動身回家探望，二十三日到家門口。妙貞生下小龍後就死了，白龍將母親爲生己而死事上啓玉皇，玉皇敕旨建造龍殿、立仙像，並允白龍每年五月二十一日回家一次。縣官得知此事，亦上奏當今萬歲，於此同時，天上玉帝差太白金星至凡間皇宮，托夢告知皇帝此事。皇帝便敕旨於常熟頂山上造龍殿，塑穆家三代聖像、太白金龍金身、及造龍母殿一座。其後穆員外勤於修道，白日飛昇。

余鼎君新編的《龍王寶卷》則是將前三本「龍子望娘」的故事，依《光緒重修昭文合志》中的記載，把龍母改爲莫家莊蔣姓女子，調合原流行於常熟的《龍王寶卷》與《（寶祐）重修琴川志》所載的差異。時代改爲唐貞觀年間，用了《（寶祐）重修琴川志·卷十》「白龍祠」中的龍鬭情節，更加入《西遊記》斬龍王故事，用來說明龍王三太子被魏徵斬首前，將靈氣封在白珠中，而此物正是妙貞所吃的「白蒲棗」，故能生下龍子。

撇開余鼎君新增或特地改寫的地方不談，三本《龍王寶卷》所說的故事大同小異，時代都定在南宋高宗時期（一一三一－一一六二），龍母的姓名都是穆妙貞，都是吃了白蒲棗而懷孕，且都是十四月後才生下一隻蛟，妙貞生子後便死了。而後龍子對娘點了三點頭後離去，離去時風狂雨暴，因望娘而望出了河道。雖說寶卷中的龍母姓氏與《吳郡志》所載近似（註四二），但寶卷故事裡這些具體的時間、姓名與情節，並非直接引自常熟唐宋時期方志的記載，應有其他更具故事性的民間傳說影響《龍王寶卷》的編寫。

上述三本寶卷其寫成年代皆不詳，但妙貞懷孕十四月的情況，與袁枚（一七一六－一七九七）《子不語》卷十七「龍母」相同：

常熟李氏婦，孕十四月，產一肉團，盤曲九折，瑩若水晶。召，棄之河，化爲小龍，擘空而去。逾年，李婦卒，方殮，雷雨晦冥，龍來哀號，聲若牛吼。里人奇之，爲立廟虞山，號「龍母廟」。乾隆壬午（二七年，一七六二）夏大旱，牲玉斯罄，卒無靈。桂林中丞以爲大戚，其門下士薛一瓢曰：「何不登堂拜母乎？」中丞遣官，以牲牢禱龍母廟，翌日雨降。（註四三）

袁枚的「龍母」記錄，未詳細註明對常熟李氏產龍與立廟的時間；但卻清楚的說明乾隆年間，龍母靈驗的事蹟。前半段文字，袁枚是以「錄奇」的角度記錄「龍母」故事，用以說明常熟龍神傳說及龍母廟的由來；而這段文字，與方志中的〈頂山白龍祠記〉、〈煥靈宣惠侯廟記〉、〈修白龍祠記〉、〈龍湫亭記〉等文獻，相去不遠，屬「龍子望娘」型故事的記載；「孕十四月」的記錄，與前述常熟地區流傳的寶卷相同，具體增強了「龍母」孕子的特殊性，雖有龍母姓氏不同的差異，但這是民間傳說容易產生的可能異文。後半段文字，則說明在清乾隆年間，常熟大旱，在祭天祈雩等方式都失靈後，祭拜龍母祈雨成爲最後的希望與寄託，而「翌日雨降」也用事實證明了龍母的靈驗。袁枚《子不語》中的記載，正是延續常熟龍神一系列的龍母故事、龍母峰、龍母墓存在已久且祈雨靈驗的事實，所謂「自天監始，代著靈異，春秋水旱雩眕，禮有加焉」（註四四）。從范成大《吳郡志》提及的陽山龍母，到《（寶祐）重修琴川志》所載的頂山龍母，到宋代開始屢受封典，到了明代亦春秋致祭，直到清代，龍神爲民禦災捍患的靈驗，依舊爲人稱頌；同時也說明常熟地區的龍神信仰不曾斷絕。

寶卷中提及的龍王生日與龍子省母日，與方志所載也有些不同。《吳郡志》：記錄的龍王生日是三月十八、《（寶祐）重修琴川志》未註明。《常熟文獻志》：寫的是五月十三日：

頂山在縣西北一十八里，本虞山之別峰，舊傳白龍托產于此，而奕世廟祀焉。上有頂山廟……廟有古松三株，其一株拳曲頗怪。嘉靖二年（一五二三）五月十三日，白龍蟠繞此樹，山人共見。蓋俗稱是日爲龍生辰，每有是驗云。（註四五）

白龍每歲省母爲五月十三日的說法，在明代似乎非常流行。（註四六）這個日期在《康熙常熟縣志》中再次出現，有趣的是編者將《（寶祐）重修琴川志》、〈頂山白龍祠記〉未註明日期的龍王傳說故事，加上「五月十三」這個確切的日期，明白的指出：「蔣媼于五月十三日生白龍」（頁二八八），《雍正昭文縣志》依《康熙常熟縣志》照錄、《光緒重修常昭合志》（註四七）。《常熟文獻志》是目前所知最早提及五月十三爲白龍生日的記錄；可見最遲在明．萬曆三十三年，直到清末，方志對於龍王生日是有共識的。

但寶卷對龍王的生日卻有多種不同的說法：白茆《龍王寶卷》一本未論及，一說爲三月三（朱彩英）；河陽《龍王卷》與《常熟文獻志》一致，龍王生日爲五月十三；余鼎君新編《龍王寶卷》則是七月十五。〔清〕袁景瀾（嘉慶年間——同治年間尚在世，約一七九六後－一八七四前）《吳郡歲華麗紀》（註四八）、顧祿（約嘉慶初一七九六）《清嘉錄》（註四九）都提及「三月十八是白龍生日」，似乎清嘉道年間，遵循由《吳郡志》已記錄的白龍生日爲三月十八的說法較爲普及，不似明代開始方志中記錄五月十三日的說法。不過筆者二〇〇九年在白茆進行調查時，當地耆老提及三月三日爲龍王生日，以往當地人會到龍王廟，請宣卷先生宣《龍王寶卷》，但後來龍王廟中的神像被迫搬遷到聚福堂後，（註五十）也就沒這習俗了，但當地人還是會在原來的龍王廟門口空地插上幾柱清香，並在一旁燒化紙錢；相關的宣卷活動時，也會宣《龍王寶卷》。

雖說寶卷中龍神生日與方志、文人筆記所載並不一致，但提及龍王省母的日期倒是相近。《（寶祐）重修琴川志》說：「歲之五月，龍率來省」；河陽《龍王卷》說的是「每年五月十三日，龍王回山娘相見」（頁一五九）；白茆二本《龍王寶卷》，則都是五月二十二動身，五月二十三日抵達。且三本寶卷中都提到龍王歸家省母時，是蟠繞在古松之上：「銀杏樹生老蒼松，四面五枝蓬蓬鬆。龍王回家盤樹頂，就叫長生不老松」（白茆）、「樹枝生來像龍爪，樹皮生得像龍鱗。五月十三正生日，白龍盤在上邊存」（河陽，頁一五九）；正是前述《常熟文獻志》所載嘉靖二年事。

有關龍神省母日的相近，應與吳地風俗中的「分龍雨」有關。所謂「分龍雨」爲夏季所降對流雨，有時一轍之隔，晴雨各異。古人以爲由於龍分管不同區域的降雨使然，故謂之「分龍雨」。〔宋〕羅願（一一三六—一一八四）《爾雅翼》云：

自夏四月之後，龍乃分方，各有區域。故雨畝之間，而雨暘異焉。又多暴雨，說者云：「細潤者爲天雨，猛暴者爲龍雨也」。（註五一）

吳越地方以五月二十日爲分龍，如果次日即雨，就謂之分龍雨，主雨暘時若，年穀有秋。〔宋〕葉夢得（一〇七七－一一四八）《避暑錄話》：

> 吳越之俗，以五月二十日爲分龍日，不知其何據。前此夏雨時行，雨之所及必廣，自分龍後，則有及有不及，若有命而分之者也。故五六月之間，每雷起雲族，忽然而作，類不過移時，謂之過雲雨，雖三二里間亦不同。（註五二）

由於稻米是江南一帶重要的農作物，夏雨的及時，是秋收豐稔的保證，故當地有俗諺：「二十分龍廿一雨，水車不用歡田父，田裡秋收米似土」（註五三）、「二十分龍廿一雨，水車擱拉衖堂裡」、「二十分龍廿一雨，石頭縫裡都是米」（註五四），足見分龍雨的重要。但有關「分龍」的確切日期，各地卻並不相同，如池州以五月二十九日、三十日爲分龍節（註五五），北京以五月二十三日爲分龍日（註五六）。雖說池州、北京與吳越之地相差較遠，但各本寶卷中白龍省母日的差異，很有可能是常熟「過雲雨」「二三里亦有不同」的眞實反映；白茆二本《龍王寶卷》，提及龍神省母是「五月二十二動身，五月二十三日抵達」，也恰好說明了分龍次日即雨的情況。

常熟寶卷中的龍神傳說，還論及瞟娘灣及天界、東海龍王與凡間帝王，以及虞山龍王廟的香火鼎盛等事，這些部份受限於篇幅，將留待以後繼續深入研究。

五　結語

〔唐〕皮日休所作〈破山龍堂記〉，記錄常熟祀龍祈雨靈驗的事蹟，當然也見證了唐代廣立龍堂、龍壇，並將龍神視為水神之一，納入官祀的行列。宋代的方志則記錄了常熟的龍神傳說，各本相同之處在於：人類母親感生、龍告母、母驚死、龍省母等情節；時間可上推至東晉時期。除龍神本生故事，唐宋方志記載的常熟龍神傳說，不只是祈雨靈驗，還擴及龍神助戰、示警、治病等事蹟，可知當地龍神信仰的靈驗。北宋頂山龍祠重建，終宋一朝，五次加封，在在證明龍神的應感有期。

明清時期的常熟龍神傳說，在方志中的記錄未見新變，多為沿續唐宋流傳的說法，但在龍王生日的部份，則無中生有，以移花接木的方式，抄錄進《（寶祐）重修琴川志》、〈頂山白龍祠記〉，具體落實龍王生日為五月十三日的事實。然而龍神生日為五月十三的說法，在民間似乎未見統一；各種不同的說法，主要來自唐宋方志記錄的差異。不過龍神省母的日期都在五月中下旬，則與吳地「分龍日」習俗有關，雨水的多寡與稻作的收成關係密切，而掌雨水的龍神，當然要在民眾的期望下，如期省母。流行於常熟一帶的《龍王寶卷》，與唐宋方志中的龍神傳說有相同母題，更增加了望娘情節；整體而言，寶卷中的龍神傳說，從故事的年代、龍母的身份姓氏、感生的過程、逾月生蛟、遇水化龍、瞟娘成灣、每年省母等種種細節，皆趨近一致，形成完整且敘事詳細的龍神傳說。並且因信仰靈驗，成爲常熟當地重要的地方神靈。

中國各地的龍子祭母故事，雖在晉代已廣泛流傳，並在唐宋時期大量出現。但常熟的龍神傳說，傳奇色彩濃厚，且情節完整，敘事成熟，兼有唐宋方志著錄在前，民間寶卷流傳在後，在「龍神故事群」中，應具相當的研究價值。

附表一：陽山與頂山龍神傳說的比較

事件	陽山	頂山
傳說起始	東晉隆安中（三九七－四〇一）	梁天監元年（五〇二）
母姓	繆氏	蔣氏
緣由	感生	感生
出生時情況	肉塊，遇水化龍	白龍
驚母	告母	就乳
生日	三月十八	五月
離去	風雨雷電	大雷雨
結果		冢遷

附表二：唐宋時期常熟龍神的立廟與封號

事件/年代	陽山	頂山
唐·咸通一三年（八七二）		興建龍堂
宋·太平興國四年（九七九）		重建，名白龍祠
宋·政和二年（一一一二）		煥靈廟
宋·政和五年（一一一五）		宣惠侯
宋·紹興二二年（一一五二）		宣惠通濟侯
宋·紹興二九年（一一五九）	靈濟廟	
宋·乾道四年（一一六八）	顯應夫人	
宋·淳熙元年（一一七四）		靈澤宣惠通濟侯
宋·紹熙五年（一一九四）		靈澤宣惠通濟孚應侯
宋·嘉定一一年（一二一八）		靈澤宣惠通濟孚應廣利公 靈順慈穆顯祐普應夫人

注釋

編按　丘慧瑩　彰化師範大學國文系。

註一　閻云翔：〈試論龍的研究〉，收入苑利主編：《二十世紀中國民俗學經典·信仰民俗卷》（北京市：社會科學文獻出版社，二〇〇二年），頁一九六－二一一。

註二　〔魏〕王弼正義、孔穎達疏：《周義正義》，收入《十三經注疏》（臺北市：藝文印書館，一九八五年），頁一五。

註三　管子（西元前七二五－前六四五年）：《管子》（北京市：燕山出版社，一九九五年），頁二九九。

註四　袁珂（一九一六－二〇〇一）注：《山海經校注》（臺北市：里仁書局，一九八二年），頁三五九。

註五　〔漢〕董仲舒：《春秋繁露》，收入《四庫叢刊初編》（北京市：中華書局，一九九一年）冊三，頁二五一－二五六。

註六　相關研究甚多，此處略舉筆者參考的文章。樊恭炬：〈祀龍祈雨考〉，原《新中華》復刊號第六卷第四期，一九四六年十二月，收入苑利主編：《二十世紀中國民俗學經典·信仰民俗卷》，頁一一四－一二一。王孝廉：〈黃河之水——河神的原像及信仰傳承〉《漢學研究》第八卷第一期，頁三四七－三六二。王永平：〈論唐代的水神崇拜〉，《首都師範大學學報》

總第一七一期，二〇〇六第四期，頁一二一－一七。

註　七　〔宋〕趙彥衛著（約一一四〇－一二一〇）、傅根清點校：《雲麓漫鈔》（北京市：中華書局，一九九六年），頁一七八。

註　八　有關龍王信仰的相關研究，可參閱臺靜農：〈佛書中龍的故實對唐人傳奇的影響〉，《靜農論文集》（臺北市：聯經出版社，一九九一年）。杜文玉、王顏：〈中印文明與龍王信仰〉，《文史哲》第三一五期，二〇〇九年第六期，頁一二四－一三三。張培鋒：〈中國龍王信仰與佛教關係研究〉，《文學與文化》，二〇一二年第三期，頁四－十一。賈二強：《唐宋民間信仰》（福州市：福建人民出版社，二〇〇二年）。苑利：《龍王信仰探秘》（臺北市：東大圖書，二〇〇三年）。

註　九　王三慶：〈四海龍王在民間通俗文學上之地位〉，《漢學研究》第八卷第一期（一九九〇年六月），頁三二七－三四六。閔祥鵬：〈五方龍王與四海龍王的源流〉，《民俗研究》，二〇〇八年第三期，頁二〇〇－二〇五。

註　十　〔宋〕孫應時撰、〔元〕盧鎮補修：《（寶祐）重修琴川志》卷一，收入《續修四庫全書》六九八冊（上海市：上海古籍出版社，一九九五年，清道光影元鈔本），頁二八六。

註十一　〔清〕榮必達修、陳祖范等纂：《雍正昭文縣志》雍正九年（一七三一）刻本，收入《中國地方志集成》江蘇府縣志輯十九冊（南京市：江蘇古籍出版社，一九九一年），頁一九〇－一九一。

註十二　〔唐〕皮日休，蕭滌非、鄭慶篤整理：《皮子文藪》（上海市：上海古籍出版社，一九八一年），頁二四〇。

註十三　此處「周君」爲縣令周思輯。〔宋〕朱長文：「常熟縣龍堂」：「唐咸通中，縣令周思輯以旱故，禜龍于破山之潭上，果雨以應，於是爲堂以祀。刻記今存。破山，即虞山也。父老以謂每歲有龍往來於陽山虞山之間，其雲雨可識。」〔宋〕朱長文撰，金菊林校點：《吳郡圖經續記》（南京市：江蘇古籍出版社，一九九九年），頁二六。本文各書再次引用時，簡標頁數，不另出註。

註十四　〔宋〕范成大撰、陸振岳校點：《吳郡志》（南京市：江蘇古籍出版社，一九九九年），頁一七八。

註十五　〔宋〕魯詹：〈新建煥靈宣惠侯廟記〉，收入〔宋〕范成大撰、陸振岳校點：《吳郡志》，頁一七九－一八〇。

註十六　〔宋〕孫應時（一一五四－一二〇六）撰、〔元〕盧鎮補修：《（寶祐）重修琴川志》，收入《續修四庫全書》，史部·地理類第六九八冊，頁三四一。

註十七　〔宋〕陸韶之（一〇八〇－一一二五）〈頂山白龍祠記〉，收入《（寶祐）重修琴川志》卷十三，頁三七〇下－三七一上。

註十八　二者比較詳見附表一。

註十九　此避宋仁宗「禎」字諱。

註二十　〔德〕艾伯華：《中國民間故事類型》（北京市：商務印書館，一九九九年），頁一一三－一一四。劉守華（一九三五－）稱之爲「龍母型故事」，見氏著《中國民間故事史》（武漢市：

湖北教育出版社，一九九九年），頁一六二－一七〇。

註二一　祈連休：《中國古代民間故事類型》（石家莊市：河北教育出版社，二〇〇七年），頁二六九－二八三。此類型故事又演變成「望娘灘型故事」，頁一〇八六－一〇八七。有關龍母研究，最著名的應是廣東的「悅城龍母」，可參見葉春生、蔣明智主編：《悅城龍母文化》（哈爾濱市：黑龍江人民出版社，二〇〇三年）。

註二二　顧希佳：〈龍子望娘型事研究〉，《民間文學論壇》一九八八第三期，頁五三－五九。

註二三　〔晉〕干寶撰、汪紹楹校注：《搜神記》（臺北市：里仁書局，一九八二年），頁一七一。

註二四　魯迅：（一八八一－一九三六）《古小說鉤沉》（不詳），頁二九四。劉葉秋主編，鄭晚晴注：《幽明錄》，稱此則爲「蛇悼母」，無「長二尺許」句；收入《歷代筆記小說叢書》（北京市：文化藝術出版社，一九八八年），頁六三。

註二五　〔晉〕陶潛撰、汪紹楹校注：《搜神後記》卷十（北京市：中華書局，一九八一年），頁六五。此條見《太平廣記》卷四二五：做「長沙女」：「長沙有人忘姓名。家江邊。有女下渚澣衣，覺身中有異，後不以爲患。遂咯身。生三物。皆如鰕魚。女以己所生，甚憐之，著澡盤水中養。經三月，此物遂大，乃是蛟子。各有字，大者爲當洪，次者名破阻，小者曰撲岸。天暴雨，三蛟一時俱去，遂失所在。後天欲雨。此物輒來。女亦知其當來，便出望之。蛟子亦出，頭望母，良久復去。經年，此女亡後，三蛟一時俱至墓所哭泣，經日乃去。聞其哭聲。狀如狗却。」。〔宋〕李昉：《太平廣記》（臺北市：中華書局，一九六一年）冊九，頁三四六二。

註二六　〔宋〕李昉：《太平廣記》卷四一八，冊九，頁三四〇一－三四〇二。此條出處爲《道家雜記》。

註二七　由於「龍子望娘型故事」因歷史推進，又不斷加入新的內容，使之經久不衰，愈演愈烈，終於成爲一個強大的故事群。顧希佳：〈龍子望娘型事研究〉中稱，頁五三。

註二八　〔齊〕沙門釋曇景譯：《摩訶摩耶經》，收入《電子佛典集成．大正藏》第十二冊，http://tripitaka.cbeta.org/T12n0383_001。

註二九　〔唐〕三藏法師玄奘譯：《般若波羅蜜多心經》，收入《電子佛典集成．大正藏》第八冊，http://tripitaka.cbeta.org/T08n0251_001。

註三十　〔明〕管一德編：《萬歷皇明常熟文獻志》卷一「破山」，收入《北京師範大學圖書館藏稀見方志叢刊》（北京市：北京圖書館，二〇〇七年）冊六，頁二一。

註三一　〔清〕高士鸃、楊振藻修、錢陸燦等纂：《康熙常熟縣志》康熙二六年（一六八七）刻本，收入《中國地方志集成》江蘇府縣志輯二一冊，頁二八八。

註三二　〔清〕榮必達修、陳祖范等纂：《雍正昭文縣志》，頁二三二。

註三三　詳見附表二。

註三四　李振華：《大唐六典》「尚書禮部、祠部郎中員外郎」卷四一八（臺北市：文海出版社，一九七四年）。

註三五　〔唐〕：杜佑《通典》「禮典山川」，收入《文淵閣四庫全書》卷四六（臺北市：臺灣商務印書館，一九八三年），頁五六二－五六三。

註三六　車錫倫：〈寶卷淺說〉，收入《信仰、教化、娛樂——中國寶卷研究及其他》（臺北市：學生書局，二〇〇二年），頁一。丘慧瑩：〈江蘇常熟白茆地區宣卷活動調查報告〉，《民俗曲藝》一六九期，二〇一〇年九月，頁一八三－二四七。

註三七　民國戊辰年（一九二八）手抄本。

註三八　王國良整理：《龍王寶卷》；尤紅主編：《靖江寶卷》（南京市：江蘇文藝出版社，二〇〇七年），頁五三三－五五九。

註三九　胡正興抄本：《龍王卷》，收入梁一波編：《河陽寶卷》（上海市：上海文化出版社，二〇〇七年），頁一五八－一六〇。

註四十　朱彩英手抄本、丁素英手抄本。

註四一　余鼎君編著：《龍王寶卷》，收入《餘慶堂藏本選》（呼和浩特：內蒙古人民出版社，二〇一〇年），頁八七－一〇一。

註四二　《吳郡志》中的龍母姓繆、寶卷中的龍母姓穆，「繆」又可念「木」，與「穆」同音。且口傳的民間傳說被記錄下來，常可取同音字替代。

註四三　〔清〕袁枚：《子不語》（上海市：上海古籍出版社，一九八六年）上，卷十七，頁四一一。

註四四　〔明〕王同祖：〈重建龍湫亭記〉，〔明〕管一德編：《萬歷皇明常熟文獻志》，卷十二，頁二二五。

註四五　〔明〕管一德編：《萬曆常熟文獻志》卷一「頂山」，頁二一。

註四六　〔明〕丁奉：〈尚湖賦〉：「頂山之白龍歸省，甘雨時漲」，後有小註：「白龍每歲五月十

註四七　三日省母祠」。收入〔明〕管一德編：《萬歷皇明常熟文獻志》，卷十七，頁一三一。

註四八　〔清〕鄭鍾祥等修：《光緒重修常昭合志》，收入《中國地方志叢書》華中地方第一五三號（臺北市：成文出版社），頁二五五。

註四九　〔清〕袁景瀾撰、甘蘭經、吳琴校點：《吳郡歲華麗紀》（南京市：江蘇古籍出版社，一九九八年），頁一三一。

註五十　〔清〕顧祿：《清嘉祿》（上海市：上海古籍出版社，一九八六年），頁六四。

註五一　有關白茆聚福堂相關情況，參見丘慧瑩：〈江蘇常熟白茆地區宣卷活動調查報告〉，《民俗曲藝》一六九期，二〇一〇年九月，頁二〇〇—二〇一。

註五二　〔宋〕羅願撰、洪焱祖釋：《爾雅翼》卷二八「龍」，收入《叢書集成初編》一一四八冊（四）（北京市：中華書局，一九八五年），頁二九七。

註五三　〔宋〕葉夢得：《避暑錄話》，收在《叢書集成初編》二七八七冊（二），頁九四。袁景瀾：《吳郡歲華紀麗》引文有若干出入；《清嘉祿》亦有此記錄，但作者誤書為陸游，頁九六—九七。

註五四　〔清〕袁景瀾：《吳郡歲華紀麗》，頁一九一。

註五五　此二諺語見〔清〕顧祿：《清嘉祿》，頁九六。

註五六　〔清〕袁景瀾：《吳郡歲華紀麗》，頁一九一。

註五六　〔清〕富察敦崇：《燕京歲時記》（北京市：北京古籍出版社，一九八一年）「分龍兵」：「京師謂五月二十三日為分龍兵」，分龍兵即份龍日，頁六九。

《唐摭言》科舉傳說故事的敘事類型

兵界勇

摘要

五代王定保所著《唐摭言》，向來是研究唐代文史的重要資料；尤其對於有唐一代的科舉制度，提供深切著明的條例與記載。誠如《四庫全書總目提要》所云：「是書述有唐一代貢舉之制特詳，多史志所未及。其一切雜事，亦足以覘名場之風氣，驗士習之淳澆。法戒兼陳，可爲永鑒。」是故，除作爲文史考辨的重要價值之外，《唐摭言》中記敘甚多科場風氣與文人習俗，有史家月旦人物、針砭是非的用意。而其中所記眾多關於唐代科舉的傳說故事，更時而揉雜荒誕與巧合，並宣揚因果報應之說，其敘事內容充滿小說家「作意好奇」的依託筆法，似眞而實誕，似誕而寓眞，不管是在當代之反映或是後代之影響，都可視爲這類「科舉傳說故事」的敘事類型，於中國俗文學之價值，亦不可小覷。

本文即針對《唐摭言》所採錄的科舉傳說故事，擇其代表性者數則，探究其敘事類型，以明作者筆意與用心所在。

關鍵詞

唐摭言、唐代科舉、傳說故事、敘事類型、筆記小說

一　前言

唐代科舉制度創始於隋朝，完備於貞觀永隆年間，而大盛於開元天寶之際，延續至唐末已將近三百年，其間變革興作，遞嬗更迭，自不在話下。然而一制度的良窳成敗，不僅繫於制度本身的設定，更賴於人力的推行。誠如孟子所謂：「徒善不足以爲政，徒法不足以自行。」況且，制度是死的，人卻是活的。在人或有心或無意的投入與操作之下，結合其他可預期及不可預期的因素，往往會產生意想不到的效應，甚或鼓動風潮，影響波及，形成一時代不可磨滅的文化印記。唐代科舉制度正是這樣的情況。原本是單純的選拔人才制度，卻因爲牽涉到廣大士人階層的流動，以及文學在選拔過程中扮演的重要作用，故而引起無數士人（通常也即是文人）前仆後繼，周旋其間，深深改變唐代的士風與文風。因之，欲窺探唐代科舉制度的表裏虛實，實不能僅由制度面去考索，甚至也不能僅局限於正史材料的羅列，許多流傳民間的傳說軼聞，正可以多面向反映科舉制度與其所形成的文化完整的面貌。

唐末王定保（八七〇－約九四〇）所著的《唐摭言》恰是這樣一部結合科舉制度的正史材料與傳說軼聞的奇特撰述。《四庫全書總目提要》指出：

> 是書述有唐一代貢舉之制特詳，多史志所未及；其一切雜事，亦足以覘名場之風氣，驗

士習之淳澆。法戒兼陳，可為永鑒，不似他家雜錄，但記異聞已也。（註一）

《唐摭言》一方面詳述「貢舉之制」，一方面記錄「其一切雜事」；如此既具「史志之體」又備「小說之筆」雙重特性，綜觀唐代傳世著作中，可謂稀奇罕有者。前者可說是「骨」，後者可說是「肉」。「骨」呈現的是科舉制度所規範、所定制的歷史事實層面，「肉」呈現的則是科舉制度深入社會、深入人心的文化心靈層面。顯然，就文學研究的意義來說，後者更值得我們關注。在這部分中，《唐摭言》記敘甚多科場風氣與文人習俗，而其中所記多則關於唐代科舉的傳說故事，更時而揉雜荒誕與巧合，並假託因果報應之說，作者既有歷史家月旦人物、針砭是非的用意，但其敘事內容則每每充滿小說家「作意好奇」的渲染筆法，似眞而實誕，似誕而寓眞，不管是在當代之反映或是後代之影響，都不可小覷。

本文即探究《唐摭言》書中煩瑣叢雜的記事中，歸納其中「科舉傳說故事」的敘事類型，以說明王定保是如何呈顯唐代科舉五花八門的文化奇觀，以及在這些林林總總的科舉傳說故事中最終的價值關懷何在？

二 明皇情結：盛世不再之類型

王定保作《唐摭言》，自言云：

生於咸通庚寅歲（八七〇），時屬南蠻騷動，諸道徵兵，自是聯翩寇亂中土；雖舊第太平里，而跡未嘗達京師。故治平盛事，罕得博聞；然以樂聞科第之美，嘗諮訪於前達間。（註二）

唐懿宗咸通十年（八七〇）定保出生，下距僖宗廣明元年（八八〇）黃巢攻克長安不過十年；又據〔宋〕陳振孫《直齋書錄解題》云：「定保，（昭宗）光化三年（九〇〇）進士。」則定保三十歲登進士，下距朱溫竄唐（九〇六），又僅六年。此後定保避亂於南方，並在南漢成立後，任寧遠節度使，官至中書侍郎、同平章事，不逾年而卒。（註三）可知定保生當唐末國家易代之際，目睹朝廷紛亂擾攘，士人道德陵夷，藩鎮橫行跋扈，不能不有興亡感慨。《唐摭言》作於唐亡之後，（註四）記載有唐一代的科舉制度，實際上寓有對於「治平盛事」的緬懷之心，對於「科第之美」的嚮往之情。其心境可彷若〔北魏〕楊衒之（生卒年不詳，約西元五四七年前後）的《洛陽伽藍記》，同樣是既寄託故國哀思，又寓含著治亂殷鑑，以至於掇拾舊聞掌故，以補史志之闕失，皆非餘事；只不過一託之以佛寺興廢，一託之以科舉盛衰。

如卷二〈京兆府解送〉條，便明顯可見這種今昔之變的對比：

神州解送，自開元（七一三－七四一）、天寶（七四二－七五六）之際，率以在上十人，謂之「等第」，必求名實相副，以滋教化之源。小宗伯倚而選之，或至渾化；不然，十得其七八。苟異於是，則往往牒貢院請落由。暨咸通（八六〇－八七四）、乾符（八七四－八七九），則爲形勢吞嚼，臨制近，同及第，得之者互相誇詫，車服侈靡，不以爲僭；仍期集人事，貞實之士不復齒。（註五）

唐玄宗年間之「等第」，指京兆府選送最優秀的前十名舉人，其考覈嚴謹，名實相符，再由禮部侍郎加以選拔，甚至全額錄取；即或不然，也有十之七八，故爲時所人重。但在晚唐懿宗、僖宗之時，則局勢改變，所謂「等第」，已失查覈考實之法，全賴舉人奔走經營而得，入選即同及第，毫無優劣可言；得中者形同鍍金包銀，爭相誇耀，舉止僭越，故爲正直之士所不齒。兩相對照，今非昔比之情漫溢於筆下。

再如言廣文生地位的衰落，亦是如此：

天寶九年（七五一）七月，詔於國子監別置廣文館，以舉常修進士業者，斯亦救生徒之離散也。始，其春官氏擢廣文生者，名第無高下。……暨大中（八四七－八六〇）之末，咸通、乾符以來（八六〇－八七九），率以爲末第。或曰：「鄉貢，賓也；學生，主也。主宜下於賓，故列於後也。」大順二年（八九一），孔魯公在相位，思矯其弊，

故特置吳仁璧於蔣肱之上。明年，公得罪去職，及第者復循常而已。悲夫！（註六）

廣文館的設置，原意在援助常修進士課業的生徒，避免流落無靠，本無名第高下之別，豈料後世竟以「賓主之分」爲口實，將廣文館生徒屈爲末第，即使有意改革者，亦無力挽回頹勢。一句「悲夫」，吐出多少物是人非的長歎。

至於談到有名的「曲江盛會」，（註七）王定保在記述其時景況如何華靡熱鬧，如何花團錦簇，如何不可勝記，彷若無以復加：

逼曲江大會，則先牒教坊請奏，上御紫雲樓，垂簾觀焉。時或擬作樂，則爲之移日。……人置被袋，例以圖障、酒器、錢絹實其中，逢花即飲。故張籍詩云：「無人不借花園宿，到處皆攜酒器行。」其被袋，狀元、錄事同檢點，闕一則罰金。曲江之宴，行市羅列，長安幾於半空。公卿家率以其日揀選東床，車馬闐塞，莫可殫述。洎巢寇之亂，不復舊態矣。（註八）

在令人悠然神往之際，突然以一句「洎巢寇之亂，不復舊態矣」作收，眞如美夢乍破，憾惜之情不言可喻。

凡此可知，王定保對於敘述前代「治平盛世」的「科第之美」時，確乎帶著所謂的「明皇情結」，亦即「抒寫本朝現實生活，或改造舊有題材，彌漫著一股濃濃的懷舊情調，體現了對前代統治者贊其功績、恨其不繼的感情色彩」。（註九）也正是這種感情色彩，致使王定保的敘事難免夾雜著愛與恨，糾結著情感和理性，所以不僅在敘述科舉制度史實時，時而顯現今非昔比之情，在敘述相關科舉傳說故事時，也經常突出這種今人不及古人的憂慨。如他所說：

> 奈何近世薄徒，自爲岸谷，以含毫紙墨爲末事，以察言守分爲名流。洎乎評品是非，適較今古，竟不能措一辭，發一論者，以無愧於心乎！故僕雖題親詠，折衝樽俎者皆列於門目，斯所以旌表贍敏，而矛盾榛蕪也。（註十）

在此心境下，王定保在敘述唐代科舉時，除了抱持存其原貌的用意之外，自不能不對在科舉漩渦中升沈起伏的士人懷抱甚多同情。誠如〔清〕劉毓崧所說：

> 此書名爲記科舉雜事而實隱喻規勸之詞，故奢侈者必諷之，輕薄者必誡之，好奔競者必警之，受屈抑者必稱之，舉子多怨尤者則婉言以導之，主司被謗議者則平心以論之，而於士大夫之行誼足以爲法者尤好極力闡揚，及下至僕隸之微有一善可書者亦不欲任其淹

歿。（註十一）

正因爲王定保本身亦出自科場，俯仰周旋，看盡其間炎涼百態，又親歷唐王朝滅亡的劇變，故而《唐摭言》的敘事，實較一般「褒善貶惡」的史家心態，更富含「同情共感」的文學性質。

必須指出，王定保敘述的唐代傳說科舉故事，取材甚爲駁雜，上自國史實錄，下至筆記叢談，旁及雜說異聞，敘事雖然歷歷如繪，卻未可直接當作是眞實史料看待。舉其犖犖大者，如王勃年十四著〈滕王閣序〉的故事（註十二）、孟浩然匿於床下的故事（註十三）、白居易謁見顧況的故事（註十四），少年李賀賦〈高軒過〉的故事（註十五），這些科舉傳說故事甚至爲新、舊《唐書》所採用，引爲正史，傳爲美談，但均爲現代學者翔實考證，指出其中人物與時間的謬誤。（註十六）然則，其事實固然純屬虛構，其反映的意義則眞實不假。這更證明《唐摭言》實不以史家據事實錄爲滿足，而更有心於寄意虛構。下文將繼續說明。

三　文學崇拜：文采風流之類型

王定保對於「科第之美」的嚮往，除了可享有華袞加身的榮美外，其實也是基於「文學崇拜」的著迷。這種著迷是連同進士科考試一系列活動——尤其是曲江宴達到最高潮——互相鼓動的，使得王定保在敘事時，彷佛也令讀者參與其中狂熱的崇拜儀式。龔鵬程解釋道：

曲江宴又稱杏園會，是進士登第後的盛會，也是長安城的盛會。新科進士，在這會上，成了全城人仕注目的焦點。這不僅是進士們的榮寵，更是長安市民狂歡的佳節。整個過程，充滿了嘉年華會般的氣氛。這樣子狂歡作樂，傾城縱觀，爲的是什麼呢？難道這不像某種宗教的崇拜儀式嗎？新科進士，再一次印證了存在於社會大眾心目中文學的價值：他們通過公開的儀式，來創作文學作品，然後經由評判（一種文學批評活動），而被選拔出來。新科進士，本身即爲一「文學獎」的優勝者，他們可獲得群眾的仰慕、歡呼、官爵和美女。……文學，就是這個社會集體認可的價值。……這是一種文學崇拜，具有宗教慶典般的性質，屬於社會的集體崇拜。（註十七）

這樣透徹的觀察與結論，正是得自《唐摭言》豐富而令人眩目的記載，卷三〈慈恩寺題名遊賞賦詠雜紀〉便大量描述這些名目煩多、揮霍闊綽的進士集會盛況。除曲江宴（關宴）之外，又有所謂大相識、次相識、小相識、聞喜、櫻桃、月燈、打球、牡丹、看佛牙等等。下以「櫻桃宴」與「起居宴」爲例，其奢華靡費，真教人大開眼界，歎爲觀止！

> 新進士尤重櫻桃宴。乾符四年（八七七），永甯劉公第二子覃及第；時公以故相鎮淮南，敕邸吏日以銀一鋌資覃醵罰，而覃是所費往往數倍。邸吏以聞，公命取足而已。會時及薦新狀元，方議醵率，覃潛遣人厚以金帛預購數十碩矣。於是獨置是宴，大會公卿。時京國櫻桃初出；雖貴達未適口，而覃山積鋪席，復和以糖酪者，人享蠻畫一小盎，亦不啻數升。以至參御輩，靡不霑足。（註十八）

> 李嶢及第，在偏侍下，俯逼起居宴，霖雨不止，遣賃油幕以張去之。嶢先人舊廬升平里，凡用錢七百緡，自所居連亙通衢，殆足一里。餘參馭輩不啻千餘人。韉馬車輿，闐咽門巷。來往無有沾濡者，而金碧照耀，頗有嘉致。（註十九）

之所以值得這樣大張旗鼓的排場，無不顯示進士及第的難能可貴與眾人超乎尋常的欣羨仰慕。唐朝的科舉考試，尤其因爲進士科考試，讓參與的士人簡直如文采風流的選拔大會一般。這也是科舉使唐人舉國沸騰、趨之若鶩的原因。科舉變成一場盛大的表演，舞臺上的舉子演得渾然忘我，舞臺下的觀眾看得如癡如醉。誠如龔鵬程所說，「唐之進士科舉，不是普通的考試，它是群眾性質的會集，必須有觀眾的參與及觀賞，猶如戲劇。」（註二十）

在這樣的「文學崇拜」大背景下，便不難理解，何以白居易謁見顧況的故事會播於人口，令人津津樂道的原因了。茲引如下：

白樂天初舉，名未振，以歌詩謁顧況。況謔之曰：「長安百物貴，居大不易。」及讀至《賦得原上草送友人詩》曰：「野火燒不盡，春風吹又生。」況歎之曰：「有句如此，居天下有甚難！老夫前言戲之耳。」

此一事件誠或與白居易本人無關，但卻眞實反映但憑一聯好句，得一名人品題，即可使一位原本孤處皇都而沒沒無聞（白居也！）的舉子身價大漲，不僅居長安大易，「居天下有何難」！白居易的名字恰恰顯示其時空背景雙關的含義。可見詩文價值在當時社會中佔有多貴重的地位，幾乎等於是晉身之階，可使舉子一夕間平步青雲。《唐摭言》便多次描寫這種戲劇性的轉變：

（盧）宏正自謂獨步文場。公（令狐楚）命日試一場，務精不務敏也。宏正已試兩場，而馬植下解。植，將家子弟，從事輩皆竊笑。公曰：「此未可知。」既而試《登山采珠賦》。略曰：「文豹且異于驪龍，采斯疏矣；白石又殊於老蚌，剖莫得之。」公大伏其精當，遂奪宏正解元。（註二一）

高貞公郢就府解後，時試官別出題目曰：「沙洲獨鳥賦」。郢拔筆而成曰：「鵁有飛鳥，在河之洲。一飲一啄，載沈載浮。賞心利涉之地，浴質至清之流。」（原注：其年

首送。）（註一二二）

如此詩文佳句，不過精於巧對的片言之善，今日看雖來不甚了了，但在當日卻是能影響一人是否科場得意的關鍵。無怪乎，會有如此多的士子絡繹鑽研於此途。

尤其特別是，知名作家因爲宿慧巧構妙文而得名人賞識垂青的故事，更會受到贊揚與傳頌，甚至不惜加以渲染，將創作年齡不可思議地降低，以突顯其神奇的文筆天才。此所以王勃年十四可以著〈滕王閣序〉，而李賀竟在七歲可以賦〈高軒過〉，此事誠極誇張，但猶如王定保所言：「有若考核詞藝之臧否，振舉後生之行藏，非惟立賢，所謂報國。」（註一二三）這說明「文學崇拜」的風氣已淩駕科舉制度本身的實用需求，竟演變成爲品文論藝、選拔文魁的大會，連總角小童都可以越登勝場！（註一二四）

四　遇與不遇：命運奇偶之類型

唐代科舉雖有一套看似合理而完整的制度，其實卻充滿許多變數，王定保在敘述這些傳說故事的時候，定然會產生疑惑與矛盾，究竟科舉舉才，某人何以勝出？某人何以落敗？勝出者果才子乎？落敗者果庸夫乎？也顯見「遇與不遇」之間的矛盾，究係天意，還是人力？著實引人思索。

《唐摭言》記載這類故事甚多，占全書極大篇幅，王定保試圖發掘眾多影響舉子升沈起伏的原因，這也構成了《唐摭言》全書最關切的焦點。而且，這些原因彼此又經常互爲反證，似乎並無一定準則。這並非自相矛盾，而是更加彰顯科舉制度在某種程度上充斥許多莫名其妙的隨意性，會意外受到「外力」影響而改變其去取標準，它對於拔擢眞正的人才是無能爲力，甚至無所適從。這些「外力」原因，在王定保筆下可以歸納爲幾點：

（一）考官良窳

影響唐代科舉，尤其是進士科選拔，最具關鍵的因素，除了士子本身具備的文采風流之外，應在於其相對開放的考試制度，尤其是試卷不糊名與通榜。這點前人已經指陳歷歷。〔宋〕洪邁即云：

> 唐世科舉之柄，專付之主司，仍不糊名，又有交朋之厚者爲之助，謂之通榜。故取其人也畏於譏議，多公而審。亦有脅於權勢，或撓於親故，或累於子弟，皆常情所不能免者。若賢者臨之則不然，未引試之前，其去取高下，固已定於胸中矣。（註一五）

不糊名，則登第與否取決於考官前此對考生的印象，不管其人識與不識，都可以預先了然胸中，定其去取。而通榜則更加擴大前者的影響力，參與通榜者，多爲「交朋之厚者」，形同親友組成的評審團一樣。雖然通榜之制的美意在於讓主司聽取多方意見，避免因取人不當，招致非難。但其流弊卻更是顯而易見，無可防範，遂由此廣開人情關說、請託、交通，甚至是權勢脅迫的渠路。識人之賢者少，而阻於常情者多，怎能不弊端叢生？通榜的渠路既開，造成士子爲了爭取薦舉而頻繁奔走於仕宦顯達、文章鉅子之門，連帶也使得士子投獻詩文以邀美譽的行卷之風大行其道。（註二六）

於是，能否遇到「知己」，賺得好聲譽，便是考試較量文藝之外，士子不得不面對的難題，此即關係到所謂「遇與不遇」的差異：若得遇「知己」，雖無援無勢，也可以一朝鵲起，轉眼翻身；若不得遇「知己」，則雖才若子建，文比相如，也只能陸沈埋沒，翻身不得。這就有如韓愈〈雜說．馬說〉所云：

世有伯樂，然後有千里馬。千里馬常有，而伯樂不常有。故雖有名馬，祇辱於奴隸人之手，駢死於槽櫪之間，不以千里稱也。（註二七）

唐代科舉制度其實就是倚賴「伯樂」選拔「千里馬」的制度。如下記盧延讓遇吳融的故事，就是眞得到「慧眼視英雄」的「伯樂」終而登第的好例：

盧延讓，光化三年（九〇〇）登第。先是延讓師薛許下（能）爲詩，詞意入僻，時人多笑之。吳翰林融爲侍御史，出官峽中，延讓時薄遊荊渚，貧無卷軸，未遑贄謁。會融表弟滕籍者，偶得延讓百篇，融覽，大奇之，曰：「此無他，貴不尋常耳。」於是稱之于府主成汭。時故相張公職大租於是邦，常以延讓爲笑端，及融言之，咸爲改觀。由是大獲舉糧，延讓深所感激；然猶因循，竟未相面。後值融赴急徵入內庭，孜孜於公卿間稱譽不已。光化戊午歲，來自襄南，融一見如舊相識，延讓嗚咽流涕，於是攘臂成之矣。（註二八）

吳融與延讓原本不相識，延讓亦無資財造府請謁，只因吳融偶覽其詩百篇，驚賞之下，便自願在朝廷中不斷爲之延譽。這種舉賢若渴的行爲，誠足動人。延讓之得遇，或者正因爲憑藉本身的詩才有可貴之處，實非僥倖而得者；但牛錫庶、謝登遇蕭昕而意外登高第的故事，不免就有點「儻來之物」的運氣成分了：

貞元二年（七八六），牛錫庶、謝登，蕭少保（昕）下及第。先是昕寶應二年（七六三）一榜之後，爾來二紀矣。國之耆老，殆非俊造馳騖之所。二子久屈場籍，其年計偕來；主文頗以耕鑿爲急，無何並馳人事。因回避朝客，誤入昕第。昕岸幘倚杖，謂二子來謁，命左右延接二子。初未知誰也，潛訪於閽吏，吏曰：「蕭尚書也。」因各以常行一軸面贄，大蒙稱賞。昕以久無後進及門，見之甚善，因留連竟日。俄有一僕附耳，昕盼二子輾然。既而上列繼至，二子隱於屏後。或曰：「二十四年載主文柄，國朝盛事，所未曾有。」二子聞之，亦不意是昕。猶慮數刻淹留，失之善地。朝士既去，二子辭；昕面告之，復許以高第，竟如所諾。（註二九）

一方是門前冷落的老臣，一方是兩位蹭蹬失意的舉子。只是因緣湊巧，兩人誤入宅第，便讓久無人求謁的老臣欣然接應，格外稱賞，又恰逢朝廷再次重用他主持文柄，當場即輕易許諾二人得高第。如此這般不費吹灰之力，豈不令落第者爲之氣結？此所以令當時士子慨歎：

嗟觀昔人沈淪，多因推薦；其有超然，卻貴自達，十不二三。以管仲之賢，須逢鮑叔；以陳平之智，須遇無知；以諸葛之才，見稱徐庶；以禰衡之俊，見藉孔融：如此之流，不可稱數；其於樗散，必待吹噓。（註三十）

《唐摭言》也多次記載唐代詩文名家得遇「知己」而名聲大振，甚至列登金榜的事例，如前舉白居易之遇顧況即是。下再舉牛僧儒之例：

奇章公（牛僧孺）始舉進士，致琴書於灞滻間，先以所業謁韓文公（愈）、皇甫員外（湜）。時首造退之，退之他適，第留卷而已。無何，退之訪湜，遇奇章亦及門。二賢見刺，欣然同契，延接詢及所止。對曰：「某方以薄技卜妍醜於崇匠，進退惟命。一囊猶置於國門之外。」二公披卷，……相顧大喜曰：「斯高文必矣！」公因謀所居。二公沈默良久，曰：「可于客户坊稅一廟院。」公如所教，造門致謝。二公復誨之曰：「某日可遊青龍寺，薄暮而歸。」二公其日聯鑣至彼，因大署其門曰：「韓愈、皇甫湜同謁幾官先輩。」不過翌日，輦轂名士咸往觀焉。奇章之名由是赫然矣。（註三一）

韓與皇甫二公，不僅當面揄揚牛僧孺，甚至爲之出謀畫策，合演一場雙簧記，爲僧孺製造輿論聲氣。《唐摭言》特爲此渲染，更加深這種士子仰賴「知己」的關係，千里馬與伯樂之間的相得。

反之，主持文柄的考官非旦不識千里馬，反而誤擢庸馬，其例也並不罕見。《唐摭言》即記載：

顏標，咸通中（八六〇－八七四）鄭薰下狀元及第。先是徐寇作亂，薰志在激勸勳烈，謂標魯公之後，故擢之巍峨。既而問及廟院，標曰：「寒素，京國無廟院。」薰始大

悟，塞默久之。時有無名子嘲曰：「主司頭腦太冬烘，錯認顏標作魯公。」（註三二）

這眞是誤把馮京當馬涼的可笑事例。可見考官心中的主觀意念，在在影響其去取間的公平性。更何況，若遇到便宜行事的考官，那舉子更要徒呼負負了。如下舉鄭顥，竟將榜單全委託外人，自己毫不與聞，等到臨放榜之日，無榜可書，險些要開天窗，甚至要率爾操觚，任意點注了。

鄭顥都尉第一榜，託崔雍員外爲榜。雍甚然諾，顥從之，雍第推延。至榜除日，景待榜不至，隕獲旦至。會雍遣小僮壽兒者傳云：「來早陳賀。」景問：「有何文字？」壽兒曰：「無。」然日勢既暮，壽兒且寄院中止宿，景亦懷疑，因命搜壽兒懷袖，一無所得，顥不得已，遂躬自操觚。夜艾，壽兒以一蠟彈丸進顥，即榜也。顥得之大喜，狼忙箚之，一無更易。（註三三）

更不提尙有考官竟任由舉子自己題名爲狀元的荒唐事例，（註三四）彼時若傳之爲美談，今日則不免落入舞弊的指控。由此可見，考官良窳不齊，翻手雲覆手雨，何其難以公論！

（二）皇帝好惡

科舉雖是國家定制，爲朝廷舉人之法，理應依法行事，照章運作。但因爲朝廷爲一姓之朝廷，臣子臣服，自然不免仰從皇帝之意；若得皇上喜悅，則立躍龍門，有何難哉？反之，若是違逆皇上，則終身困頓失意，也不足爲奇。如孟浩然匿床下的故事，便是極生動寫出皇上瞬息間可以決定士子一生之升沈，即使是早富盛名的詩人，一但拂逆龍鱗，也只好磋跎終身：

襄陽詩人孟浩然，開元中頗爲王右丞所知。句有「微雲淡河漢，疏雨滴梧桐」者，右丞吟詠之，常擊節不已。維待詔金鑾殿，一旦，召之商較《風》、《雅》，忽遇上幸維所，浩然錯愕伏床下，維不敢隱，因之奏聞。上欣然曰：「朕素聞其人。」因得詔見。上曰：「卿將得詩來耶！」浩然奏曰：「臣偶不齎所業。」上即命吟。浩然奉詔，拜舞念詩曰：「北闕休上書，南山歸臥廬；不才明主棄，多病故人疏。」上聞之憮然曰：「朕未曾棄人，自是卿不求進，奈何反有此作！」因命放歸南山。終身不仕。（註三五）

雖然孟浩然不見得眞伏匿於床下，這則傳說故事之所以引人入勝，全在寫皇上久聞詩人之盛名，詩人亦仰慕皇上之青睞，不想臨場卻表現失常，錯失良機，欲進而反退。皇上一念間，命運判如天壤！所以相對的，也有全憑皇帝獎賞，賜予進士及第，如同坐升青雲，相較之下，則所謂之「終南捷徑」猶嫌太遙遠了！

永甯劉相鄴，字漢藩，咸通中（八六〇－八七四）自長春宮判官，召入內庭，特敕賜及第。中外賀緘極眾，惟鄆州李尚書種一章最著，乃福建韋尚書岫之辭也。於是韋佐鄆幕，略曰：「用敕代榜，由官入名；仰溫樹之煙，何人折桂？泝甘泉之水，獨我登龍。禁門而便是龍門，聖主而永為座主。」又曰：「三十浮名，每年皆有；九重知己，曠代所無。」相國深所慊鬱，蓋指斥太中的也。（註三二八）

「禁門而便是龍門，聖主而永爲座主」，語含深刻諷刺，揭露出皇帝將進士名位視爲皇家禁臠隨意恩賜的荒謬現象。如此則及第與朝廷授官何異？放榜又與皇帝下詔何異？晚唐便不乏這種破壞科舉體制的行爲，無怪爲有識者指斥，而劉鄴之登第也不免得榮反辱了。

（三）宿命遭遇

士人是否中舉，幸與不幸之間，有時是眞千鈞一髮，難以較其必然。這顯示制度上的隨意性，非人力所能操控。包誼離奇的遭遇，可爲一例。

> 包誼者，江東人也，有文辭。……無何，唐突中書舍人劉太眞，……太眞甚銜之……。明年太眞主文，志在致其永棄，故過雜文，俟終場明遣之。既而自悔之曰：「此子既忤我，從而報之，是爲淺丈夫也必矣；但能永廢其人，何必在此！」於是放入策。太眞將放榜，先巡宅呈宰相。榜中有姓朱人及第，宰相以朱泚近大逆，未欲以此姓及第，亟遣易之。太眞錯愕趨出，不記他人，惟記誼爾。及誼謝恩，方悟己所惡也。因明言。乃知得喪非人力也，蓋假手而已。（註三七）

包誼冒犯主司劉太眞，照理說被黜落也是咎由自取，並非無辜。豈料，宰相因爲忌諱「朱」姓人及第，非要令主司改易。劉太眞倉促之間，竟只記得包誼一人，遂讓包誼平白意外中舉。這眞叫拍案驚奇！「乃知得喪非人力也，蓋假手而已」，彷彿冥冥之中自有注定。由此延伸，看相、問命、釋夢、響卜……等等民間信仰與習俗，便趁虛而入，流傳士人間，《唐摭言》也如實記載：

> 鄭朗相公初舉，遇一僧，善氣色，謂公曰：「郎君貴極人臣，然無進士及第之分。若及第，即一生厄塞。」既而狀元及第，賀客盈門，惟此僧不至。及重試，退黜，唁者甚衆，而此僧獨賀，曰：「富貴在裏。」既而竟如其所卜。（註三八）

鍾輻，虔州南康人也。始建山齋爲習業之所，因手植一松於庭際。俄夢朱衣吏白云：「松闈三尺，子當及第。」輻惡之。爾來三十餘年，輻方策名；使人驗之，松圍果三尺矣。(註三九)

韋甄及第年，事勢固萬全矣；然未知名第高下，志在鼎甲，未免撓懷。俄聽于光德里南街，忽睹一人，叩一板門甚急。良外軋然門開，呼曰：「十三官尊體萬福。」既而甄果是第十三人矣。(註四十)

在無理可說的命數掌握之下，人力相對渺小而無力。這些怪力亂神與不可說的命數，一方面固然是反映舉子心中對及第與否充滿徬徨無依的焦慮，一方面其實隱喻的是對科舉是否爲公平舉才長策的質疑；不然，何必求神問卜？

(四) 行善積德

命運之理既然渺難測知，「善有善報，惡有惡報」的觀念，卻深固人心。於是能不能中舉，便端賴個人是否平日行善，甚或是祖上是否積德。若是，則天道好還，上天必能恩賜科第之寵。《唐摭言》這方面的記載，頗有藉由科舉「勸人爲善」的教化意味。裴度與孫泰的故事，正好說明這種認知：

裴晉公質狀眇小，相不入貴。既屢屈名場，頗亦自惑。……無何，阻朝客在彼。因退遊香山佛寺，徘徊廊廡之下。忽有一素衣婦人，致一緹褶於僧伽和尚欄楯之上，祈祝良久，復取筊擲之，叩頭瞻拜而去。少頃，度方見其所致，意彼遺忘，既不可追，然料其必再至，因爲收取。躊躇至暮，婦人竟不至，度不得已，攜之歸所止。詰旦，復攜就彼。時寺門始闢，俄睹向者素衣疾趨而至，逡巡撫膺惋歎，若有非橫。度從而訊之。婦人曰：「新婦阿父無罪被繫，昨告人，假得玉帶二；犀帶一，直千餘緡，以遺津要。不幸遺失於此。今老父不測之禍無所逃矣！」度憮然，復細詰其物色，因而授之。婦人拜泣，請留其一。度不顧而去。尋詣相者，相者審度……。相者曰：「只此便是陰功矣，他日無相忘！勉旃，勉旃！」度果位極人臣。（註四一）

孫泰，山陽人，少師皇甫穎，操守頗有古賢之風。泰妻即姨妹也。先是姨老矣，以二子爲託，曰：「其長損一目，汝可娶其女弟。」姨卒，泰娶其姊。或詰之，泰曰：「其人有廢疾，非泰不可適。」眾皆伏泰之義。嘗於都市遇鐵燈檯，市之，而命洗刷，卻銀也，泰亟往還之。中和中（八八一－八八五），將家於義興，置一別墅，用緡錢二百千。既半授之矣，泰遊吳興郡，約回日當詣所止。居兩月，泰回，停舟徒步，復以餘資授之，俾其人他徙。於時，睹一老嫗，長慟數聲，泰驚悸，召詰之。嫗曰：「老婦常逮事翁姑于此，子孫不肖，爲他人所有，故悲耳！」泰憮然久之，因紿曰：「吾適得京書，已別除官，固不可駐此也，所居且命爾子掌之。」言訖，解維而逝，不復返矣。子展，進士及第，入梁爲省郎。（註四二）

兩則故事所言，裴度因誠實無欺而改變命相，孫泰因憐恤孤老而庇蔭子孫，既是彰揚積善成德的「福報」之說，也彷彿是認定科第去取之權掌握於上天。科舉藉由「文藝」掄才的用意，在此竟變成上天計算「陰功」與否的回報了。

以上所論，意在指出，《唐摭言》敘寫眾多的科舉故事，其實是藉由多方面的觀察，尋找「遇與不遇」的原因。這種敘事方式，並非單純的理性討論，而更多是帶著感性的抒發，隱藏的是對科舉充斥非人力所能爲的隨意性的批判。這其中所寓含的「命定論」是非常顯然的。所以王定保會據此結論：

論曰：孟軻言：「遇不遇，命也。」或曰：性能則命通。以此循彼，匪命從於性耶！若乃大者科級，小者等列，當其角逐文場，星馳解試，品第潛方於十哲，春闈斷在於一嗚；奈何取捨之源，殆不踵此！或解元永黜，或高等尋休。黃頗以洪奧文章，蹉跎者一十三載；劉蕃以平漫子弟，汨沒者二十一年。溫岐濫竄于白衣，羅隱負冤于丹桂。由斯言之，可謂命通性能，豈曰「性能命通」者歟！苟怫於是，何奸宄亂常不有之矣！（註四三）

科舉「取捨之源」何在？正是王定保念茲在茲的疑問。科舉未必能出眞才，眞才也未必由科舉出。王定保在此處所思考的是「命運」與「才性」兩者的關聯，其間應該有從屬之別，他認爲「命運」亨通，「才性」方可以發揮其能，是所謂之「命通性能」；否則，一旦任由「才性」發揮其能，「命運」即可以得亨通，即所謂之「性能命通」，這將會使多少有「才性」之人，恃才任意，爲所欲爲，無往而不利，這豈是可以的？所以，在王定保眼中，「命運」之限制是有其必要的；換言之，科第之得與不得，士人之遇與不遇，其實並非爲人必然的要求。在此便透顯另一個重點，此即是王定保《唐摭言》一書中的終極關切。

五　人性試煉：士行高卑之類型

科舉藉由考試拔擢人才，但所取人才是否眞的適用？《唐摭言》開卷即已道出此中的悖反性：

元和中（八〇六－八二〇），中書舍人李肇撰《國史補》，其略曰：進士爲時所尚久矣，是故俊乂實在其中。由此而出者，終身爲聞人，故爭名常爲時所弊。……雖然，賢者得其大者，故位極人臣，常有十二三；登顯列，十有六七。而元魯山、張睢陽有焉，劉闢、元翛有焉。（註四四）

進士爭名，無可厚非，但所爭之名，不僅應該爭取躍龍門之前考官的青睞，也應該爭取躍龍門之後「終身爲聞人」的榮耀。可憾的是，登進士而成名者，雖然不乏忠肝義膽之士，如元魯山、張巡；但亦時出亂臣賊子之輩，如劉闢、元翛。然而，科第有何美乎？進士有何貴乎？這也是王定保在敘述科舉故事時，時時深致慨歎的原因。因此，王定保的敘事，不由得必須從制度面的源流考索，而進入士人風流時尚的觀察，乃至於舉子人品人格的品鑑；最終，王定保必然會發現，唐代科舉制度不過是個人性的試煉場，一個人貴與不貴，不在乎進士科登與不登，而在乎其人是否眞能留下什麼樣爲後人瞻仰的歷史典範。

所以，王定保一方面欣羡「科第之美」的同時，另一方面也毫不留情暴露科舉制度下的「士行之醜」，即使是知名之士也難逃罪責。如蕭穎士與殷文圭：

蕭穎士開元二十三年（七三五）及第，恃才傲物，夐無與比。常自攜一壺，逐勝郊野。

偶憩於逆旅，獨酌獨吟。會風雨暴至，有紫衣老父，領一小僮避雨於此。穎士見其散冗，頗肆陵侮。逡巡，風定雨霽，車馬卒至，老父上馬呵殿而去。穎士倉忙覘之，左右曰：「吏部王尚書也。」穎士常造門，未之面，極所驚愕，明日，具長箋，造門謝。尚書命引至廡下，坐而責之，且曰：「所恨與子非親屬，當庭訓之耳！」復曰：「子負文學之名，倨忽如此，止於一第乎！」穎士終於揚州功曹。(註四五)

乾寧中（八九四－八九八），（昭宗）駕幸三峰（代指華州）。殷文圭者，攜梁王（朱溫）表薦及第，仍列於榜內。……無何，隨榜爲吏部侍郎裴樞宣諭判官，至大梁以身事叩梁王，王乃上表薦之。文圭復擬飾非，遍投啓事於公卿間，略曰：「於菟獵食，非求尺璧之珍；鵷鷺避風，不望洪鐘之樂。」既擢第，由宋汴馳過，俄爲多言者所發；梁王大怒，亟遣追捕，已不及矣。然是屢言措大率皆負心，常以文圭爲證，白馬之誅，靡不由此也。(註四六)

蕭穎士恃才傲物，目中無人，雖負文學之名，終止一第。殷文圭背信忘恩，文過飾非，招來朱溫遷怒於士人，發生「白馬驛」的屠殺慘禍。此顯示王定保對於士子徒假科第之美，而立身不謹、徼逐虛名的砭刺。所謂「措大率皆負心」，雖出自大奸巨猾的逆臣之口，卻顯得無比眞確。相對之下，《唐摭言》也刻意紀錄不在科舉名利場中的小人物，如僕役之流，對他們的言行深致贊美之意，由此鮮明對比出衣冠士人虛有其表的醜態：

蕭穎士性異常嚴酷，有一僕事之十餘載，穎士每以箠楚百餘，不堪其苦。人或激之擇木。其僕曰：「我非不能他從，遲留者，乃愛其才耳！」（註四七）

李敬者，本夏侯譙公之傭也。公久厄塞名場，敬寒苦備歷，或爲其類所引曰：「當今北面官人，入則内貴，出則使臣，到所在打風打雨。你何不從之？而孜孜事一個窮措大，有何長進！縱不然，堂頭官人，（原注：此輩謂堂吏爲官人。）豐衣足食，所往無不克。」敬騾然曰：「我使頭及第後，還擬作西川留後官。」衆官大笑。……（註四八）

如此正直而有情有義的僕役，雖無「科第之美」加身，不是更令人覺得敬重？王定保不得不爲此深入思索，發出浩歎：

論曰：科第之設，沿革多矣。文皇帝撥亂反正，特盛科名，志在牢籠英彥。……垂三百年，擢士衆矣。然此科近代所美。知其美之所美者，在乎端己直躬，守而勿失；昧其美之所美者，在乎貪名巧宧，得之爲榮。噫！大聖設科，以廣其教，奈何昧道由徑，未旋踵而身名俱泯，又何科第之庇乎！矧諸尋芳逐勝，結友定交，競車服之鮮華，騁杯盤之意氣；沽激價譽，比周行藏。始膠漆于群強，終短長於逐末。乃知得失之道，坦然明白。卬明所謂「求名而亡，欲蓋而彰」。茍有其實，又何科第之闕歟！（註四九）

科第「美之所美」者，並非貪名巧宧的進階，更不是終身庇蔭的保證；而應該是正身守道，謹而勿失的榮譽。如此，「茍有其實，又何科第之闕歟！」此言振聾發聵，完全消解世俗對科第的執著迷戀，也是《唐摭言》書中最精彩的論述。

王定保甚至還舉出因爲科舉失利，反而聲譽大漲，垂名青史的例子。說明所謂之「爭名」，其實當爭後世名，而不是一時一地一舉的榮顯。

太和二年（八二八），裴休等二十三人登制科。時劉蕡對策萬餘字，深究治亂之本，又多引《春秋》大義，雖公孫宏、董仲舒不能肩也。自休已下，靡不斂衽。然亦指斥貴幸，不顧忌諱，有司知而不取。時登科人李郃詣闕進疏，請以己之所得，易蕡之所失，疏奏留中。蕡期月之間，屈聲播於天下。（註五十）

王定保特爲此作論云：「論曰：無義而生，不若有義而死；邪曲而得，不若正直而失。雖抱屈於一時，竟垂裕於千載者，費得之矣。」科舉得第與否，在無義與有義，邪曲與正直，兩者對抗的抉擇之前，已經變得不重要了。王定保由此突顯人性光輝的價值，顯示非常深刻的人文精神。能說明這種精神，最好的故事，莫過於以下一則：

盧大郎（玄暉）補闕，升平鄭公（愚）之甥也。暉少孤，長於外氏，愚常誨之舉進士。咸通十一年（八七〇）初舉，廣明庚子歲（八八〇），遇大寇犯闕，竄身南服。時外兄鄭續鎮南海，暉向與續同庠序。續仕州縣官，暉自號「白衣卿相」。然二表俱爲愚鍾愛。爾來未十稔，續爲節行將，暉乃窮儒，復脫身虎口，挈一囊而至。續待之甚厚。時大駕幸蜀，天下沸騰，續勉之出處，且曰：「人生幾何！苟富貴可圖，何須一第耳！」暉不答。復請賓佐誘激者數四，復虛右席以待暉。暉因曰：「大朝設文學之科以待英俊，如暉能否，焉敢期於饕餮！然聞昔舅氏所勗，常以一第見勉。今舊館寂寥，奈何違宿昔之約！苟白衣歿世，亦其命也；若見利改途，有死不可！」續聞之，加敬。自是龍鍾場屋復十許歲，大順中，方爲宏農公所擢，卒於右衮。（註五一）

晚唐士子出路，已非僅有科舉考試一途，尤其各地藩鎮州縣，更是需要人才。然而盧玄暉一旦答應其舅鄭愚投考進士，便不再圖謀其他富貴之路，也不貪戀現成可得的官位，即使進士連年考不上，也矢志不移，「苟白衣歿世，亦其命也；若見利改途，有死不可！」這樣的堅持，與其說是對「科第之美」的欣羨嚮往，不如說是對自身良好品格的要求，以及對於「大朝設文學之科以待英俊」，這種原初立制美意的尊重。這已不是那些「爲科舉而科舉」、自甘下流的干祿之子所能比擬的。在晚唐士風澆薄、人心不古的時代氛圍之中，玄暉此舉不啻是空谷足音。王定保最終對於科舉得失的價值關懷，在玄暉身上也就具體可知了。

六　結論

前文曾提及《唐摭言》與《洛陽伽藍記》兩書作者用心的相似，兩者皆藉由前代名物制度的考索與傳說故事的記敘，意圖再現前朝的風華盛況及其衰敝末流，帶有深切的故國之思與針砭之意。只不過一託之以佛寺興廢，一託之以科舉盛衰。

然而，更應當指出的是，楊衒之記佛寺實際上意在反對佛寺，而王定保記科舉則並無意否定科舉；甚至，他也無暇針對科舉制度許多積重難返的弊病提出改良主張。可以說，科舉制度所帶來的榮寵和實利，深深誘惑著有唐一代士人，王定保自是不能例外。他的態度無寧是抱持追悼的心理，歎惜「科第之美」的盛時不在，這其間的原因，除了士風澆薄，人心不古之外，也不免因爲時移勢改，國家多難。書中大量記述晚唐科舉青黃不接，舉才乏人的窘況，其敘事之意，實大有「科舉盛，則國家強；科舉衰，則國家弱；反之亦然」的隱喻，所謂的「明皇情結」正是由此而顯。

對於與科舉共生相成的「文學崇拜」風氣，《唐摭言》更是不憚其辭費，羅縷記述士人的文采風流，甚至許多與史實矛盾牴牾的傳說故事，也津津樂道，煞有介事。這類的科舉傳說故事，最能說明當日文學地位如何高崇，文人身分如何受景仰，也是後世小說、戲曲等俗文學作者最喜取材、讀者最愛聽樂聞之處。此外，便是深深困擾唐代士子出處的「遇與不遇」的問題，《唐摭言》對此現象有多方面的著墨，藉由不同的科舉傳說故事，試圖探討背後的因素是人力？抑或天意？雖最後不能免俗，仍歸之於命運安排，其實已暗藏對於科舉制度充斥隨意性的批判和質疑。

而《唐摭言》最深刻之處，應是對於科第得失影響士人心態的冷靜檢討，誠如王定保所言：「士之謀身，得之者以才，失之者惟命，達失二揆，宏道要樞，可謂勤於修己者與！苟昧於斯，繫彼能否，臨深履薄，歧路紛如，得之則恃己所長，失之則尤人不盡；干祿之子，能不慎諸！」（註五二）具見王定保並非唯科舉是尚者，在大是大非的抉擇關頭，仍能突顯其人性關懷的終極價值。

《唐摭言》一書記科舉種種，分門別類，條目累累，包羅誠極豐富，但也流於駁雜失統，執本文以上的分析以觀，或者能約略得其敘事類型，明其所以言之成理之故吧！

注釋

編按　兵界勇　明道大學中國文學學系助理教授。

註　一　〔清〕紀昀等撰：《四庫全書總目提要》（上海市：東方圖書館，出版年不詳），卷一四〇，小說家類，頁四四。

註　二　〔唐〕王定保著，〔清〕蔣光煦校注《唐摭言》卷三〈散序〉（臺北市：世界書局印行，一九五九年），頁二四。以下本文引用《唐摭言》，皆出此書，並同時參校姜漢椿校注：《唐摭言校注》（上海市：上海社會科學院出版社，二〇〇三年），不另注出。

註　三　以上王定保生平的考訂，可參考黃淑恩：《《唐摭言》研究——科舉制度下的士人風貌與心境》（臺北市：國立政治大學，碩士學位論文，指導教授：廖棟樑，二〇〇七年），第二章「王定保其人與《唐摭言》寫作動機」第一節「作者生平」，頁八－一二。

註　四　《唐摭言》成書時間有二說，《四庫全書總目提要》認爲乃定保「暮年所作」，〔清〕劉毓崧：《通義堂文集・摭言跋中篇》則推論爲定保中年之作。參見黃淑恩論文，同前註，頁七－八。

註　五　《唐摭言》卷二〈京兆府解送〉，頁一三。關於「等第」的流弊，《唐摭言》同卷〈廢等第〉亦引大中七年（八五三），京兆尹韋澳也曾痛切指陳：「等列標名，僅同科第；既爲盛事，固可公行。近日已來，前規頓改，互爭強弱，多務奔馳；定高卑於下第之初，決可否於差肩之日；會非考核，盡繫經營。奧學雄文，例舍於貞方寒素；增年矯貌，盡取於朋比群強。雖中選者曾不足云，而爭名者益熾其事。」，頁一四。

註　六　《唐摭言》卷二〈廣文〉，頁一三。

註　七　《唐摭言》卷一〈述進士下篇〉云：「大讌於曲江亭子謂之『曲江會』（原注：曲江大會在關試後，亦謂之「關讌」。宴後同年各有所之，亦謂之爲「離會」。），頁四。

註　八　《唐摭言》卷三〈散序〉，頁二五。

註　九　見張子開：〈野史、雜史和別史的界定及其價值——兼及唐五代筆記或小說的特點〉，刊於《綿陽師範學報》，第二八卷第三期，二〇〇九年三月，頁七。按，此處所謂之「明皇」未必專指唐玄宗朝而言，凡晚唐末代對於初、盛唐治世時期之緬懷，皆可歸入於此種「明皇情結」中。

註　十　《唐摭言》卷十五〈沒用處〉，「論曰」，頁一六七。

註十一　《通義堂文集・唐摭言跋下篇》九冊十二卷，頁二四。

註十二　《唐摭言》卷五〈以其人不稱才試而後驚〉，頁六一。

註十三　《唐摭言》卷十一〈無官受黜〉，頁一二〇。

註十四　《唐摭言》卷七〈知己〉，頁八一。

註十五　《唐摭言》卷十〈韋莊奏請追贈不及第人近代者〉，頁一一六。

註十六　關於以上王勃、孟浩然、白居易故事的眞僞考證，詳參羅聯添師：〈唐代詩人軼事考辨〉，《唐代文學論集》（臺北市：學生書局，一九八九年）下冊，頁二七五－三二一。李賀故事考證可見葉慶炳師：《中國文學史》（臺北市：學生書局，一九九〇年）上冊，頁四二六。

註十七　龔鵬程：〈文學崇拜的社會〉，見所著《唐代思潮（上）》（宜蘭縣：佛光人文社會學院，二〇〇一年），第肆章，第一節，頁二七七。

註十八　《唐摭言》卷三〈慈恩寺題名遊賞賦詠雜記〉，頁三八－三九。

註十九　同前註。

註二十　同前註，頁二七八。

註二一　《唐摭言》卷二〈爭解元〉，頁一七。

註二二　同前註，頁一八。

註二三　《唐摭言》卷五〈以其人不稱才試而後驚〉，頁六一。王勃與李賀之故事，均見此目。又李賀之故事，亦見同書卷十〈韋莊奏請追贈不及第人近代者〉，頁一一六－一一七。

註二四　龔鵬程即指出：「科舉掄才，本為甄拔技術官僚而設，乃竟演變成為文學上的競技，顯示文學的價值已成了社會主要的追求，文人則是那個社會的主要人格典型。」見所著：〈導論：中國傳統社會中的文人階層〉，《中國文人階層史論》（宜蘭縣：佛光人文社會學院，二〇〇二年），頁二五。

註二五　〔宋〕洪邁：〈四筆〉，《容齋隨筆》（上海市：上海古籍出版社，一九九六年），卷五〈韓文公薦士〉，頁六六九－六七〇。

註二六　《古今詩話》云：「蓋自唐以來主司重素望，故文場一啟而投卷紛然，舉子之升黜固自有定議矣。」見〔清〕稽留山樵：《古今詩話》第三冊錄〔宋〕葛立方：《韻語陽秋》（臺北市：廣文書局，一九七三年），頁八九四。

註二七　〔清〕馬通伯校注：〈雜說四首〉，《韓昌黎文集校注》（臺北市：華正書局，一九八二年），頁二〇。

註二八　《唐摭言》卷六〈公薦〉，頁六三－六四。

註二九　《唐摭言》卷八〈遭遇〉，頁八六。

註三十　《唐摭言》卷十一〈怨怒〉，「張楚與達奚（珣）侍郎書」條，頁一二八。

註三一　《唐摭言》卷七〈升沈後進〉，頁七五。

註三二　《唐摭言》卷八〈誤放〉，頁八八。

註三三　《唐摭言》卷八〈通榜〉，頁八二。

註三四　《唐摭言》卷八〈自放狀頭〉，頁八五，言之甚詳，茲不引。

註三五　《唐摭言》卷十一〈無官受黜〉，頁一二〇－一二一。

註三六　《唐摭言》卷九〈表薦及第〉，頁九九。

註三七　《唐摭言》卷八〈誤放〉，頁八七。

註三八　《唐摭言》卷七〈起自寒苦〉，頁七三－七四。

註三九　《唐摭言》卷八〈夢〉，頁八四。

註四十　《唐摭言》卷八〈聽響卜〉，頁八五。

註四一　《唐摭言》卷四〈節操〉，頁四五。

註四二　同前註。

註四三　《唐摭言》卷二〈論曰〉，頁一八。

註四四　《唐摭言》卷一〈述進士下篇〉，頁四。

註四五　《唐摭言》卷三〈慈恩寺題名游賞賦詠雜紀〉，頁二九－三〇。

註四六　《唐摭言》卷九〈表薦及第〉，頁九九。

註四七　《唐摭言》卷十五〈賢僕夫〉，頁一六五。

註四八　《唐摭言》卷十五〈賢僕夫〉，頁一六五。

註四九　《唐摭言》卷三〈慈恩寺題名遊賞賦詠雜記〉，「論曰」，頁四三。

註五十　《唐摭言》卷十〈載應不捷聲價益振〉，頁一〇五。

註五一　《唐摭言》卷四〈節操〉，頁四六。按，又據姜漢椿校注，盧玄暉景福二年（八九三）登進士第，官至右補闕，下文云「大順中，方爲宏農公所擢」，不確。見《唐摭言校注》，頁八五。

註五二　《唐摭言》卷八〈論曰〉，頁九三。

從宋元説唱到戲曲曲牌

——論【九轉貨郎兒】之淵源與演變

李佳蓮

摘要

本文探究崑曲舞臺上享有盛名的【九轉貨郎兒】套曲之淵源與演變，研究得知「貨郎兒」淵源自先秦時期具有倚工身分之「播鼗者」，因搖鼓高吟的方式容易引人注目，唐宋以後因爲經濟繁榮、商業活動發達，遂與游走江湖的小販合流，以搖鼓吟叫賣的方式招睞生意，宋代各式民間表演藝術的興盛，遂進一步被説唱曲藝「叫聲」吸收，元代雜劇成立之後，又正式被戲曲吸收，眞正成爲戲曲曲牌【貨郎兒】。經過元雜劇《貨郎旦》、清傳奇《長生殿》〈彈詞〉的豐富美化，【九轉貨郎兒】遂成爲傳唱不朽的經典名曲。

關鍵詞

宋元説唱、叫聲、戲曲曲牌詞、貨郎兒、九轉貨郎兒

一　前言

曲牌是曲牌體音樂的主體，也是組成戲曲聯套最小的單位，其來源包羅萬象，舉凡唐宋燕樂、詞調、諸宮調、唱賺、民歌小調、地方俚曲、宗教音樂、少數民族音樂等等，都是曲牌體音樂吸收容納的來源。因其來源不同，曲牌性質也各異其趣，若從某些具有特殊質性的曲牌著手，探求其根源，追索其脈絡演變，相信將是研究曲牌曲律學的方法途徑之一。

在五花八門的曲牌陣仗之中，【貨郎兒】是個饒富趣味的曲牌。原因一，它的取名異於一般「取古人詩詞句中語而名」如【滿庭芳】、【點絳唇】者，異於「以地而名」如【梁州序】、【八聲甘州】者，異於「以音節而名」如【步步嬌】、【節節高】者（註一）。那麼，何謂「貨郎兒」呢？在中國繪畫史上，曾有一系列名爲「貨郎圖」的作品，如日本學者青木正兒編輯、內田道夫解說的《北京風俗圖譜》收有多幅「貨郎兒群圖」，圖爲一群群肩挑扁擔或貨箱、手持搖鼓走街販賣各式雜物的小販（見附圖），稱爲「貨郎兒」，可知此曲牌之命名是以「職業身分」名，後來又變成說唱藝術的一種，如：元雜劇《風雨像生貨郎旦》第四折有張三姑說唱【九轉貨郎兒】的情節，其性質特殊可見一斑。

原因二，此曲牌至今仍盛行舞臺、歷演不衰，上述《貨郎旦》中張三姑流落江湖說唱【九轉貨郎兒】的情節，以其婉轉纏綿之聲情，道盡人事滄桑，與劇情相得益彰，廣爲流傳；到了清代洪昇《長生殿》傳奇，〈彈詞〉一折以李龜年彈唱【九轉貨郎兒】，化用《貨郎旦》套曲又青出於藍，千迴百轉痛訴顛沛流離之苦，二劇皆膾炙人口，至今盛演舞臺，劇場並稱爲「女彈」、「男彈」以彰顯其經典地位。可見得【九轉貨郎兒】具有極佳聲情，在曲牌之林中具有特殊意義與價值。

本文擬欲以【貨郎兒】曲牌爲研究焦點，往上探求該曲牌之淵源，往後則追索該曲牌如何從「挑擔小販貨郎兒」取義命名，被說唱藝術吸收，進而發展爲戲曲藝術中的重要曲牌，又如何從單純的【貨郎兒】曲牌發展爲複雜龐大的【九轉貨郎兒】套曲，這一路從宋元說唱衍生到戲曲曲牌其變化曼衍之跡。

二 「貨郎兒」釋名及溯源

元雜劇《硃砂擔》第一折「邦老」白曰：「你是個貨郎兒，我也是個撚靶兒的。」可見得「貨郎兒」是和「撚靶兒的」相對應，作爲人物的職業身分類稱。再看到《漁樵記》第三折張撇古白：「老漢是這會稽郡集賢莊人氏，姓張，做著個撚靶兒的貨郎。」(註二)可知「撚靶兒的」是形容「貨郎」這樣身分的人。那麼，什麼是「貨郎兒」？什麼是「撚靶兒的」呢？

元代關漢卿《救風塵》第二折云：

我這隔壁有個王貨郎，他如今去汴梁做買賣。（註三）

石君寶《秋胡戲妻》第二折云：

等那貨郎兒過來，你買些胭脂粉擦擦臉。（註四）

可知元代有種肩挑擔子，來往城鄉販賣日用雜物、婦女用品和兒童玩具的小販即稱「貨郎」、「貨郎兒」。《古今雜劇》本收錄關漢卿《夜月四春園》第三折云：

自家是個貨郎兒，來到這街市上，我搖動不郎鼓兒，看有是么人來。

上述《漁樵記》第三折自稱是「做著個撚靶兒的貨郎」的張撇古又白：

這裡是劉二公家首，搖動這不琅鼓兒，若老子出來呵，我著幾句言語。（註五）

可知，「貨郎兒搖動不郎鼓兒」亦常見於元代，于盛庭〈元劇語詞札記〉中說：

百工雜技，荷擔上街，每持器作聲，作爲記號。貨郎搖不琅鼓，元時已有此習俗。……不琅鼓是有柄的小鼓，兩側以繩系墜，貨郎搓轉鼓把兒，鼓墜便反復敲擊鼓面，「不琅」、「不琅」作響。（註六）

明代《水滸傳》第七十四回敘述燕青「扮做山東『貨郎』，腰裡插著一把串鼓兒，挑一條高肩雜貨擔子。」（註七）明代散曲家蘇子文作有題爲〈詠貨郎鼓〉的散曲。可知「不郎鼓兒」即是貨郎兒經常持有的小鼓，鼓穿在木柄上，鼓框左右用繩繫著兩個小珠狀物，手搖木柄，珠狀物來回敲擊鼓面發聲（註八），或有「不琅鼓」、「串鼓兒」、「貨郎鼓」等名稱，現代則多稱爲「撥（波）浪鼓」。

這樣看來，「撚靶兒的」的意義也就不言可喻了。「撚」具有用手指揉搓之意，章炳麟《新方言・釋言》亦云：「引棉做線，揉紙使緊，曰『撚』。」唐代韓偓〈詠手詩〉云：「背人細『撚』垂臙鬢，向鏡輕勻襯臉霞」（註九）由此可證。「撚靶兒」是指貨郎挑擔賣雜貨時，轉動小鼓、發出聲音作爲號召，藉以吸引顧客的動作，「撚靶兒的」，自然即指等同於「貨郎兒」這類的小販人物了。

那麼，「貨郎兒」的淵源始自何時呢?首先從「貨郎鼓」談起。

《中國音樂辭典》中有「𪔂」條，其解釋爲：

古代鼓的一種。又稱「鞉、鼗鼓」。《詩經．周頌．有瞽》云：「應田懸鼓，鞉磬柷圉。」毛傳釋云：「鞉，鞉鼓也。」《周禮》〈春官．宗伯〉中有「掌教鼓鼗」之說，鄭玄注：「如鼓而小，持其柄搖之，旁耳還自擊。」其形製和奏法當即近代民間流行的「撥浪鼓」（又稱貨郎鼓）。（註十）

據此描述，則「貨郎鼓」源自於古樂器「鼓鼗」，且最早可推至先秦時代。除了《詩經》、《周禮》所述之外，在《論語．微子》中，亦有下列資料：

大師摯適齊，亞飯干適楚，三飯繚適蔡，四飯缺適秦。鼓方叔入於河，播鼗武入於漢，少師陽、擊磬襄入於海。

「摯、干、繚、缺、方叔、武、陽、襄」皆爲人名，朱熹《四書章句集注》解釋「摯」爲魯國樂官之長，「亞飯」至「四飯」皆「以樂侑食之官」，「少師」是「樂官之佐」，「襄」即「孔子所從學琴者」。「鼓」指「擊鼓者」，「播鼗」則解釋爲：

播，搖也。鼗，小鼓。兩旁有耳，持其柄而搖之，則旁耳還自擊。

可知「播鼗」即「手搖撥浪鼓者」。朱熹引用張載對於這整段話的解釋云：

張子曰：「周衰樂廢，夫子自衛反魯，一嘗治之。其後伶人賤工識樂之正。及魯益衰，三桓僭妄，自大師以下，皆知散之四方，逾河蹈海以去亂。聖人俄頃之助，功化如此。如有用我，期月而可。豈虛語哉？」（註十一）

《論語．微子》十一章多記聖賢之出處，此章亦同，從張子敘述中可知周朝末年禮崩樂壞，賢人隱遯、散之四方以期逾河蹈海、去亂反正。值得注意的是，「摯」等八位人物皆是「識樂之正」的「伶人賤工」，「伶」者，《中國音樂辭典》釋之為：

先秦樂官。樂師的名稱之一。《國語．周語下》伶州鳩論樂的「州鳩」，為周景王所任樂師。《呂氏春秋．仲夏紀》：「昔黃帝令伶倫作為律。」倫是傳說中黃帝時期的樂師。倫和州鳩作為高級樂官都稱「伶」。稱「伶人」者，則為低級樂官或樂工。……後世以「伶」稱戲曲藝人。（註十二）

「戲曲藝人」泛指從事歌唱、音樂、舞蹈、戲劇等各類型表演藝術的人員，除了「伶人」

之外，亦有「優伶」、「優人」等稱呼。既然「摯」等八位人物皆是伶人賤工，可見得「播鼗」不僅是「手搖撥浪鼓的人」，亦具有「伶人賤工」之身分。那麼，「鼗」既爲「貨郎鼓」的淵源，「播鼗」當即爲「貨郎兒」的淵源，換句話說，「貨郎兒」的淵源「播鼗者」始自先秦時期，就帶有具「伶人賤工」身分、從事表演行業的性質了。

總上所述，可知「貨郎兒」的淵源推至先秦「播鼗者」，是具有表演專長的伶人賤工，到了元代，乃成爲民間常見，手持撥浪小鼓、沿街挑擔販賣雜貨的小販。這種市井小販一直延續到後代，清代《燕市貨聲》裡的記載可窺見一斑：元旦時街頭賣廠花、燒餅者「亦有挑圓籠、搖八楞鼗鼓者，帶賣乾燒酒」；五月有「搖長把小鼗賣零尺」的；賣檳榔的「徬大元寶筐，搖八楞鼗鼓」；打鼓挑兒「擔二筐前牒，後以布覆，收買一切衣物，有岔眼物藏入後筐……行攜甌口大小併鼓擊之。」

那麼，「貨郎兒」又是如何從「走街小販」演變爲「說唱伶人」呢？以下緊接著探討。

三　唐宋以後「說唱伶人」與「走街小販」合流

南宋耐得翁《都城紀勝》爲憶南宋都城臨安城市風貌的知名著作，詳細記錄了臨安的街坊、店鋪、塌坊、學校、寺觀、名圓、教坊、雜戲等各種情況，爲研究南宋城市提供了豐富史料。其中「叫聲」條云：

叫聲，自京師起撰。因市井諸色歌吟、賣物之聲，採合宮調而成也。（註十二）

可知宋代以來流行於京師，有一種來往市井城鄉之人，採用、揉合各色聲調歌誦吟唱兼以販賣物品，此情形稱之爲「叫聲」。從「京師」到「市井」，可見得其遊走江湖之跡；從「賣物」可知具有小販身分；從「歌吟」與「採合宮調」，可知其具有歌唱表演的成分；從「歌吟、賣物之聲」，可知要高唱販賣物品以招徠顧客。由此看來，具有表演專長的伶工身份，以及走唱市井、買賣貨物的小販身分，二者已經匯聚合流。不難推想，他們所唱腔調將不斷被加工改造以吸引人潮。

另與《都城紀勝》齊名，同樣記載南宋臨安城市風貌的周密《武林舊事》，其卷二有〈舞隊・大小全棚傀儡〉條記載了數十出傀儡戲名，其中有題爲「貨郎」、「喬像生」的傀儡戲名。（註十四）元末明初的陶宗儀《南村輟耕錄》所記多是瑣聞筆記，以元代爲主，宋代次之，其中卷二十五〈院本名目〉也記有「貨郎孤」、「學象生」二條劇目，可知走唱小販「貨郎」最遲在宋、元年間，已經成爲宋代傀儡戲、金代院本表演的題材之一。

至於「像生」的部份，《武林舊事》卷十〈官本雜劇段數〉中，另記載「像生爨」一項，所謂「爨」，是宋代雜劇或金代院本中某些簡短表演的名稱，曾師永義〈論說五花爨弄〉論之已詳（註十五）；上述宋代耐得翁《都城紀勝・社會》條云：

每歲行都神祠誕辰迎獻，則有酒行。錦體社、八仙社、漁父習閑社、神鬼社、小女童像生叫聲社。（註十八）

「像生」、「叫聲」亦關係密切。宋代西湖老人《西湖老人繁勝錄．開煮迎酒候所》亦云：

選像生有顏色者三四十人，戴冠子花朵，著豔色衫子。稍年高者，都著紅背子，特髻。（註十七）

「喬像生」、「學像生」、「像生嬰」、「小女童像生」、「選像生」等，均指宋元時期流行的既說且唱、既有裝扮又有模仿的曲藝表演，焦中棟〈雜劇《貨郎旦》創作時間辯證〉一文認為：

像生應該指「模仿」，它是宋代及流行於宮廷市井的的一門表演藝術，可以模仿自然界的聲響，也模仿坊間的叫賣等等。如《東京夢華錄》卷九「宰執親王宗室百官入內上壽」條載云：「樂未作，集英殿山樓上教坊樂人效百禽鳴，內外肅然，止聞半空和鳴，

若鸞鳳翔集。」就是一種像生表演。（註十八）

這種「像生」表演的實質內涵，及其和「貨郎兒」之間的關係，從元代無名氏雜劇《風雨像生貨郎旦》可以得到明確的證據。從劇名已可推知兩者關係密切，該劇敷演地主李彥和娶妓女張玉娥爲妾，玉娥卻與姦夫魏邦彥聯手謀害彥和一家，竊李家財、火燒屋室，彥和和其子春郎、乳母張三姑逃至河邊，張玉娥、魏邦彥追至，推李彥和下水，勒殺張三姑、春郎後逃逸。其中，第二折由淨扮孛老飾張撇古上場時云：

老漢姓張。是張撇古。憑說唱貨郎兒爲生。（註十九）

結合劇名「風雨像生貨郎旦」來看，可知「像生」即是「說唱」曲藝。再從劇中諸多線索引證：第三折由副旦扮演張三姑自從被害獲救之後，蒙張撇古收留，教授唱「貨郎兒」：

我跟著唱貨郎兒張撇古老的。謝那老的教我唱貨郎兒度日。（註二十）

李彥和則被人救起，替人打雜維生。十三年過後，張三姑與李彥和重逢，互訴苦情時說道：

〔李彥和做悲科云〕……你如今做甚麼活計，穿的衣服這等新鮮，全然不像個沒飯喫的，你可對我説。〔副旦云〕我唱貨郎兒爲生。〔李彥和做怒科，云〕兀的不氣殺我也！我是甚麼人家？我是有名的財主，誰不知道李彥和名兒？你如今唱貨郎兒，可不辱沒殺我也。〔做跌倒〕〔副旦扶起科，云〕休煩惱！我便辱沒殺你！哥哥，你如今做甚麼買賣？〔李彥和云〕我與人家看牛哩，不比你這唱貨郎的生涯這等下賤。（註二一）

從此段記載看來，到了元代，「說唱貨郎兒」仍舊屬於被社會鄙視低下的「伶人賤工」。後來第四折，張三姑與李彥和相認之後，兩人相依爲命，某日來到官府面前，李彥和忽見堂上大人貌似春郎孩兒，卻不敢貿然相認，正在猶豫地當下，張三姑想起用說唱貨郎兒的方式將李家遭受迫害事娓娓道來，其云：

〔副旦云〕哥哥你放心。張撇古那老的。爲俺這一家兒、這一樁事編成二十四回說唱，（註二二）

此後連唱【轉調貨郎兒】以及【二轉】、【三轉】、【四轉】、【五轉】、【六轉】、【七轉】、【八轉】、【九轉】等九支【貨郎兒】。從屢次出現的「唱貨郎兒」、「編成二十四回說唱」，均可得知這種「像生」即是「說唱」表演，因其中內容包羅萬象，可以模仿大自然界聲響，也可以模仿民間叫賣，也可以專由小女童擔綱，也可以結合雜劇院本之爨弄表演；其中模仿民間叫賣的部分，即稱之爲「貨郎兒」。換句話說，「貨郎兒」不僅成爲宋雜劇、金院本的搬演題材，甚且成爲說唱曲藝的劇目。

論述至此，可知「貨郎兒」這種走唱江湖的小販，因招攬生意所需，或者揉合各式曲調吆喝歌吟、或者運用鼓類樂器搖震作響，本即帶有表演意味，到了宋金時期，又逢戲曲表演漸趨發展的階段，無論宋傀儡戲、金代院本、說唱曲藝等形式的表演，均能吸收「貨郎兒」的題材而加以運用搬演，在包羅萬象的像生說唱內容之中，特別有一種是模仿民間小販「叫聲」買賣的類型，即稱之爲「貨郎兒」。因此，唐宋以後，「說唱伶人—叫聲」與「走街小販—貨郎兒」已正式合流。

四　元雜劇吸收說唱成爲戲曲曲牌【貨郎兒】

《元典章》卷五十七《刑部》卷十九《諸禁》中之《雜禁》云：

至大十二年□月□日中書兵刑部承奉中書省判送刑房呈，……在都唱琵琶詞、貨郎兒人等，聚集人眾，充塞街市，男女相混，不唯引惹鬥訟，又恐別生事端。蒙都堂議得，擬合禁斷，送部行下合屬，依上禁行，奉此施行。

查至大是武宗（一三〇八—一三一一）的年號，武宗是世祖子答剌麻八之子，一三〇七年五月即位於上都，逾年改元。一三一一年正月卒。（註二三）因此，至大十二年恐乃至大二年之衍字，或者至大乃至元之筆誤，「琵琶詞」當指說唱曲藝之一「彈詞」，因其以琵琶、三弦、揚琴為主而得名。楊惠玲〈「貨郎兒」推考〉中引這段資料分析道：

這則禁令說明最晚在元代前期「貨郎兒」就已經頗為流行，……可以肯定的有兩點，其一「貨郎兒」最晚於元代武宗之前發展成熟；其二「貨郎兒」開始形成的時間應該是元代之前，但也不會早於宋代，這是因為作為流動小販的貨郎，是隨著小商品經濟的發展於宋代才出現的。（註二四）

與前文引用元雜劇《硃砂擔》、《漁樵記》、《救風塵》、《秋胡戲妻》等劇都出現「買賣的貨郎兒」可相互映證，也和筆者推論唐宋以後說唱藝術與走街小販貨郎兒合流的時間點是不謀而合的。

既然元代前期「貨郎兒」就已發展興盛，且元雜劇多次引用，《風雨像生貨郎旦》不僅據以爲名，還安插一段說唱表演，藉由張三姑之口彈唱【九轉貨郎兒】，使得【貨郎兒】被雜劇吸收正式成爲戲曲曲牌。然而，這是如何產生的呢？查元雜劇《百花亭》敷演男主角王煥爲與女主角賀憐憐相會，假扮做賣查梨條的小販，前往承天寺賣查梨條。他事先央求職業小販王小二傳與他叫賣的腔調，第三折便出現王煥運用從小二那學來的「叫歌聲演習的腔兒」吆喝了一大段令人眼饞心動的廣告詞，內容如下：

〔做叫科云〕查梨條賣也。查梨條賣也。生長在京城古汴。從小裏拜個名師。學成浪子家風，習慣花臺伎倆，專伏侍那些可喜知音的公子，吏和那等聰明俊俏的佳人。假若是怨女曠夫。買喫了成雙作對。縱然他毒郎狠妓。但嘗者助喜添歡。春蘭秋菊益生津。金橘木瓜偏爽口。枝頭乾分利陰陽。嘉慶子調和臟腑。這棗頭補虛平胃。止嗽清脾。喫兩枚諸災不犯。這柿餅滋喉潤肺。解鬱除焦。嚼一個百病都安。這荔枝紅蠲煩養血。去穢生香。長安歲歲逢天使。這查梨條消痰化氣。醒酒和中。帝城日日會王孫。查梨條賣也。查梨條賣也。〔唱〕（註二五）

【掛金索】松陽柿全別。滋潤能清肺。婺州棗爲魁。細嚼堪平胃。嘉慶子家風。製度實

奇美。枝頭乾流傳。可口眞佳味。（註二六）

〔做叫科云〕查梨條賣也。查梨條賣也。歌姬未起。客館先知。查梨條賣也。查梨條賣也。一聲叫入珠簾去。慌殺梳粧鏡裏人。〔唱〕（註二七）

【山坡羊】梨條清致。金橘無對。荔枝圓眼多澆些蜜。這棗子要你早聚會。這梨條休俺抛離。這柿餅要你事事都完備。這嘉慶這場嘉樂喜。荔枝。離也全在你。圓眼。圓也全在你。（註二八）

〔做叫科云〕查梨條賣也。查梨條賣也。俺那姐姐。知他在那裏。入的這承天寺來。好是清幽也呵。（註二九）

這段長篇幅的文字，果然是文情並茂、「令人眼饞心動的廣告詞」。值得注意的是，這段文字有說有唱，中間穿插「查梨條賣也。查梨條賣也」這兩句，這兩句應該就是吆喝聲，而他的叫賣歌則塡入曲牌【掛金索】、【山坡羊】。

類似的情形，還有無名氏《漁樵記》第三折中，貨郎張撇古爲了替朱買臣送信，在劉氏家門口邊搖鼓邊叫喊「爪籬馬杓，破缺（疑爲鐵）也換那。」而他叫賣的過程則穿插【中呂・粉蝶兒】、【醉春風】、【迎仙客】、【喜春來】、【上小樓】、【么篇】、【滿庭芳】、【耍孩兒】、【一煞】、【煞尾】等曲牌。（註三十）楊惠玲〈「貨郎兒」推考〉認爲這些細節至少能說明兩個問題：

其一，貨郎們的吆喝主要通過介紹、夸說自己所賣的商品，刺激人們的消費慾望，以收到廣告效益；其二，貨郎們的吆喝並不是完全隨意而爲之的，有一定的節奏和旋律，因而需要傳授。根據這些細節，我們不難推測，起初是小販用簡潔的語言將所賣商品的名稱、產地、質地、特點和功用編成歌曲，配以一定的節奏和旋律，一邊搖鼓，一邊吆喝出來，主要起廣告的作用。這些吆喝口口相傳，腔調便慢慢固定下來，形成了曲調。（註三一）

《百花亭》、《漁樵記》均爲元末明初佚名作者所著，他們的作者已不可考，有可能是隱逸民間的失意文人，將貨郎兒叫賣的情形寫入劇本，可說是相當程度地反映了元末明初的市井風情。從他們的劇作記載可知，貨郎兒叫賣吆喝的聲音是需要「演習」的「腔調」，而非任意爲之，它可以穿插在戲曲曲牌之間隨之流轉運作，成爲引人注意的腔調。這些劇作說明了「貨郎兒」從說唱藝術進一步被雜劇吸收之後，從「腔調」逐漸朝戲曲曲牌邁進的過渡時期。

經此過渡之後，「貨郎兒」首度被運用到戲曲之中，現存資料爲元楊顯之《臨江驛瀟湘夜雨》以及朱凱《劉玄德醉走黃鶴樓》。以《瀟湘夜雨》爲例，該劇演張翠鸞遭夫婿崔通離棄、終得團圓復合事，第四折當翠鸞與父親張商英相認時，提及父女失散後的遭遇時唱道：

【貨郎兒】想著淮河渡翻船的這災變。也是俺那時乖運蹇。定道是一家大小喪黃泉。排岸司救了咱性命。崔老的與我配了姻緣。今日呵誰承望父子和夫妻兩事兒全。（註三二）

此劇正式出現曲牌【貨郎兒】本調，但眾多元雜劇、散曲作品中僅見此二曲，他處均入其他宮調，亦即先用【貨郎兒】首數句作起，接以他調數句，然後再以【貨郎兒】末句作結，前引《風雨像生貨郎旦》中【九轉貨郎兒】爲典型之作，該劇除了【貨郎兒】本曲外，從「二轉」直至「九轉」都是由【貨郎兒】轉入別的曲子之後轉回【貨郎兒】曲，每轉各用一韻，各轉的章句結構與曲調亦有所不同。具體即：「二轉」—由【貨郎兒】轉入【賣花聲】，再轉回【貨郎兒】；「三轉」—由【貨郎兒】轉入【鬥鵪鶉】，再轉回〔貨郎兒〕；四轉「—【貨郎兒】轉入【山坡羊】，再轉回〔貨郎兒〕；五轉「—【貨郎兒】轉入【迎仙客】，再轉回〔貨郎兒】；六轉「—【貨郎兒】轉入【四邊靜】，再轉回〔貨郎兒】；七轉「—【貨郎兒】轉入【小梁州】，再轉回〔貨郎兒】；八轉「—【貨郎兒】轉入【堯民歌】，再轉回【貨郎兒】；就完成了「九轉」套曲。（註三三）

清代《九宮大成南北詞宮譜》中，記載了【貨郎兒】轉入其他曲調的現象云：

其【九轉貨郎兒】，考《元人百種》，一轉至舊轉，皆不作集調。案諸譜皆以第一爲正格，餘皆以本調起，本調收，而中注高宮、中呂等曲，所注牌名，或同或異，終未畫一。（註三四）

可見舊譜對於【貨郎兒】轉調的情形有多種解釋和分析的方法，鄭因百（騫）先生在《北曲新譜》中，對於這種轉調的形式亦提到：

此種作法，向無專名。諸書有將【貨郎兒】及各章分開各題本名者，有合爲一章逕題【貨郎】（即【貨郎兒】省稱）者，有題【貨郎兒】帶某調者，殊不一致……至《北詞廣正譜》始明著【轉調貨郎兒】之名。（註三五）

由此可知，清初李玉《北詞廣正譜》對此曲牌有定名之功。

五　明清戲曲慣用【九轉貨郎兒】套曲

自從元雜劇《風雨像生貨郎旦》使用【九轉貨郎兒】套曲，以其聲情詞情相得益彰、膾炙人口，後世襲作者蔚爲風潮。近代戲曲學者鄭因百（騫）先生對此套曲研究甚詳，甚且爲了仿作一套【九轉貨郎兒】而創作一折短劇《李師師流落湖湘道》，詳錄【九轉貨郎兒】譜。（註二六）當代戲曲學者侯淑娟〈論九轉【貨郎兒】在傳統戲曲中之演變〉一文中詳細剖析道：

> 在《貨郎旦》之後，以九轉【貨郎兒】譜劇的劇作，明代有朱有燉《關雲長義勇辭金》第四折和《仙宮慶會》第二折的第三轉【貨郎兒】。後者可視爲廣義的「轉調的貨郎兒」曲段。有清一代洪昇《長生殿・彈詞》是最早套用《貨郎旦》九轉【貨郎兒】的傳奇，在其傳唱後，又有張照《勸善金科・森羅殿積案推情》、周祥鈺等撰之《鼎峙春秋・紅袍酒藥餞賢侯》、瞿頡《鶴歸來傳奇・訪菊》、黃振《石榴記・琴歎》，共五種傳奇。清代乃將九轉【貨郎兒】譜入四折雜劇者，唯有許鴻磐《儒吏完城・頌功》；以一折短劇出之者，則有楊潮觀《吟風閣雜劇》之〈快活山樵歌九轉〉、蓉歐漫叟《續青溪笑・九轉詞逸叟醒群芳》等二種。民國之後有顧隨四折兩本之《陟山觀海由春記》雜劇、鄭師因百一折短劇〈李師師流落湖湘道雜劇〉等兩種。繼《貨郎旦》以九轉【貨郎兒】組套之劇本，總計有十三種。（註二七）

侯淑娟因而認爲「就此一曲段爲後世劇作襲用以成氣勢的情形觀察，將《貨郎旦》之九轉【貨郎兒】視爲戲曲之特殊音樂程式的觀點，不但可以成立，亦即有研究價值。」該文分析精關，認爲《貨郎旦》中的【九轉貨郎兒】在戲曲研究上具有重要的地位，因爲它具有四項特點令人矚目：

一是九轉【貨郎兒】的轉調歌唱，打破北曲套數一宮一套的規律；二是「夾套曲」的曲段音樂表現形式特殊，在元代極其規律的北曲套數中增加靈活變化，活潑音樂表現因子的特點；三是透過特殊的曲套融合顯露南北曲交融的痕跡，可做爲後世研究南北曲交化的重要素材；四是敘事體說唱藝術巧妙地融入戲劇舞臺，展現綜合性藝術之古典戲劇高度涵容其他民族技藝的特質。因其耀眼特質，故後世仿效者多，由明至清而民國皆有以之入劇的作者，是近世受重視之曲套曲段，形成戲曲中極其特殊的音樂程式。（註二八）

其音樂程式究竟如何特殊美聽呢?侯淑娟分析道：

整體而言，九轉的音樂發展，可分爲兩段，六轉、八轉世兩個變化高峰。由一轉至六轉音樂變化式發展的，節奏漸快，旋律漸繁，六轉可視爲第一個極具特色的高潮點。二轉、三轉是本調的初變，四轉、五轉世攀峰的上升之斜坡，此波緩而徐，因此六轉的變化顯得特別耀眼。在六轉的高峰之後，七轉的音樂結構略爲化約，在攀登八轉之高峰前，七轉有迴旋整理，再次醞釀磅礴氣勢的作用，因此旋律節奏較緩，轉調方式又重回簡單的模式。七轉在直攀音樂最高潮的位置上極具墊襯性的關鍵意義。八轉是整個夾套曲段的最高潮，宮調變化及極其繁複而又繽紛多彩，而後才是結束一曲段的九轉，取加以正宮的自我轉調樂曲作結。（註三九）

可知【九轉貨郎兒】對於明清以後戲曲的影響，不僅止於音樂表現，還擴及修辭技巧。

上述舊譜對於【貨郎兒】轉調有多種解釋和分析的方法，直到清初李玉《北詞廣正譜》始定名爲【轉調貨郎兒】，茲整理《廣正譜》收錄【貨郎兒】曲牌的情形如下表：

貨郎兒	正體	雜劇	湯顯之撰《瀟湘夜雨》	想着俺那淮河渡翻船的這災變
第二格		套數	明王舜耕撰「香塵暗」	一見了神魂飄蕩
第三格		雜劇	無名氏《殺狗勸夫》	不特似十分家沉醉
轉調貨郎兒	正體	雜劇	金志甫撰《追韓信》	那其間更闌人靜
第二格		套數	劉時中撰「眾生靈」	見餓莩成行街上
第三格		雜劇	岳伯用撰《楊貴妃》	勢逼的君王行寫詔

九轉貨郎兒	正體	雜劇	無名氏撰《貨郎旦》	
一轉				也不唱韓元帥偷營劫寨
二轉				我則見齊臻臻珠樓高
三轉				李秀才不離了花街柳陌
四轉				那妮子舌刺刺挑茶斡刺
五轉				火逼的花梢上鴉飛鵲散
六轉				我則兒黯黯慘慘天涯雲布
七轉				河岸上和誰說話
八轉				我則兒一品風流人物
九轉				我便寫生時年紀

從表中可知，李玉《北詞廣正譜》也首先收錄了【貨郎兒】首度用於雜劇中的元代楊顯之《瀟湘夜雨》劇作中的曲子「想着俺那淮河渡翻船的這災變」，可知李玉深知此曲具有標竿性的意義；但他又收錄了兩支變體：明王舜耕撰「香塵暗」套數中「一見了神魂飄蕩」曲、元無名氏《殺狗勸夫》雜劇中「不特似十分家沉醉」曲，顯示出此曲曲體的演變。至於【轉調貨郎

兒】，則以元代金志甫《追韓信》雜劇中「那其間更闌人靜」曲爲正體並收錄兩支變體；【九轉貨郎兒】同樣以元無名氏《風雨像生貨郎旦》所收爲依歸，再次證明了此曲具有典範性意義。

在明清眾多襲作之中，洪昇《長生殿》效法《貨郎旦》第四折張三姑講述李家往事的說唱方式，在〈彈詞〉一齣中安排由小生所扮之李摹，外、副淨、淨（山西客）、丑（扮妓）扮眾等雅俗聽眾同來聆賞李龜年彈唱，在聽眾的要求與問答中敘述楊貴妃的才華容貌，以及她從出身、進宮、得寵，終於在兵荒馬亂中賜死馬嵬坡的經過。此齣〈彈詞〉與《貨郎旦》第四折張三姑說唱並列，在崑曲舞臺上經過歷來崑曲藝人的反覆錘鍊、精雕細琢，以其豐富多變的音樂特色配合文情並茂之詞采，大放光芒，成爲崑曲舞臺上傳唱不朽之名曲。

總上所述，【九轉貨郎兒】套曲在明清戲曲中如此常用，其重要性可見一斑。

六　結論

本文探究崑曲舞臺上享有盛名的【九轉貨郎兒】套曲之淵源與演變，研究得知「貨郎兒」淵源自先秦時期具有伶工身分之「播鼗者」，因搖鼓高吟的方式容易引人注目，唐宋以後因爲經濟繁榮、商業活動發達，遂與游走江湖的小販合流，以搖鼓吟叫賣的方式招睞生意，宋代各式民間表演藝術的興盛，遂進一步被說唱曲藝「叫聲」吸收，元代雜劇成立之後，又正式被戲曲吸收，眞正成爲戲曲曲牌【貨郎兒】。經過元雜劇《貨郎旦》、清傳奇《長生殿》〈彈詞〉的豐富美化，【九轉貨郎兒】遂成爲傳唱不朽的經典名曲。從宋元說唱「叫聲」到戲曲曲牌【貨郎兒】，這一路的遷徙蔓延、發展變化，何嘗不是反映出具有堅韌生命力的俗文學容受各界、廣披四方的特質呢！

附圖

日本學者青木正兒編輯、內田道夫解說的《北京風俗圖譜》之「貨郎兒群圖」，轉引自曲彥斌：〈貨郎兒、「貨郎鼓」及《貨郎圖》〉，刊於《尋根》二〇〇一年第二期，頁一九、二一。

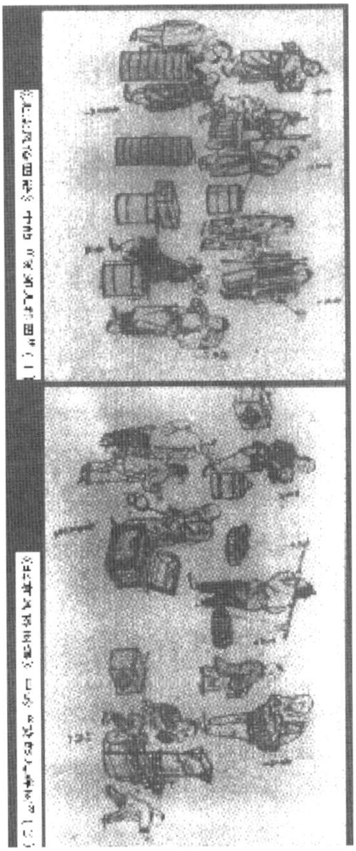

注釋

編按　李佳蓮　明道大學中國文學學系助理教授。

註一　參見〔明〕王驥德：《曲律》，收入《中國古典戲曲論著集成》（北京市：中國戲劇出版社，一九五九年），第四冊，〈論調第三〉，頁一五二。

註二　無名氏：《朱太守風雪漁樵記》，收入王季思主編：《全元戲曲》（北京市：人民文學出版社，一九九九年），第六卷，頁四〇四。

註三　〔元〕關漢卿：《趙盼兒風月救風塵》，收入王季思主編：《全元戲曲》，第一卷，頁九四。

註四　〔元〕石君寶：《秋胡戲妻》，收入王季思主編：《全元戲曲》，第三卷，頁五三三。

註五　同前註二。

註六　于盛庭：〈元劇語詞札記〉，收於《徐州師範學院》一九八一年第二期，頁七四。

註七　〔元〕施耐庵著，李泉、張永鑫校注：《水滸全傳校注》（臺北市：里仁書局，一九九四年），第二卷，頁一二二七。

註八　參見中國藝術研究院音樂研究所《中國音樂辭典編輯部》編：《中國音樂辭典》（北京市：人民音樂出版社，一九八四年），「鼗」條，頁三八八。

註九　〔清〕彭定求等奉敕編校：《全唐詩》（北京市：中華書局，二〇〇三年），第二〇冊，頁七八三五。

註　十　同前註八。

註十一　以上《論語》資料，請見〔宋〕朱熹：《四書章句集注》（臺北市：長安出版社，一九九一年），頁一八六。

註十二　參見《中國音樂辭典》前揭書，「伶」條，頁二三五。

註十三　〔宋〕耐得翁：《都城紀勝》，收入《文津閣四庫全書》（北京市：商務印書館，二〇〇六年），第五九〇冊，頁一二八。

註十四　〔宋〕周密：《武林舊事》，收入《文津閣四庫全書》，第五九〇冊，卷二，頁三二一。

註十五　曾永義：〈論說五花爨弄〉，收入《中外文學》第二三卷第四期（一九九四年九月），頁二一一五－二四三。

註十六　同前註十三，頁一二九－一三〇。

註十七　〔宋〕西湖老人：《西湖老人繁勝錄》，收入王國平主編：《西湖文獻集成》第二冊（杭州市：杭州出版社，二〇〇四年），頁八。

註十八　焦中棟：〈雜劇《貨郎旦》創作時間辯證〉，《中國戲曲學院學報》第二四卷第二期（二〇〇三年五月），頁四二。

註十九　無名氏：《風雨像生貨郎旦》，收入王季思主編：《全元戲曲》，第六卷，頁六〇八。

註二十　無名氏：《風雨像生貨郎旦》，收入王季思主編：《全元戲曲》，第六卷，頁六一二。

註二一　無名氏：《風雨像生貨郎旦》，收入王季思主編：《全元戲曲》，第六卷，頁六一三－六一四。

註二二　無名氏：《風雨像生貨郎旦》，收入王季思主編：《全元戲曲》，第六卷，頁六一七。

註二三　陸峻嶺、林幹合編：《中國歷代各族紀年表》（臺北市：木鐸出版社，一九八二年），頁五三一。

註二四　楊惠玲〈「貨郎兒」推考〉，收入全國核心中文期刊《藝術百家》，二〇〇三年第三期，頁四九。

註二五　無名氏：《逞風流王煥百花亭》，收入王季思主編：《全元戲曲》，第六卷，頁五二〇－五二一。

註二六　無名氏：《逞風流王煥百花亭》，收入王季思主編：《全元戲曲》，第六卷，頁五二一。

註二七　同前註，頁五二一。

註二八　同前註。

註二九　同前註。

註三十　無名氏：《朱太守風雪漁樵記》，收入王季思主編：《全元戲曲》，第六卷，頁四〇四－四〇八。

註三一　楊惠玲〈「貨郎兒」推考〉，收入全國核心中文期刊《藝術百家》，二〇〇三年第三期，頁四八。

註三二　楊顯之：《臨江驛瀟湘夜雨》，收入王季思主編：《全元戲曲》，第二卷，頁四〇五。

註三三　曲彥斌：〈貨郎兒、「貨郎鼓」及《貨郎圖》〉，《尋根》，二〇〇一年第二期，頁十六。

註三四　〔清〕周祥鈺：《九宮大成南北詞宮譜》，收入王秋桂主編：《善本戲曲叢刊》第一九九三年第六輯、第八卷，頁三〇三〇－三〇三一。

註三五　鄭因百（騫）：《北曲新譜》（臺北市：藝文印書館，一九七三年），頁四八－四九。

註三六　鄭因百（騫）：《李師師流落湖湘道雜劇》（附【九轉貨郎兒】譜），收入氏著：《景午叢編》上集（臺北市：臺灣中華書局，一九七二年），頁四四六。

註三七　同前註，頁七四－七六。

註三八　同前註，頁八二－八三。

註三九　同前註，頁七七－七八。

史、話之間

——敦煌S.二一四四「韓擒虎話本」反映的話本書寫藝術

李映瑾

摘要

話本，是唐宋時期民間說唱藝術「說話」的底本，其主題體現著聽眾對於故事類型的偏愛。敦煌民間話本故事主題非常豐富，其中，S.二一四四「韓擒虎話本」乃一描述隋朝名將韓擒虎智勇兼備、英雄出少年的故事，情節緊湊，場景逼真，頗有現世武俠小說之風。從藝術層面觀之，「韓擒虎話本」中所運用的書寫技巧——「動作誇張化」、「形象正義化」與「人物的對比」，成功地以文字塑造出一個視覺的英雄傳奇故事，展現出話本小說特有的娛樂效果，亦對後世演義類小說的書寫產生了影響。而「韓擒虎話本」中所宣揚的觀念與反映的民間信仰實況，更展現了中國人們對於武將精勇精神的敬佩與感念。本文將從史傳記載與話本故事中的韓擒虎故事之比較出發，分析民間說唱故事改造史傳的方向、手法與原因，並推論「韓擒虎話本」所要彰顯的教育意義與傳達的精神形象。

關鍵詞

變文、話本、敦煌

一　前言

敦煌出土大量講唱文學中的「話本」文獻，反映了中世紀居住於敦煌地區的居民對於「聽故事」此一休閒活動的喜好。話本，是唐宋時期民間說唱藝術「說話」的底本，其主題體現著聽眾對於故事類型的偏愛。敦煌話本故事主題多樣，有的歌詠帝王、有的讚頌孝悌，繽紛多樣、不一而足。其中，S.二一四四「韓擒虎話本」是描述隋朝名將韓擒虎智勇兼備、英雄出少年的故事，情節緊湊，場景逼眞，頗有現世武俠小說之風。S.二一四四「韓擒虎話本」中所塑造的韓擒虎一角，宣揚著中國人們對於英雄的歌頌以及對武將精神的敬佩與感念；而故事結尾生爲英雄死爲鬼雄的結局，也反映了中國傳統的民間信仰觀。

話本雖爲說話人的底本，有別於一般雅文學的研究區塊，但近年來學界研究成果也相當豐碩，其中不乏對「韓擒虎故事」提出看法的，例如：高國藩《敦煌民間文學》（註一）一書中將敦煌民間話本獨立一章研究，其中研究了「韓擒虎話本」的內容，指出此話本乃集中塑造一個年輕將軍，是一個題材新穎的佳作；劉銘恕〈敦煌文學四篇札記〉（註二）中，將韓擒虎的故事比對了史實與民間傳說，最後將作品年代定在五代之後；王昊《敦煌小說及其敘事藝術》（註三）以敦煌古體與通俗小說的敘錄爲起點，用敘事學的角度分析敦煌小說的藝術手法，對於韓擒虎故事的心裡、思維方面的敘事特色，提出細膩的研究。至於，從變文與小說爲視角而出發的研究亦有所成，例如：富世平《敦煌變文的口頭傳統研究》（註四）以敦煌變文的口頭性爲論點，探討了變文的淵源、分類，並追溯其口頭性的歷史傳統；陸永峰《敦煌變文研究》（註五）則以佛教變文與世俗變文之別，探討變文的演出、敘事藝術、精神世界與意義和影響。本文將基於上述前賢研究的成果之上，從比較史傳記載與話本中的韓擒虎故事出發，分析民間說唱故事改造史傳的方向、手法與原因；並探討話本中使用了哪些文學藝術手法，呈現出一個視覺的傳奇英雄故事。最後試論民間說唱藝術所彰顯的教育意義，同時也發掘〈韓擒虎話本〉中特有的娛樂效果對後世小說的影響。

二 S.二一四四「韓擒虎話本」情節分析

敦煌遺書編號S.二一四四的「韓擒虎話本」，原無標題，首尾完整，《敦煌變文集》依故事內容而擬題，寫卷現在藏於英國國家圖書館。S.二一四四「韓擒虎話本」的內容講述隋朝名將韓擒虎出兵滅陳、揚威突厥的故事，話本內容約可分爲「楊堅稱帝」、「陳王謀反」、「楊素、賀若弼、韓擒虎請纓出兵」、「擒虎討陳王」、「揚威突厥」、「死爲陰司主」等六大段落，約一百零一個情節。以下茲以表格整理文本內容：

	段落	情節	內容
1	楊堅稱帝	會昌滅佛、法華隱匿	會昌帝臨朝之日，不有三寶，毀坼（拆）迦藍，感得海內僧尼，盡總還俗迴避，說其中有一僧名號法華和尚，家住邢州，知主上無道，遂復裹經題，眞（直）至隨州山內隱藏，權時系一茅菴，莫不朝朝轉念，日日看經。
2		有八人日日聽經	感得八個人，不顯姓名，日日來聽。或朝一日，有七人先來，一人後到。法華和尚心內有宜（疑），發言便問：「啓言老人，住居何處？姓字名誰？每日八人齊來，君子因何後到？」
3		八大龍王施神膏、預言楊堅稱帝	老人答曰：「乙（某）等不是別人，是八大海龍王，知和尚看一部法華經義，□迴施功德，與我等水族眷屬，例皆同沾福利。某等眷屬並無報答，恐和尚有難，特來護助，失來莫怪後到。爲隨州楊堅，限百日之內，合有天分，爲戴平天冠不穩，與換腦蓋骨去來。和尚若也不信，使君現患生腦疼次無人醫療。某等弟兄八人別無報答，有一合（盒）龍膏，度與和尚。若到隨州使君面前，已（以）膏便塗，必得痊差（瘥）。若也得教（效），事須委囑，限百日之內，有使臣詔來，進一日亡，退一日則傷。若已（以）後爲君，事復再興佛法，即是某等願足。且辭和尚去也。」道遊（由）言訖，忽然不見。
4		楊堅告法華腦疾	法華和尚見龍王去後，直到隨州衙門。門司入報，「外頭有一僧，善有妙術，口稱醫療，不感（敢）不報。」使君聞語，遂命和尚昇廳而坐。發言相問，是某体患生腦疼，檢盡藥方，醫療不得。知道和尚現有妙術，若也得教（效），必不相負。

5		法華持膏治病	法華和尚聞語，逐（遂）袖內取出合（盒）子，已（以）龍仙膏往頂門便塗。說此膏未到頂門一半也無，才到腦蓋骨上，一似佛手撚卻。使君得教（效），頂謁再三，啓言和尚：「雖自官家明有宣頭，不得隱藏師僧，且在某衙府回避，乞（豈）不好事。」
6		法華告知楊堅預言	法華和尚聞語，億（憶）得龍王委囑，不感（敢）久住。啓言使君：「限百日之內，合有天分。若有使臣詔來，進一日亡，退一日傷，即是貧道願足。若也已後爲君，事須再興佛法。且辭使君歸山去也。」
7		楊堅題壁記	使君見和尚去後，心內由（猶）自有疑，遂書壁爲記。
8		皇帝詔入、天有異象	使君蒙詔，不敢久住，遂與來使登途進發，迅速不停，直至長安十裡有餘常樂驛安下。𢡟歇才定。前後不經所（數）旬，裏（果）然司天太監，夜官（觀）虔（乾）象，知隨州楊堅限百日之內，合有天分，具表奏聞。皇帝攬表，似大杵中心，遂差殿頭高品直詣隨州宣詔。
9		楊堅即覆令	使君蒙詔，不感（敢）久住，遂與來使登徙（途）進發，迅速不停，直至長安十裡有餘常樂驛安下。
10		楊堅憶法華之語、延遲入朝	殷（𢡟）歇才定。使君忽思量得法華和尚委囑，限百日之內，合有天分，進一日亡，退一日傷。是我今朝現（見），必應遭他毒手。思量言訖，遂命天使同共商量，後來日朝現（見）。
11		皇帝悦允	天使唱喏，具表奏聞。皇帝攬表，大悦龍顏。

12		楊妃決意與父共死	唯有楊妃滿目流淚。皇帝亦見，宣問皇后：「緣即罪楊堅一人，不干皇后之事。」楊妃拜謝，便來後宮，心口思量：「阿耶來日朝近（覲），必應遭他毒手。我爲皇后，榮得兮（奚）爲，不如服毒先死，免見使君受苦。」思量言訖，香湯沐浴，改換衣裝，滿一杯藥酒在鏡臺前頭，皇后重梳嬋嬪（蟬鬢），載（再）畫娥媚（蛾眉）。
13		皇帝問妃何事梳妝飲酒	整梳裝之次，鏡内忽見一人，回故（顧）而趣，員（原）是聖人，從坐而起。皇帝宣問：「皇后梳裝如常，要酒何用？」楊妃蒙問，系（喜）從天降，啓言聖人：「但臣妾梳裝，須飲此酒一盞，一要軟髮，二要貯顔。且徒（圖）供奉聖人，別無餘事。」
14		皇帝誤毒飲酒而死	皇帝聞語，喜不自身（勝），「皇后上（尚）自貯顔，寡人飲了也莫端正。」楊妃聞語，連忙捧盞，啓言陛下：「臣妾飲時，號目（曰）發裝酒。聖人若飲，改卻酒名，喚即甚得，號曰萬歲杯，願聖人萬歲、萬萬歲！」皇帝不知藥酒，撚得便飲。說者酒未飲之時一事無，才到口中，腦烈（裂）身死。
15		楊妃藏屍	楊妃亦見，拽得靈襯（櫬），在龍床底下。權時把敷壁遮攔。便來前殿，遂差内使一人，直到宣詔楊堅。
16		楊妃詔見楊堅	使君蒙詔，一似大杵中心，不感（敢）爲（違）他宣命，當時朝現（見），直詣閤門，所司入奏。楊妃聞奏，便令賜對。使君得對，趍過簾牆，拜舞吋呼萬歲。楊妃亦見，處分左右：「冊起使君，便賜上殿。」楊堅舉目忽見皇后，心口思量：「是我今日莫逃得此難。」思量言訖，便上殿來。

17		楊妃稟父帝崩欲立父爲王	楊妃問言：「阿耶莫怕，主上龍歸倉海，今日便作萬乘軍（君）王。」
18		楊堅懷疑	楊堅聞語，猶自疑或（惑）。「若也不信，行到龍床底下，見其靈　親，方可便信。」
19		皇后計佈稱帝之局	楊堅啓言皇后：「某緣力微，如何即是。」皇后問言：「阿耶朝廷與甚人訴（素）善？」「某與左右金吾有分。」皇后聞言，緣二人權綰總在手頭，何憂大事不成。
20		楊妃密謀胡朗	遂來前殿，差一人宣詔左右金吾上將軍胡朗。二人蒙詔，直至殿前，忽見楊堅，心內有疑。皇后宣問：「將軍知道，與使君有分。主上已龍歸倉海，今擬冊立使君爲軍（君），卿意者何？」朗啓言皇后：「冊立則得，爭況合朝大臣，如何即是？」皇后問言：「將軍今夜點檢禦軍五百，須得闊刃陌刀，甲幕下埋伏。阿奴來日，前朝自幾（己）宣問，若也冊立使君爲軍（君），萬事不言。一句參差，殿前總殺。別立一作大臣，乞（豈）不好事。」將軍唱喏，遂點檢禦軍五百，甲幕下埋伏乞（訖）。後來日前朝，應是文武百僚大臣總在殿前。
21		皇后當朝宣冊	皇后宣問：「主上以（已）龍歸倉海，今擬冊立隨州楊使君爲乾坤之主，卿意者何？」道猶言訖，拂袖便去。
22		白羊顯異、眾人齊擁	應是文武百僚大臣不冊（測）涯濟（際），心內疑或（惑），望殿而趣，見一白羊身長一丈二尺，張齖（牙）利口，便下殿來，哮吼如雷，擬吞合朝大臣。眾人亦見，便知楊堅合有天分，一齊拜舞，吁呼萬歲。
23		楊堅稱帝	遂乃冊立，自稱隋文皇帝。感得四夷歸順，八蠻來降。

24	陳王謀反	金璘陳王不服	時有金璘陳王，知道楊堅爲軍（君），心生不負（服）。
25		陳王徵人爭討	宣詔合朝大臣，總在殿前，當時宣問：「阿奴今擬興兵，收伏狂秦，卿意者何？」
26		任蠻奴請纓	時有鎮國上將軍任蠻奴越班走出奏而言曰：「臣啓陛下，且願拜將出師，剪戮後，收下西秦，駕行便去。」。
27		陳王允出兵	陳王聞語，衣（依）卿所奏，遂拜蕭磨呵周羅侯二人爲將，收伏狂秦。
28	楊素、賀若弼、韓擒虎請纓出兵	軍行出發	二人受宣，拜舞謝恩，領軍四十餘萬，登途進發。不經旬日，直至鍋口下營憩歇。二將商量，兩道行軍，各二十餘萬。蕭磨呵打宋、卞、陳、許，周羅侯收安、伏、唐、鄧。
29		楊堅憂陳兵	寄（既）入界守（首），鄉村百姓具表聞天，皇帝攬表，似大杵中心。
30		楊堅徵詢	遂擿鍾（鐘）擊鼓，聚集文武百寮大臣，總在殿前。皇帝宣問：「阿奴無得（德），檻（濫）處爲軍（君），今有金璘陳叔古（寶）便生爲（違）背，不順阿奴，今擬拜將出師剪戮，甚人去得？」
31		賀若弼請纓	時有左勒將賀若弼越班走出，啓言陛下：「臣願請軍去得。」

32		韓擒虎請纓	賀若弼才請軍之次，有一個人不恐。是甚人？是即大名將是韓熊男，幼失其父，自訓其名號曰衾虎，心生不分（忿），越班走出，臣啓陛下：「蹄觥小水，爭福大海滄波；賈（假）饒螻蟻成墔（堆），儺（那）能與天爲患。臣願請軍，克日活擒陳王進上，感（敢）不奏。」
33		楊堅識將	皇帝聞語，亦見衾虎年登一十三歲，奶腥未落，有日大胸，今阿奴何愁社稷！
34		楊堅拜楊素、賀若弼、韓擒虎爲將	擬拜韓衾虎爲將，恐爲阻著賀若弼。擬二人總拜爲將，殿前上（尚）自如此，領兵在外，必爭人我。卿二人且歸私地（第），後來日前朝，別有宣至。乞（迄）後來日前朝，合朝大臣總在殿前，遂色金鑄印，拜弟楊素爲都招罰使，弟（第）二拜賀若弼爲副知節，第三韓衾虎爲行營馬步使。
35		楊素、賀若弼、韓擒虎受拜出兵	三人受宣，拜舞謝恩，走出朝門，領軍三十餘萬，登途進發，迅速不停，直到鄭州。
36		先鋒探敵	有先峰（鋒）馬掬（探）得簫磨呵領軍二十餘萬，陳留下營，具事由回報。
37	擒虎討陳王	楊素徵詢	上將軍楊素聞語，當處下營，昇帳而坐。遂喚二將，總在面前，遂問二將：「隋文皇帝殿前有言，請軍（君）克收金璘。如今賊軍府迫，甚人去得？若也得勝回過，具表奏聞。」
38		韓擒虎請纓	將軍才問，韓衾虎越班便出，啓言將軍：「衾虎去得。」「要軍多少？」「要馬步軍三萬五千。」便令交付。

39		韓擒虎迅速出兵	衾虎得兵，進軍便起，迅速不停。來到中謀（中牟）境上，屯軍便住。
40		韓擒虎探敵	衾虎昇帳而坐，遂喚一官健只在面前，載（再）三處分：「公解探事，一取將軍處分，探得軍機，速便早回，與公重賞。」官健唱喏。
41		探子回報	丐（改）換衣裝，作一百姓裝裹，擔得一栲栳饅頭，直到簫磨呵寨內，當時便賣。探得軍機，即便回來。到將軍帳前唱喏便報。衾虎問言：「官健，軍機若何？」官健祗對：「馬軍是海眼皂旗，步人是紅旗，勝字田心，大開寨門，一任百姓，來往買賣。」
42		韓擒虎分析敵情	衾虎聞語，便知簫磨呵不是作家戰將。自故（古）有言：「軍慢即將妖，主慢即國傾。」
43		韓擒虎突襲	道由言訖，處分兒郎，丐（改）換旗號，夜至黃昏，登途便起。去簫磨呵寨廿餘裡，偷路而過，迅速不停。來到金璘江岸，虜劫舟舡，領軍便過。到得南岸，應是舟舡，溺在水中，遂卻繼自家旗號，顯起衾虎之名。引軍打劫，直到石頭店。人户告級（急），具表奏聞。
44		陳王徵詢	陳王攬表，似大杵中心。遂搥鍾（鐘）打鼓，聚集文武百豨（寮）大臣，總在殿前。陳王宣問：「阿奴無得（德），檻（濫）處稱尊。今有隨駕兵仕到來，甚人敵得？」
45		任蠻奴請纓	陳王裁（才）問，時有三十年名將鎮國任蠻奴越班走出，臣啓大王：「不知隨駕兵事多少？緣衾虎領軍三萬五千，臣願請軍三萬五千，不肖（消）展陣開旗，聞蠻奴之名，即便降來。」
46		陳王速允	陳王聞語，便交點檢，物（勿）令遲滯。

47		任蠻奴對陣韓擒虎	蠻奴遂領軍三萬五千，直到衾虎陣面，一齊簸旗大噉（喊），色（索）隨駕兵事交戰。
48		韓擒虎發覺任蠻奴爲亡父之友	衾虎亦見，領軍便來，高聲便問：「上將姓字名誰，官居何爲（位）？」將軍祗對：「某姓任名蠻奴，官職鎮國大將軍。」衾虎聞言，滿目淚流。億（憶）得「亡父委囑：『若也已後爲將，到金璘之日，有一名將任蠻奴與阿耶同堂學業，傳筆抄書。見面之時，切須存其父子之禮。』誰知今日相逢！」
49		韓擒虎因職不拜	思量言訖，遂乃前來啓言將軍：「但衾虎三扗在身，拜跪不得，乞將軍不怪。」
50		任蠻奴招降	蠻奴聞語，即次便是韓熊男，心口思量：「父不得與子交戰。」問言衾虎：「收軍卻回，蠻奴奏上陳王差使，私同作一禮義之國，乞（豈）不好事！」
51		韓擒虎不降	衾虎聞語，心生不分（忿）。啓言將軍：「但某面辭隋文皇帝之日，克收金璘。一事未成，回去須得三般之物，進上隋文皇帝，即便卻回。」蠻奴聞語：「弟（第）一要何物？」衾虎答曰：「某弟一。要陳家地理山河，人户數目，即便卻回。」蠻奴聞言：「此緣小事，後某奏上陳王。」蠻奴問言：「弟二要何物？」衾虎答曰：「某弟二，要兵馬庫藏，賞設三軍，即便卻回。」蠻奴問：「弟三要何物？」衾虎答言：「某弟三，要陳叔保手（首）進上隋文皇帝，即便卻回。」
52		任蠻奴擺陣	蠻奴聞言，知子無禮，忽然大怒。衾虎亦見，拔劍便赫，問言將軍：「但衾虎手內之劍，是隋文皇帝殿前宣賜，上含霜雪，臨陣交豐（鋒），不識親疏。」蠻奴聞語，回馬遂排一左掩右夷陣，色（索）隨駕兵士交戰。

53		韓擒虎識陣	衾虎亦見，破顏微笑，問言諸將：「還識此陣？」諸將例皆不識。但衾虎雖在幼年，也曾博攬（覽）亡父兵書。「此是左掩右移（夷）陣，見前面津口紅旗，下面總是鹿巷，李（裡）有　勾搭索，不得打著，切須既（記）。」當見右夷陣上，人緣（員）教（較）多，前頭總是弓弩。
54		韓擒虎破陣	衾虎有令：「簸旗大啖（喊），旗亞齊入，若一人退後，斬剎（殺）諸將，莫言不道！」言訖，簸旗大啖（喊），一齊便入，此陣一擊，當時瓦解。
55		陳王怒敗、將殺蠻奴	蠻奴領得戰殘兵士，便入城來。陳王聞語，大怒非常，處分左右，令交托（拖）入。橫拖到（倒）拽，直至殿前。責而言曰：「叵耐遮（這）賊，臨陣交鋒，識認親情，壞卻阿奴社稷。敗軍之將，腰令難存，亡國大夫，罪當難赦，拖出軍門，斬了報來。」
56		任蠻奴再請戰	任蠻奴不分（忿），冊起頭稍「合負大王萬死，乞載（再）請軍，與隨駕兵士交戰。」
57		陳王諒敗	陳王聞語，念見名將即大功訓（勳），處分左右，放起頭稍。
58		陳王再允任蠻奴出兵	蠻奴拜舞謝恩，奏而言曰：「臣願請軍，敬（敢）與隨駕兵士交戰，得勝回過，冊立大王，面南稱尊，不是好事！」陳王聞語，便交點檢在城兵士，便令交割。
59		任蠻奴再擺引龍出水陣	蠻奴領軍，心生不分（忿），從城排一引龍出水陣，直至隨駕兵士陣前，簸旗大啖（喊），便索交戰。

60		韓擒虎左右不識此陣	衾虎亦見，破顏微笑，或遇諸將，「蠻奴是即大名將，乍舒（輸）心生不分（忿），從城排一大陣，識也不識？」諸將啓言將軍：「但某即知用命，不會兵書，將軍若何。」
61		韓擒虎識陣破陣	衾虎聞語，「但某雖自年幼，也覽亡父兵書，若逢引龍出水陣，須排五虎擬山陣。」道由言訖，此陣便圓。緣無將來頭（投），心生疑或（惑）。回觀此陣，虎無爪齖（牙），爭恐猛利，遂抽衙（壓）隊弓箭五百人，已（以）安爪衙（牙）。排此陣是甚時甚節？是寅年、寅月、寅日、寅時。此陣既圓，上合天地。
62		任蠻奴知敗欲降	蠻奴亦見，失卻隨駕兵士，見遍野總是大蟲，張齖（牙）利口，來呑金璘。蠻奴心口思微（惟）：「若逢五虎擬山之陣，須排三十六萬人倫槍之陣，擊十日十夜，勝敗由未知。我把些子兵士，似一斤之肉，入在虎齖（牙），不螻咬嚼，博唼之間，並乃傾盡。我聞公（功）成者去，未來者休，不如搗（倒）弋（戈）卸甲來降。」思量言訖，莫不草繩自縛，黃麻半（絆）肘，直到將軍馬前。
63		任蠻奴降	衾虎亦見，處分左右，冊起蠻奴，「具狄（敵）者煞，來頭（投）便是一家，容某奏上隋文皇帝，請作叔父恩養，即是衾虎願足。」道由言訖，領軍便入城遲（池）。
64		陳王逃入枯井被擒	陳王見隨駕兵士到來，遂乃波逃入一枯井，神明不助，化爲平地。將士亦見，當下擒將，把在將軍馬前，責而言曰：「叵耐遮（這）賊心生爲倍（違背），效（攪）亂中圓（原），今日把來，有甚李（理）說。」陳王備側（被責），度（杜）口無詞。遂陷居（車）而再（載），同朝隋文皇帝，迅速不停，直到新安界守（首）。

65		周羅侯欲劫陳王	有先逄（鋒）使探得周羅侯領軍二十餘萬，疑（擬）劫本主。
66		陳王提議修書招降	衾虎聞言，遂命陳王側（責）而言曰：「是（事）君爲陪（違背），於天不祐，先斬公手（首），在（再）居中營，後周羅侯交戰。」陳王聞語，啓言將軍：「容某修書與周羅侯降來，乞（豈）不好事。」
67		韓擒虎允之並即修書送出	衾虎聞語，便令修書。陳王書曰：「阿奴本任金璘之日，地管五十餘州，三百餘縣，握萬里山河，權軍百萬，便擬横行天下，自號稱尊。不知衾虎兵士到來一擊，當時瓦解，當下擒將，賈（假）饒卿雖自權軍，不得與隨駕交戰。若也心中疑或（惑），於天不祐。今陳王書到周羅侯手内開圻。」修書寄必（既畢），遂差一小將直至周羅侯寨内送書。
68		周羅侯得書而降	羅侯得書，滿目淚流，心口思量：「我主上由（猶）自擒將，假饒得勝回弋（戈），公（功）歸何處？」思量言訖：「大凡男子，隨幾（機）而變，不如降他。」先送二十萬軍衣甲，然後草繩自縛，直到將軍馬前，啓而言曰：「某緣是敗君（軍）之將，死活二徒（途），伏乞將軍一降。」衾虎聞言：「或遇將軍，具狄（敵）者煞，來頭（投）便是一家。」
69		凱旋歸朝	既得主將二人，登途進發，星夜不停，同朝隋文皇帝。
70		楊堅甚悦	皇帝覽表，大悦龍顔，便令賜對。衾虎得對，先進上主將二人，然後迻過簫牆，拜舞吋呼萬歲。皇帝亦見，大悦龍顔，賜卿且歸私地（第）憩歇。後（侯）楊素到來，別有宣至。
71		衾虎拜舞謝恩、回宅休息	衾虎拜舞謝恩，走出朝門，私宅憩歇。前後不經旬日，楊素戰簫磨呵得勝回過，直詣閤門。所司入奏，皇帝聞奏，便令賜對。楊素得對，趁過簫牆，拜舞吋呼萬歲。

72		楊堅賜三將	皇帝亦見，遂詔合朝大臣，總在殿前，色金鑄印，遂拜韓衾虎爲開國公，姚（遙）守陽州節度。第二拜楊素東涼留守。第三賜賀若弼錦采羅綾，金銀器物。三將受宣，拜舞謝恩，走出朝門，各歸私地（第）。
73	揚威突厥	突厥索戰	前後不經旬日，有北蕃大下嬋（單）於遂差突厥守（首）領爲使，直到長安，遂色（索）隋文皇帝交戰。
74		楊堅徵詢	皇帝聞語，聚集文武百寮大臣，總在殿前，皇帝宣問：「嬋（單）於色（索）寡人交戰，卿意者何？」
75		蕃使請解箭	皇帝才問，蕃使不識朝疑（儀），越班走出，臣啓陛下：「蕃家弓箭爲上，賭射只在殿前。若解微臣箭得，年年送供（貢），累歲稱臣。若也解箭不得，只在殿前，定其社稷。」
76		楊堅設箭局	皇帝聞奏，即在殿前，遂安社（射）墮（垛），畫二鹿，便交賭射。
77		蕃使先射	蕃人已見，喜不自昇（勝），拜謝皇帝，當時便射。箭發離弦，勢同僻（劈）竹，不東不西，恰向鹿齊（臍）中箭。
78		楊堅徵詢	皇帝亦見，宣問大臣：「甚人解得？」
79		賀若弼解箭	時有左勒將賀若弼，臣願解箭。皇帝聞語，衣（依）卿所奏。賀若弼此時臂上撚弓，腰間取箭，答（搭）闊（括）齊弦，當時便射。箭起離弦，不東不西，同孔便中，皇帝亦見，大悅龍顏，應是合朝大臣，一齊拜舞，吋呼萬歲。

80	衾虎以爲箭未解而不拜	時韓衾虎亦見箭不解，不恐拜舞，獨立殿前。皇帝宣問：「卿意者何？」衾虎奏曰：「臣願解箭。」
81	韓擒虎解箭	皇帝聞語，衣（依）卿所奏。衾虎拜謝，遂臂上擗弓，腰間取箭，答（搭）闊（括）當弦，當時便射。箭既離弦，世（勢）同雷吼，不東不西，去蕃人箭闊（括）便中，從榦至鏃，突然便過，去射墮十步有餘，入土三尺。
82	韓擒虎技驚蕃使	蕃人亦見，驚怕非常，連忙前來，側身便拜。衾虎亦見，責而言曰：「叵耐小獸，便意生心，擾亂中園（原），如今殿前，有何理說。」蕃將聞語，驚怕非常，當時便辭，登徒（途）進發。
83	楊堅拜韓擒虎爲和蕃使	隋文皇帝亦見，遂差韓衾虎爲使和蕃。衾虎受宣，拜舞謝恩，面辭聖人，與蕃將登途進發。
84	韓擒虎至蕃	前後不經旬日，便到蕃家解守（界首）。
85	單于邀設箭賽	單于接得天使，昇帳而坐，遂喚三十六射鵰王子，總在面前處分：「緣天使在此，並無歌樂，蕃家弓箭爲上，射鵰洛（落）雁，供養天使。」
86	王子失手	王子唱喏，一時上馬，忽見一鵰從北便來，王子亦見，當時便射，箭既離弦，不東不西，況鵰前翅過。單于亦見，忽然大怒，處分左右，把下王子，便擗腹取心，有挫我蕃家先祖。

87		韓擒虎請射雕救王子	天使亦見，彷（方）便來救，啓言蕃王：「王子此度且放。但某願請弓箭，射雕供養單于。」
88		韓擒虎一射雙雕	單于聞語，遂度與天使弓箭。衾虎接得，思微（惟）中間，忽有雙雕，爭食飛來。衾虎亦見，喜不自勝，祗揖蕃王，當時來射。衾虎十步地走馬，二十步把臂上撚弓，三十步腰間取箭，四十步搭闊（括）當弦，拽弓叫圓，五十步翻身倍（背）射，箭既離弦，世（勢）同僻（劈）竹，不東不西，況前雕咽喉中箭，突然而過，況後雕僻（劈）心便著，雙雕齊落馬前。蕃王亦見，一齊唱好。
89		韓擒虎耀王威	天使接世（勢）便赫：「但衾虎弓箭少會些些，隋文皇帝有一百二十指（指）捻射燕（雁），都盡總好手。」蕃王聞語，連忙下馬，遙望南朝拜舞，吋呼萬歲。
90		韓擒虎受賞而辭	拜舞既了，遂揀馬百疋（匹），明駝千頭，骨咄羦羝麋鹿麝香，盤纏天使。衾虎便辭，登途進發。
91		韓擒虎光榮歸朝	前後不經旬日，便達長安，直詣閤門。所司入奏，皇帝聞語，便令賜對。衾虎得對，趍過簫牆，拜舞吋呼萬歲。
92		韓擒虎受賜	皇帝亦見，喜不自昇（勝），遂賜衾虎錦采羅紈，金銀器物，美人一對。
93		韓擒虎回邸休息	且歸私地（第）憩歇，一月後別有進旨。衾虎拜武（舞）謝恩，便來私宅憩歇。

94	死爲陰司主	韓擒虎見五道將軍	前後不經兩旬，忽覺神賜（思）不安，眼瞤耳熱，心口思量，昇廳而坐，由未定，惚（忽）然十字地烈（裂），湧出一人，身披黃金鎖甲，頂戴鳳翅，頭毛（牟）按三丈頭低，高聲唱喏。衾虎亦見，當時便問：「公是甚人？」神人答曰：「某緣（原）是五道將軍。」
95		五道將軍說明到來源由	「何來？」「夜來三更奉天苻（符）牒下，將軍合作陰司之主。」衾虎聞語：「或遇五道大神，但某請假三日，得之已府（否）？」五道大神啓言將軍：「緣鬼神陰司，無人主管，一時一克（刻）不得。」衾虎聞語，惚（忽）然大怒，問：「你屬甚人所管？」「某屬大王所管。」衾虎側（責）言：「不緣未辭本王，左脅下與一百鐵棒。」五道將軍聞語，□（唬）得甲（浹）貝（背）汗流。臣啓大王：「莫道三日，請假一月已來總得。」衾虎處分五道將軍：「速去陰司檢鬼神，後弟（第）三日祇候。」五道將軍唱喏影（隱）滅身形。
96		韓擒虎告楊堅五道之事	衾虎見五道將軍去後，遂寫表聞天，具事由奏上隋文皇帝。
97		楊堅驚訝異常	皇帝攬表，驚訝非常，宣詔衾虎，直到殿前。「緣朕之無得（德），濫處稱尊，不知將軍作陰司之主，阿奴社稷若何？」衾虎奏曰：「臣啓陛下，若有大難，但知啓告，微臣必領陰軍相助。」
98		楊堅設宴訣別	皇帝聞奏，遂詔合朝大臣內宴三日，只在殿前與衾虎取別。

99		宴末之日天曹地府來取擒虎	恰到第三日整歌歡之此（次），忽有一人著紫，忽見一人著緋，乘一朵黑雲，立在殿前，高聲唱喏。衾虎亦見，「殿前立著甚人？」當時祗對：「某緣二人是天曹地府，來取大王，更無別事。」衾虎聞語：「且賜酒飯管領，且在一邊。」二人唱喏，各歸一面。
100		擒虎與君臣妻小訣別	衾虎且與聖人取別，面辭合朝大臣，來入自宅內，委囑妻男，合宅良賤，且辭去也。
101		擒虎魂魄再別楊堅	道由言訖，便奔床臥，才著錦被蓋卻，摸馬舉鞍，便昇雲霧，來到隋文皇帝殿前，且辭陛下去也。皇帝亦見，滿目淚流，遂執盞酹酒祭而言曰。晝本既終，並無抄略。（註八）

從上列表格中可以統計出敦煌「韓擒虎話本」的情節約共一百零一個，將段落大意與情節搭配可區分爲六大故事區塊，包括：「楊堅稱帝」（一－二三），「陳王謀反」（二四－二八），「楊素、賀若弼、韓擒虎請纓出兵」（二九－三六），「擒虎討陳王」（三七－六九），「揚威突厥」（七三－九三），「死爲陰司主」（九四－一〇一）。從情節百分比來看，「韓擒虎討陳王」是情節最重的一段，佔全文情節約三成，其中又可細分韓擒虎與任蠻奴、周羅侯的對戰。次要情節則爲「楊堅稱帝」與「揚威突厥」，各佔全文情節約二成左右。（註七）從以上統計結果可知，S.二一四四「韓擒虎話本」在情節上偏重於描寫韓擒虎平定陳叔寶之亂的過程，以及揚威突厥的英雄事蹟。然而「楊堅稱帝」與「死後爲陰司之主」兩段中，

滿溢著神異色彩的書寫，也成爲極爲引人注目的段落。

就藝術表現層次而言，S.二一四四「韓擒虎話本」在情節的鋪陳、結構與節奏安排等書寫藝術技巧，是相當精采的。全文的六大段落，就情節的比重分布觀之，是以「重→輕→輕→重→輕→輕」排列而成，這是一個有次序性、具漸層感的安排，亦使得文章節奏規律而緊湊。而故事內容從楊堅稱帝寫到韓擒虎亡，整體而言流暢且具邏輯性。而首尾的情節：「楊堅稱帝」與「死後爲陰司之主」，均摻雜了宗教色彩入文，讓故事的前後產生了呼應。

S.二一四四「韓擒虎話本」中的韓擒虎是一個英雄出少年的形象，雖然年僅十三歲，但他以冷靜的觀察與聰慧的戰略，帶領動輒萬計的軍隊，戰勝了征戰沙場的老將軍。而韓擒虎與任蠻奴、周羅侯精彩的擺陣對戰與心理戰術，還有與突厥王子比賽射箭的場面設計，更幾乎能與今日的武俠小說或武術電影中，受過武行指導的武術動作或美學設計比美。特別是與突厥王子解箭一段：

> 箭既離弦，世（勢）同雷吼，不東不西，去蕃人箭闊（括）便中，從榦至鏃，突然便過，去射墮十步有餘，入土三尺。

此處作者採用近似現代電影的運鏡手法，寫出韓擒虎一箭射穿突厥王子所射箭心的場面，其著重細微動作與場面的鏡頭式書寫，營造了極爲寫實的臨場感。由於唐代話本是由「說話」此一口說表演的藝術型態而來，故從此處我們可以推測，說話人說書時，爲顧及聽眾在聽覺上享受與抓緊聽眾使之聚精會神，所以在場面的虛擬架構上更需逼眞，且故事節奏必定緊湊、步調規律。因此，話本——這個存乎於聽覺（口頭表演）與視覺（平面文字）之間的特殊產物，終可以一個極爲精彩萬分的面貌呈現在世人面前。

三 史傳中的韓擒虎故事

歷史上的韓擒虎，字子通，爲北周大將韓雄之子。《北史》卷六十八「列傳五十六」記載韓雄「膂力絕人，工騎射」，而擒虎頗有乃父之風，不僅「容貌魁岸，有雄傑之表」又「性又好書，經史百家皆略知大旨」因此，敦煌「韓擒虎話本」中智勇破敵的形象，可說與史書記載文字頗爲相同。

《北史》卷六十八「列傳五十六」與《隋書》卷五十二「列傳十七」都有關於韓擒虎生平的紀錄與書寫。《北史》卷六十八「列傳五十六」記載：

> 禽字子通，少慷慨，以膽略稱。容貌魁岸，有雄傑之表。性又好書，經史百家皆略知大旨。周文見而異之，令與諸子游集。以軍功稍遷儀同三司，襲爵新義郡公。武帝伐齊，

禽說下獨孤永業於金墉城。及平范陽，加上儀同、永州刺史。隋文帝作相，遷和州刺史。陳將甄慶、任蠻奴、蕭摩訶等共爲聲援，頻寇江北，前後入界。禽屢挫其鋒，陳人奪氣。

開皇初，文帝潛有吞江南志，拜禽廬州總管，委以平陳之任，甚爲敵人所憚。及大舉伐陳，以禽爲先鋒。禽領五百人宵濟，襲採石，守者皆醉，遂取之。進攻姑熟，半日而拔。次於新林。江南父老素聞其威信，來謁軍門，晝夜不絕。其將樊巡、魯世眞、田瑞等相繼降。晉王遣行軍總管杜彥與禽合軍。陳叔寶遣領軍蔡徵守朱雀航，聞禽將至，衆懼而潰。任蠻奴爲賀若弼所敗，棄軍降禽。禽以精騎直入朱雀門。陳人欲戰，蠻奴撝之曰：「老夫尚降，諸君何事！」衆皆散走。遂平金陵，執陳主叔寶。時賀若弼亦有功，乃下詔晉王曰：「此二公者，朕本委之，悉如朕意。以名臣之功，成太平之業，天下盛事，何用過此！」又下優詔於禽、弼曰：「申國威於萬里，宣朝化於一隅，使東南之人俱出湯火，數百年賊旬日廓清，專是公之功也。高名塞於宇宙，盛業光於天壤。逖聽前古，罕聞其匹。班師凱入，誠知非遠，相思之甚，寸陰若歲。」

及至京，弼與禽爭功於上前，弼曰：「臣在蔣山死戰，破其銳卒，禽其驍將，震揚威武，遂平陳國。禽略不交陣，豈臣之比！」禽曰：「本奉明旨，令臣與弼同取僞都。弼乃敢先期，逢賊遂戰，致將士傷死甚多。臣以輕騎五百，兵不血刃，直取金陵，降任蠻奴，執陳叔寶，據其府庫，傾其巢穴。弼至夕方扣北掖門，臣啓關而納之。斯乃救罪不暇，安得與臣爲比！」上曰：「二將俱合上勳。」於是進位上柱國，賜物八千段。有司劾禽縱士卒淫汙陳宮，坐此不得國公及眞食邑。

大軍之始出也，上敕有司曰：「亡國物，我一不以入府，可於苑内築五垛，當悉賜文武百官大射以取之。」及是，上御玄堂，大陳陳之奴婢貨賄，會王公文武官七品已上，武職領兵都督已上，及諸考使以射之。

先是，江東謠曰：「黃斑青驄馬，發自壽陽涘，來時冬氣末，去日春風始。」皆不知所謂。禽本名禽武，平陳之際，又乘青驄馬，往返時節與歌相應，至是方悟。後突厥來朝，上謂曰：「汝聞江南有陳國天子乎？」對曰：「聞之。」上命左右引突厥詣禽前，曰：「此是執得陳國天子者。」禽厲然顧之，突厥惶恐不敢仰視。其威容如此。別封壽光縣公，眞食千户。以行軍總管屯金城，禦備胡寇，即拜涼州總管。

俄徵還京，恩禮殊厚。無何，其无母見禽門下儀衛甚盛，有同王者，母異而問之。其中人曰：「我來迎王。」忽不見。又有人疾篤，忽驚走至禽家曰：「我欲謁王。」左右問何王，曰：「閻羅王。」禽子弟欲撻之，禽止之曰：「生爲上柱國，死作閻羅王，亦足矣。」因寢疾卒。（註八）

上文與《隋書》卷五十二「列傳十七」（註九）均記載錄韓擒虎平陳大戰、當朝爭功、揚威突厥與死爲閻羅四件大事。除了《北史》卷六十八「列傳五十六」載「禽本名禽武」，與《隋書》卷五十二「列傳十七」言「擒本名豹」之差異外，其餘大略相同。

從史傳中所記載的韓擒虎事蹟可以知，韓擒虎在歷史上是一位體型魁梧又通曉經史的武將，文武兼備的他善於作戰、威名遠播，入隋之後被委以平陳大任。而韓擒虎作爲軍隊先鋒，所到之處使敵軍眾人潰散的文字記載，成爲其生平傳說中威猛武將形象的重要依據。然而，韓擒虎並非是一個嗜血好戰之人，攻陳之日「兵不血刃」的作法，證明他有勇亦有智，懂得使用心理戰術與兵法讓戰爭中的傷亡降到最低，而這是韓擒虎頗爲自豪之處。在其光榮勝戰之後，民間歌謠對韓擒虎的事蹟穿鑿附會，因此在《北史》卷六十八「列傳五十六」與《隋書》卷五十二「列傳十七」均出現了比附民間歌謠來歌頌他的記載，加深其英雄天生的神話色彩。至於突厥來朝一段描寫使節對於平陳大將的既恐又懼的神情，則是在文末再一次地藉由他人（外族）的視角來描繪，韓擒虎不論在人民、在敵軍或在外族使節的心中，都是一位具備武將威儀的人物，這樣的描繪使得其形象輪廓非常地鮮明而完備。

史傳中的韓擒虎故事最末有一段頗具神異色彩的記載，即是韓擒虎命終後成爲閻羅王之事。這種生爲英雄、死爲鬼雄的陰陽形象之轉換，貼切地符合韓擒虎智勇兼備、且具備以其能力統攝眾人眾鬼，而位居上主的權威資格。在正史之中，出現這樣具有神異色彩的記載，讓我們不得不對韓擒虎的傳奇故事印象深刻。或許源由於這樣的傳奇人生，因此敦煌S.二一四四「韓擒虎話本」選取了大量正史的情節，推衍成爲一篇情節動人的故事。相較於正史的內容，S.二一四四「韓擒虎話本」中除了多出一段八大龍王與楊妃助楊堅稱帝的橋段，以及其他的細節、戰爭場面描寫不同外，便是將韓擒虎與賀若弼的爭功，改寫成一同請纓出征。這使得正史的韓擒虎故事轉換到S.二一四四「韓擒虎話本」時，故事基調完全變化爲漢賊不兩立、英雄同一氣的氛圍，淡化了兩位英雄之間的心結，進而一同合作扶持共主。這使得敦煌S.二一四四「韓擒虎話本」在從史傳到話本之間的轉換軌跡中，走向一個特殊地具有正史本有情節、又貼合世俗取向，兼具人情、正義與神異色彩的傳奇英雄話本。

四　渲染與修飾——S.二一四四「韓擒虎話本」中的文字藝術

「話本」，原來是「說話」藝人講唱故事時所依據的底本，是一種基於實用意義上所產生的文本，因此，「話本」的書寫藝術有別於一般文獻，除了故事本身必須具備強烈的市場取向之外，文字部分也與說書人的表演模式產生一定程度的搭配性，將聽眾的感官接受度納入書寫的考量。敦煌本S.二一四四「韓擒虎話本」的出現，證實了唐代已有「說話」活動的存在，就S.二一四四「韓擒虎話本」的文字內容觀之，有哪些文字技巧成爲話本的書寫特色呢？大致有「動作誇張化」、「形象正義化」、「人物的對比」等三點特色。以下分點說明：

（一）「動作誇張化」

「動作誇張化」指的是在「韓擒虎話本」中，作者使用誇張的動作、場面去塑造韓擒虎的英雄形象。話本中尤以「擒虎討陳王」與「揚威突厥」兩段最爲明顯。在「擒虎討陳王」中，作者使用了三十三個情節描繪，韓擒虎在對陣任蠻奴、周羅侯時，從探敵、分析到出兵突襲一氣呵成，緊接著對陣、識陣、破陣、再部陣、又破陣，終至心戰、招降，無一不從心理層面，誇張而細膩地形塑韓擒虎智勇雙全的天縱英才，旁人全然不及不說，連身經百戰的大將賀若弼竟也遜色。至於「揚威突厥」一段在場面的描繪上，先藉由突厥王子的失誤，再寫賀若弼的解箭未全，最後由此兩者一併烘托韓擒虎極具渲染力的勇猛穿透箭術，誇張地裝飾了這個年僅十三的少年的武力實力。這個文學上的誇飾，從小說的敘事角度觀之，是一個能成功地營造故事張力好筆法；若搭配說書人實際的演出情況來看，更能配合說書人的表演聲線或肢體動作，使聽眾在聽覺上有著更強烈的感受。

（二）「形象正義化」

「形象正義化」指的是在話本中，作者將韓擒虎的形象以一個全然正義化的樣貌進行刻畫。這個書寫技巧主要表現在「死爲陰司主」此一段落。文本中韓擒虎最後在五道將軍的告知之下，得知自己將至地府成爲主管陰司之主，因此宴別君臣、話別妻小後，便昇雲霧而去。此一生爲英雄、死爲鬼雄的身份轉變，在民間傳說中是惟有生時形象正義之人，才能得此因緣關係。這個「正義化」的形象，將韓擒虎塑造成一個全然的英雄，讓故事主角的形象極爲鮮明之餘，也讓「韓擒虎話本」故事的傳奇性主軸顯得輪廓清晰。

(三)「人物的對比」

「人物的對比」指的是在「韓擒虎話本」中，作者使用善、惡二元對立的敘事軸線，切割故事中的正派與反派，營造出敵對陣營的對峙感。例如：在「楊堅稱帝」與「陳王謀反」的對比上，作者以八大龍王傳天命與白羊異象，傳達楊堅合有天命的形象，而陳王則在謀反未果之時，竟連枯井也不得藏身而被抓。這前後對比，不僅對比出天命之無與有，反映在人主身邊物象興衰的呈現差異上，更從楊堅有著法華和尚、楊妃與胡朗的合力推舉而承天下；陳叔寶在部屬任蠻奴、周羅侯的節節敗退，終將失敗的對比中，強化楊堅必爲眞主的歷史情節。這樣的對比書寫，強烈地營造正、邪之別，強化聽者與讀者在此故事中所傾向的立場，進而進行一場思想的教育。

就「說話」的娛樂目的來看，話本所呈現的故事必須精彩緊湊、扣人心弦，以達吸引聽眾的目的；而說書者也必須將故事講得淋漓盡致，才能僅抓住聽眾的目光。張鴻勳在《敦煌話本詞文俗賦導論》中提到中國古代說士就具有口若懸河的說故事功力，雖然民間說話的對象大多是自發的聽眾，對於說書技巧不一定有苛刻要求，但仍舊使中國的說話技藝得到進步的空間：

講故事是他們的專職，……一般地講，他們需進行講說訓練，多方揣摩聽者心理，對所講故事的詳略輕重、穿插交代，以及語言腔調，都精心安排，……這使說話藝術的發展，開始有了質的突破。（註十）

因此，在S.二一四四「韓擒虎話本」中所呈現出的「動作誇張化」、「形象正義化」、「人物的對比」等藝術特色，正在突顯「話本」在藝術手法上使用了「修飾與渲染」的書寫特色，以便搭配說書人在表演時誇張的藝術表現技巧。

而我們若將史傳中的韓擒虎與話本中的韓擒虎對比起來，可以發現「形象正義化」正在修飾史傳中所記載的韓擒虎與賀若弼爭功之事，完美了韓擒虎大義的形象；「動作誇張化」正在渲染韓擒虎的戰功，藉以描繪其傳奇英雄形象；「人物的對比」則在修飾楊堅篡位的史實，美化君王奪權的過程。這上述處處，都在企圖形塑一個完美的英雄護明君的故事，這樣的故事主軸，完全符合了當時處於陷蕃時期的敦煌地區的民眾，嚮往傾聽英雄故事，聊以慰藉自己家國淪陷的補償心態。（註十一）由此可知，民間話本故事的作者在創作時，可能有意無意間使用上了一些文學手法妝點故事，將人物與故事以虛、實交摻的手法書寫型塑而出。

李騫《敦煌話本研究》中提到：

「韓擒虎話本」開闢了一條歷史演義、英雄傳奇小說的新路，在提煉情節、塑造人物上他也給以後的演義小說，英雄傳奇小說的創作，提供了榜樣和創作經驗。（註十二）

從「動作誇張化」、「形象正義化」、「人物的對比」三點，我們可以歸納出由「韓擒虎話本」所引動的後世演義小說創作模式，就在於人物「虛實」的平衡與「善惡」之間的對戰兩條主線上。據史傳中的韓擒虎生平考察，韓擒虎平陳時，應是一個五十多歲的中年將軍，且也並未與任蠻奴等人對戰的紀錄，然而「韓擒虎話本」中卻將韓擒虎描繪成一個十三歲的少年，並且力克諸位名將，這是要刻意塑造一個英雄出少年的形象，屬於一種夾虛夾實的人物形象書寫。

至於韓擒虎討陳王、對突厥的兩段書寫，更是將韓擒虎與內敵、外敵之間的善惡立場劃分的十分清楚，這是善、惡之間的對戰書寫。這樣的敘事模式，可以推測導因於「說話」表演是一種以說書人的聲音作爲展演媒介的活動，在這種以聽覺爲導向的娛樂表演中，若能搭配文字書寫的技巧，強化故事主線與主人翁的形象，再合以說書人的表演聲線、動作、表情等等，就能讓聽眾印象更加深刻、使之感到靈活而生動。因此，運用強烈的、誇張的、對比的文學藝術手法妝點人物與場景，便成爲S.二一四四「韓擒虎話本」裡的寫作基調。而這種書寫風格，也就對後世以英雄書寫爲主軸的歷史演義、英雄傳奇小說產生了深遠的影響。

五　S.二一四四「韓擒虎話本」中所宣揚的觀念與反映的社會實況

敦煌S.二一四四「韓擒虎話本」既爲唐代民間講唱文學，我們便可從話本的內容一窺當時社會流行的觀念與反映之社會情況：

（一）「韓擒虎話本」中所宣揚的觀念

1　君權神授

中國古代屬君主專制，雖然朝與朝之間免不了革命，但新主即位之後，首要工作便在正其名、正其位，這爲的就是言明自己乃承大統，繼有天命。因此，君權神授的觀念，出現在「韓擒虎話本」中就不令人意外。在正史的記載上，楊堅以外戚的身份先篡取北周政權，最後統一天下。此一篡位舉動，自然成爲史書難言之處。「韓擒虎話本」中刻意使用八大龍王聽法華和尚講經一段，帶出楊堅爲眞主之命，再以楊妃將計就計的巧妙手腕爲其父奪取了天下，巧妙地裝飾了楊堅奪位的史實。而這故事中君權神授的異象鋪陳還不僅於此，司天監夜觀星象、白羊殿上怒吼，都說明了天意不可違逆，楊堅必承天命。由民間話本濃烈的天授君權之情節安排可知，帝制時期這種迷信思想非常普遍。

2 推崇武德

「韓擒虎話本」塑造一個英雄出少年的形象，除了強化娛樂效果之外，也顯現了有唐一代推崇武德、崇尚武功的觀念。就歷史事實而言，隋唐時期已經過了長時間的爭鬥，關於戰爭的知識也較爲廣泛地流傳；因此像對戰兵法、戰爭場面等書寫進入了話本，在民間傳誦，就反映了當代普遍推崇武功的觀念。在話本中，韓擒虎熟稔各種兵法、善於心戰，並且具有強健體魄與神力，這些都是成爲一個征戰沙場的英雄的必要條件。然而，武德才是一個兵能否成爲將的關鍵，韓擒虎兵不血刃的招降術，使之成爲智勇雙全的少年英雄，兼顧了戰略、也挽救了軍民的生命。

3 生英雄、死鬼雄：上柱國與閻羅王

不管是話本中的「陰司主」，或是史傳中的「閻羅王」，都讓韓擒虎的形象成爲「生英雄、死鬼雄」的正義代言人。早在戰國時代，屈原在〈國殤〉中就寫過：「身既死兮神以靈，子魂魄兮爲鬼雄」的話語，這揭示了在中國民間傳說裡，生爲英雄死爲鬼雄的傳說是存在的。因此，像韓擒虎這樣兼具智勇仁義的將軍形象，死後成爲主管陰司之事的傳說，就顯得有跡可

尋。

（二）「韓擒虎話本」中所反映的社會實況

1 佛教思想浸潤民間

中國歷史上的佛教「三武一宗之禍」，乃指北魏太武帝、北周武帝、唐武宗與後周世宗的滅佛行動。「韓擒虎話本」中首句「會昌臨朝」，便是唐武帝滅佛行動執行時的年號。因此，「韓擒虎話本」雖言北周滅佛、楊堅稱帝之時事，但實有隱喻前代滅佛之背景。而八大龍王聽法華和尚說經一段，除了在鋪陳楊堅具有天命、法華和尚因緣救之之外，更在突顯當時佛教經典中的護法神祇，之所以成爲民間說話故事中的主角，乃因爲其形象已經普遍爲人所熟知；而這正也揭示著就因佛教在民間興盛，所以佛典中人物才成爲說書人取材的對象。

2 佛道融合

話本中的「陰司主」與史傳中的「閻羅王」，都是所謂的陰司主事，也就是掌管陰曹地府諸事的行政首長。「閻羅王」屬佛教義界，「陰司主」、「五道將軍」則屬佛、道共有的神明與職稱。從韓擒虎故事中此些人物與職稱，交混於佛、道之間的情況來看，可見當時民間佛、道融合的情況是明顯的。

六　結語

S.二一四四「韓擒虎話本」將史傳中的韓擒虎，透過修飾與渲染的文學藝術手法，形塑成兼具「智、勇、仁」的少年英雄形象。李騫《敦煌話本研究》中提及：

話本雖是運用眞實的歷史人物作爲情節提煉的素材，但當寫出情節形象的時候，卻脫離了歷史人物的具體眞實，而創作出有別於歷史人物的新的典型情節和典型人物形象。（註十二）

這就說明了「韓擒虎話本」之所以必須從史傳中提煉出韓擒虎的形象，又不能夠完全脫離的原因，就在於做爲民間「說話」藝術的取材的韓擒虎，必須顧及到眞實與虛構間的平衡點，不能離開眞實的他太遠、也不能虛構到面目全非。如此一來，韓擒虎就在歷史史傳與民間話本的實、虛轉換之間，轉型成爲一個民間「說話」活動中的新少年英雄形象了。

S.二一四四「韓擒虎話本」中以「動作誇張化」、「形象正義化」、「人物的對比」等文學表現手法，塑造了一個傳奇性的英雄，這突顯了說話這類藝術必須在奪人耳目的場面書寫之餘，也必須投當時聽眾心念之所好——喜愛正義、多智形象，因而就此形塑出與史傳中的韓擒虎略有出入的樣貌，並以之達到投群眾所好與娛樂聚焦效果。然而，在說故事之餘，同時也藉由故事主角的正義形象，強化儒家忠君與仁義等觀念。這現象說明了話本一類的俗文學中，不僅著重其本身的娛樂效果，在民間傳唱的過程中，同時也潛移默化地傳達重要的教化意義。

注釋

編　按　李映瑾　明道大學中國文學學系助理教授。

註　一　高國藩：《敦煌民間文學》（臺北市：聯經出版公司，一九九四年）。

註　二　劉銘恕：〈敦煌文學四篇札記〉，《敦煌語言文學研究》（北京市：北京大學出版社，一九八八年）。

註　三　王　昊：《敦煌小說及其敘事藝術》（合肥市：安徽人民出版社，二〇〇五年）。

註　四　富世平：《敦煌變文的口頭傳統研究》（北京市：中華書局，二〇〇九年）。

註　五　陸永峰：《敦煌變文研究》（成都市：巴蜀書社，二〇〇二年）。

註　六　潘重規：《敦煌變文校注》（北京市：中華書局，一九九七年），頁二九八－三〇五。

註　七　依全文一百零一個情節爲計算，楊堅稱帝（一－二三），共二千一百四十五字，佔全文情節約百分之二十三。陳王謀反（二四－二八），共一百四十字，佔全文情節約百分之五。楊素、賀若弼、韓擒虎出兵（二九－三六），共五百七十一字，佔全文情節約百分之八。擒虎討陳（三七－六九），共三千零八字，佔全文情節約百分之三十三。揚威突厥（七三－九三），共一千二百三十字，佔全文情節約百分之二十一。死爲陰司（九四—一〇一），共七一三字，佔全文情節約百分之八。

註八　〔唐〕李延壽：《北史》卷六十八「列傳五十六」（上海市：上海古籍出版社，一九八六年），頁二五三三。

註九　〔唐〕魏徵：《隋書》卷五十二「列傳十七」：「開皇初，高祖潛有吞并江南之志，以擒有文武才用，夙著聲名，於是拜爲廬州總管，委以平陳之任，甚爲敵人所憚。及大舉伐陳，以擒爲先鋒。擒率五百人宵濟，襲採石，守者皆醉，擒遂取之。進攻姑熟，半日而拔，次於新林。江南父老素聞其威信，來謁軍門，晝夜不絕。陳人大駭，其將樊巡、魯世真、田瑞等相繼降之。晉王廣上狀，高祖聞而大悅，宴賜群臣。晉王遣行軍總管杜彥與擒合軍，步騎二萬。陳叔寶遣領軍蔡徵守朱雀航，聞擒將至，眾懼而潰。任蠻奴爲賀若弼所敗，棄軍降於擒，擒以精騎五百，直入朱雀門。陳人欲戰，蠻奴撝之曰：『老夫尚降，諸君何事！』眾皆散走。遂平金陵，執陳主叔寶。時賀若弼亦有功。乃下詔於晉王曰：『此二公者，深謀大略，東南逋寇，朕本委之，靜地恤民，悉如朕意。九州不一，已數百年，以名臣之功，成太平之業，天下盛事，何用過此！聞以欣然，實深慶快。平定江表，二人之力也。』賜物萬段。又下優詔於擒、弼曰：『申國威於萬里，宣朝化於一隅，使東南之民俱出湯火，數百年寇旬日廓清，專是公之功也。高名塞於宇宙，盛業光於天壤，逖聽前古，罕聞其匹。班師凱入，誠知非遠，相思之甚，寸陰若歲。』及至京，弼與擒爭功於上前，弼曰：『臣在蔣山死戰，破其銳卒，擒其驍將，震揚威武，遂平陳國。韓擒略不交陣，豈臣之比！』擒曰：『本奉明旨，令臣與弼同時合勢，以取僞都。弼乃敢先期，逢賊遂戰，致令將士傷死甚多。臣以輕騎五百，兵不血刃，直取金陵，降任蠻奴，執陳叔寶，據其府庫，傾其巢穴。弼至夕，方扣北掖門，臣啓關而納之。斯乃救罪不暇，安得與臣相比！』上曰：『二將俱合上勳。』於是進位上柱國，賜物八千段。有司劾擒放縱士卒，淫污陳宮，坐此不加爵邑。先是，江東有謠歌曰：『黃斑青驄馬，發自壽陽涘，來時冬氣末，去日春風始。』皆不知所謂。擒本名豹，平陳之際，又乘青驄馬，往反時節與歌相應，至是乃悟。其後突厥來朝，上謂之曰「汝聞江南有陳國天子乎？』對曰：『聞之。』上命左右引突厥詣擒前，曰：「此是執得陳國天子者。』擒厲然顧之，突厥惶恐，不敢仰視，其有威容如此。別封壽光縣公，食邑千戶。以行軍總管屯金城，禦備胡寇，即拜涼州總管。俄徵還京，上宴之內殿，恩禮殊厚。無何，其鄰母見擒門下儀衛甚盛，有同王者，母異而問之。其中人曰：『我來迎王。』忽然不見。又有人疾篤，忽驚走至擒家曰：『我欲謁王。』左右問曰：『何王也？』荅曰：『閻羅王。』擒子弟欲撻之，擒止之曰：『生爲上柱國，死作閻羅王，斯亦足矣。』因寢疾，數日竟卒，時年五十五。子世諤嗣。」（上海市：上海古籍出版社，一九八六年），頁一六〇－一六一。

註　十　張鴻勳：《敦煌話本詞文俗賦導論》（臺北市：新文豐出版公司，一九九三年），頁六。

註十一　張鴻勳《敦煌話本詞文俗賦導論》提到「韓擒虎話本」的書寫背景：「此話本編寫年代上限不出光起三年，下限不出梁太祖在位之時，可算是晚唐五代初的作品。此時瓜州約當歸義軍張曹統治時期。說話人通過對歷史英雄韓擒虎統一江南、箭勝蕃王等業績之歌頌，在一定程度上表達了民族自豪感，當可起到鼓舞孤懸西陲民眾鬥爭勇氣和信心的作用。」同前註，頁二八。

註十二　李騫：《敦煌話本研究》（瀋陽市：遼寧大學出版社，一九八七年），頁二三二。

註十三　同前註，頁一九八。

宋元時期傳說中的諸葛亮形象述略

張谷良

摘要

在所有諸葛亮藝術形象的造型體類中，就以民間傳說的故事流傳最早。早在三國時期，有關諸葛亮的生平事蹟，即以口頭傳說的方式流傳開來；並被以遺事逸聞的形式，記載在古籍與稗官野史中；甚至還曾與正史發生些糾葛，而被當作史實給寫進其中。有關諸葛亮的民間傳說故事，經過千百年來的口耳相傳，已被後人以文字的方式採擷下來，並彙編有豐富的資料，可供我們觀察當中的諸葛亮藝術形象。

本文即是透過宋元時期所擷錄下來的諸葛亮傳說故事，分別各就遺事（包含逸聞）、遺蹟等二方面的資料記載，從中摘選出幾則較具特色或代表性的傳說故事，來觀察諸葛亮的藝術形象，在這段期間所表現出來的造型情況。

經過本文概括的陳述，我們發現到：宋元時期的諸葛亮故事，雖然已經發展有完整系統化的長套故事，不過，這些完整長套的諸葛亮生平事蹟故事，大多為當時新興的雜劇與說話等藝術體類所汲取與表現，民間只剩下少量的遺事與逸聞傳說，以及逐漸變多的遺蹟傳說，仍然延續著前期的造型趨勢，以零星片段的口傳形式面貌，散見於各種野史雜記中與方志或地理書中，其故事情節都極爲簡單，甚至連情節的描寫都還談不上，藝術性自然地也就非常匱乏，大多只是藉由神化的造型手段，附會林林總總的奇異現象，來從事人物形象的點綴裝飾，反映民間對於諸葛亮「智慧」面相的廣泛興趣。

關鍵詞

民間傳說、智慧、諸葛亮、藝術形象

一　前言

在所有諸葛亮（一八一－二三四）藝術形象的造型體類中，就以民間傳說的故事流傳最早。不唯早在三國時期，有關諸葛亮的生平事蹟，即以口頭傳說的方式流傳開來；並被以遺事逸聞的形式，記載在古籍與稗官野史中；甚至還曾與正史發生些糾葛，而被當作史實給寫進其中。而且，無論後來有多少文藝體類逐漸興起，共同參與了諸葛亮藝術形象的造型工作，民間傳說仍然會不斷地藉由其對於「基型因子」的觸發、聯想、緣飾、附會，而孳乳、展延、繁衍出新的藝術形象內容；並透過口耳相傳的方式，一代又一代地流傳於後世，然後繼續觸發、緣飾與附會；乃至千百年來，風行不輟地被保留在人民的記憶裡，成爲民族文化的精神象徵。像這樣生生不息的傳說故事，口耳流傳至今，也已被人以文字的方式大量地採擷下來，並彙編有相當豐富的資料，可供我們觀察當中的諸葛亮藝術形象。

筆者根據〔明〕諸葛羲（生卒年不詳）、諸葛倬（生卒年不詳）《諸葛孔明全集》（一六三二）（註一）、〔清〕張澍（一七七六－一八四七）《諸葛亮集》（註二）、王瑞功（一九四二－）主編《諸葛亮研究集成》（註三）等書，所輯錄與採擷的諸葛亮傳說故事（包含：遺事、逸聞、遺蹟、祠廟等方面的傳說），予以整理與分類，嘗試擬作「古籍與稗官野史中『諸葛亮傳說故事』名目彙編」（簡稱「古傳說彙編」）、「古籍與稗官野史中『諸葛亮傳說故事』

時代分布總表（八四三則〔註四〕）」（簡稱「古傳說時代分布總表」）與「古籍與稗官野史中『諸葛亮傳說故事』與人物生平事蹟的各階段關係分布總表（一〇四七則）」（簡稱「古傳說事蹟分布總表」）等〔註五〕，從中可知：在「古籍與稗官野史」方面，自三國時期開始，歷代記載有關諸葛亮的傳說故事，就不絕於書，且再經兩晉、南北朝、隋、唐、宋、元，乃至明、清兩代，總計已累積有一〇四七則以上的數量。〔註六〕

據此資料觀察與分析可知，三國魏西晉時期，諸葛亮故事傳說因尚屬「萌芽階段」，故深受史實的影響，而多爲簡短的瑣聞混雜於史籍當中，因此，具有濃厚野史性質與口頭傳說的特點。又由於各個集團間的政治因素，以致其也帶有明顯的地域性差別，遂呈現出西蜀地區的居民普遍歌頌諸葛亮的功業才能；而中原地區則反大肆詆貶其人故實的異趣概貌；乃至東吳地區折衷偏向西蜀的持平表現。逮至東晉南北朝時期，則因爲局勢動亂，宗教迷信的思想極爲盛行，使得傳說人物的形象普遍受到讚揚，除了賦予其有卓越的軍事才能之外，更糝雜有神秘怪異的色彩；雖然，在這個時期的傳說故事，仍未脫史實的束縛與影響，不過，其卻已逐漸有開啓並加快歷史人物朝向藝術形象與神祇信仰發展演變的跡象。〔註七〕

隨著諸葛亮故事的不斷醞釀、發展與流傳，早在隋唐時期，就可能已經有用戲劇與說話的方式，來演（講）述有關諸葛亮的三國故事。如：〔隋〕杜寶（生卒年不詳）《大業拾遺錄》〔註八〕、〔唐〕劉知幾（六六一－七二一）《史通》、大覺（生卒年不詳，開元間僧人）《四分律行事鈔批》、李商隱（約西元八一三－八五八年）〈驕兒詩〉、陳蓋（生卒年不詳）注胡曾詠史詩〈五丈原〉文、〔後唐〕景霄（不詳－九二七）《四分律行事鈔批簡正記》等資料的記載，都可藉以推測出這種可能性。

此類故事表現在傳說方面，雖然已經逐漸脫離了史實的束縛，不過，尚屬於創作的「醞釀階段」，主要仍是以零星片段的形式面貌，散見於各種野史雜記或佛教典籍中；其故事情節極爲簡單；藝術性與魅力並不很高；且經過各方的流傳、加工與改編，故事情節也呈現出紛雜歧異的現象，諸如：同爲〈死諸葛亮怖生仲達〉故事的記載，大覺《四分律行事鈔批》與陳蓋注胡曾詠史詩〈五丈原〉文；以及景霄《四分律行事鈔批簡正記》等，彼此之間所描寫與敘述的，都互有參差與異趣。不過，藉由其所傳載的時間與分布的地域來看，卻已足可見知此類諸葛亮故事在唐代流傳的盛況；及其人物形象的造型概貌了（註九）。

乃至宋代，隨著各種民間技藝的蓬勃發展，三國故事已成爲技藝敷演的主要內容，並且出現了像霍四究（生卒年不詳）這類擅長講述三國故事的說話藝人；皮影戲與金院本，也都有專門演出三國故事的節目，諸葛亮應該在其演述的故事中，佔有相當的份量才是。藉由：〔北宋〕高承（生卒年不詳）《事物紀原》、蘇軾（一〇三七－一一〇一）《東坡志林》、孟元老（生卒年不詳）《東京夢華錄》等資料的記載，殆都能證明如此的看法或假設，應可成立。同時，或也顯示了至遲在宋代時期，諸葛亮故事應已發展有長篇成套的規模，足可供給戲劇與說話來作敷演的客觀實情；否則，現存最早有關諸葛亮故事的話本：《至元新刊全相三分事略》與《至治新刊全相三國志平話》二書，就不可能以「新刊」的方式，在元初即被印行，並廣為流傳。

宋、元雜劇與說話中諸葛亮故事的敷演與講述，象徵著其故事本身的發展，已經脫離了隋唐時期以零星片段面貌，散佈於民間口頭傳說中的醞釀階段，正式步入了「大量生產的階段」，轉而發展成爲完整系統化的長套故事。同時，發展完成的系統化長套故事，便都會保留在雜劇與說話的載體上，繼續不斷地推陳出新，廣爲傳播、散佈而流傳於民間各地，成爲其故事創作的主要來源。由於這部分諸葛亮藝術形象的造型工作，乃分別屬於戲曲與小說體類的論述範圍，筆者另有專文處理論述（註十），本文不便贅言，茲擬聚焦在傳說這一體類的創作表現，來觀察宋、元時期的諸葛亮藝術形象造型。

根據拙作「古傳說時代分布總表」的統計可知，北宋、南宋與元代時期，可堪稱爲諸葛亮傳說性質的故事，約略分別有七十四則、三十六則與三則。而其傳說的特色，就是遺事與逸聞方面的故事創作，有明顯減少的趨勢；至於，遺蹟方面的風物傳說，則持續在增加中；此外，其人物的造型特點，也仍是以神（奇）化諸葛亮形象爲主要的創作目的。底下，茲略分就遺事（包含逸聞）與遺蹟二方面的資料記載，從中摘選出幾則較具特色或代表性的傳說故事，來觀察諸葛亮傳說故事與形象，在這段期間裡所表現出來的造型情況。

二　遺事方面（包含逸聞）

首先，在遺事與逸聞方面。這部分的資料大多與諸葛亮「南征蠻越」的事蹟有關。如〔北宋〕高承《事物紀原》卷二（《四庫全書》本）中所載〈饅頭〉有云：

諸葛公之征孟獲，人曰：「蠻地多邪術，須禱於神，假陰兵以助之。然其俗必殺人以其首祭，則神享為出兵。」公不從，因雜用羊豕肉，而包之以麵，像人頭以祀，神亦享焉，而為出兵。後人由此為饅頭。（註十一）

諸葛亮在南征的過程中，有人建議其可入境隨俗，殺人頭祭禱，以求助神明出兵幫忙。不過，其卻認為這種方式太過殘忍，更有違所擬「以德服人」的「心戰」策略，因此，並不採納（消極性的拒絕）。不僅如此，為求能移風易俗，徹底改善這種殘害無辜的弊習，其乃順水推舟，為之變革，教人改用麵粉包肉做成的人形頭，來祭祀神明，同樣也達到了「神亦享焉，而為出兵」的效果（積極性的改革）。經此變革，使當地風俗為之淳化起來，減少了無辜百姓再度遭受濫殺的不幸。這則傳說故事，不但將諸葛亮塑造成一個民胞物與、宅心仁厚的智慧長者，使其形象在「神化」（能感動神明，使神明接受其供品，而為出兵）的過程中，更保有人性善良的特質存在，實在是難能可貴。也無怪乎羅貫中（約西元一三三〇—一四〇〇年）在創作《三國演義》時，會毫不避諱地加以採納、鋪陳與渲染，從而使其成爲後世麵包業（饅頭與包子）的祖師爺，供人敬仰與膜拜。

（晉）陳壽（二三三—二九七）《三國志》對於諸葛亮南征事蹟的記載很少，僅在〈諸葛亮本傳〉中云：「三年春，亮率眾南征，其秋悉平。軍資所出，國以富饒，乃治戎講武，以俟大舉。」（註十二）不過，逮及東晉，便出現了大量與之相關的滇西民間傳說，如：常璩（約西元二九一—三六一年）《華陽國志》〈諸葛亮南征〉、〈亮平南中置五部〉、〈諸葛亮爲夷作圖譜〉、〈諸葛亮爲哀牢國作圖譜〉、〈諸葛亮用獽蜑兵〉與習鑿齒（不詳—約西元三八四年）《漢晉春秋》〈亮七縱七禽孟獲〉、〈亮即其渠率用之〉；《襄陽記》〈亮納馬謖攻心策〉等等，此則〈饅頭〉故事，自然地也是在上述諸葛亮滇西民間傳說中，更進一步地緣飾、附會與繁衍出來的。又如（北宋）宋祁（九九八—一〇六一）《新唐書》卷二二二上《南蠻上·南詔上》中所載〈諸葛亮定南詔〉也云：

> 南詔，或曰鶴拓，曰龍尾，曰苴咩，曰陽劍。本哀牢夷後，烏蠻別種也。夷語王爲「詔」。其先渠帥有六，自號「六詔」，曰蒙巂詔、越析詔、浪穹詔、邆賧詔、施浪詔、蒙舍詔。兵埒，不能相君，蜀諸葛亮討定之。（註十三）

顯然地，即是在〈亮平南中置五部〉「四姓五子」故事的基礎上，繼續附會、演變與發展的結果。正因爲諸葛亮南征一役，在歷史上取得了良好的勝利成果，不但平定了蠻夷的亂事，並使其都能爲之威服，所以，夷人對其自然地十分感念與畏懼，在當地的民間習俗中，便也保留了許多與之相關的傳說故事。如〔北宋〕宋祁《新唐書》卷二二二上《南蠻上》中所載〈諸葛石刻〉即云：

尋傳蠻者，俗無絲纊，跣履榛棘不苦也。射豪猪，生食其肉。戰，以竹籠頭如兜鍪。其西有裸蠻，亦曰野蠻，漫散山中，無君長，作檻舍以居。男少女多，無田農，以木皮蔽形，婦或十或五共養一男子。廣德初，鳳迦異築柘東城，諸葛亮石刻故在，文曰：「碑即仆，蠻爲漢奴。」夷畏誓，常以石搘捂。（註十四）

茲觀蠻人對於相傳爲諸葛亮平蠻時，在石刻上所留下來的遺訓與警告，縱使已經歷了好幾百年的時間，蠻人卻依舊戒愼恐懼，謹記在心，深怕這石碑一旦仆倒之後，刻文誓言必將應驗，所以，便常會「以石搘捂」，期能繼續維持當年所達成的漢、蠻和諧相處的關係。又如〔北宋〕范致明（不詳－一一一九，一一〇〇進士）《四庫全書》本《岳陽風土記》所載〈江西婦人禮服〉也云：

江西婦人皆習男事，採薪負重，往往力勝男子。設或不能，則陰相詆誚。衣服之上，以帛爲帶，交結胸前；後富者至用錦繡。其實便操作也，而自以爲禮服。其事甚著，皆云武侯擒縱時所結，人畏其威，不敢輙去，因以成俗。巴陵江西華容之民間猶如此，鼎澧亦然。（註十五）

在婦人的勞動衣服上，用帛帶繫綁在胸前，以便於從事「採薪負重」的工作，只因這是傳說中「武侯擒縱時所結」，江西婦女便都「畏其威，不敢輒去」，從而相沿成習，「自以爲禮服」，遂變成爲當地普遍盛行的一種風俗民情，可見諸葛亮在其人的心眼裡，的確帶有崇高的神威性。再如（南宋）程大昌（一一二三－一一九五）《演繁露》中所載〈爲諸葛亮服白巾〉也云：

世傳《明皇幸蜀圖》，山谷間老叟出望駕，有著白巾者。釋者曰：「爲諸葛武侯服也。」此不知古人不忌白也。（註十六）

也是類似的傳說故事，把「古人不忌白」的習俗，附會成是因蜀間山民畏服諸葛亮的天威，而爲其服白巾，以追悼與感念其對當地百姓所佈施的莫大恩德。（南宋）洪邁（一一二三－一二〇二）《四庫全書》本《容齋隨筆》卷四中所載〈南夷服諸葛〉更云：

蜀劉禪時，南中諸郡叛，諸葛亮征之。孟獲爲夷、漢所服，七戰七擒曰：「公，天威也，南人不復反矣。」《蜀志》所載止於一時之事。國朝淳化中，李順亂蜀。招安使雷有終遣嘉州士人辛怡顯使於南詔。至姚州，其節度使趙公美以書來迎云：「當境有瀘水，昔諸葛武侯戒曰：『非貢獻、征討，不得輒渡此水。若必欲過，須致祭，然後登舟。』今遣本部軍將，齎金龍二條、金錢二千文，並設酒脯，請先祭享而渡。」乃知南夷心服，雖千年如初。嗚呼，可謂賢矣！事見怡顯所作《雲南錄》。（註十七）

此則故事，發生在諸葛亮南征蠻夷後，將近有千年之久的時間，當地的風俗依舊謹遵著傳說中諸葛武侯的遺訓：除非是「貢獻」或者「征討」，否則不可渡過瀘水；且要橫渡前，更必須先祭禱之後，才能夠搭船渡河。諸此，皆可見其所樹立的威望與信念，影響蠻夷有多麼地深遠，儼然已成爲蠻地文化信仰中近乎神明位階的重要人物。

此外，宋元時期也附會有諸葛亮女兒成仙的傳說故事。如〔南宋〕魏了翁（一一七八－一二三七）《鶴山集．朝眞觀記》中所載〈武侯女乘雲輕舉〉有云：

出少城西北，爲朝眞觀，觀中左列有聖母仙師乘煙葛女之祠。故老相傳，武侯有女，於宅中乘雲輕舉。（註十八）

諸葛亮在史傳的記載中，並未見有女兒的出生，更遑論此女日後會成爲「乘雲輕舉」的神仙，很顯然地，這是一則傳說故事，其形成的原因，當也是在「神仙化」諸葛亮形象的過程中，一種附帶渲染的結果。對此，〔清〕張澍即云：「忠武侯女名果，見《仙鑒》，以其奉事禳斗之法，後必證仙果，故名曰果也。鶴山非妄語者，乘雲上升，未可以爲誕矣。」（註十九）由此可見，就連知識份子都認爲這則近乎荒誕不經的傳說故事，乃有其事實根據，更反映出了當時諸葛亮家族因「奉事禳斗之法」，而瀰漫著濃厚的神仙色彩。像這樣神仙色彩的渲染與附會，自然與當時民間普遍盛行的道教信仰有很大的關係。

民間傳說中最爲常見的一種固定套式，就是利用某些神奇的故事來解釋智慧型人物　諸葛亮藝術形象的緣由，如〔南宋〕范成大（一一二六－一一九三）《桂海虞衡志》中所載〈木牛流馬〉云：

沔南人相傳：諸葛公居隆中時，有客至，屬妻黃氏具麵，頃之麵具。侯怪其速，後潛窺之，見數木人斫麥，運磨如飛，遂拜其妻，求傳是術，後變其制爲木牛流馬。（註二十）

便將諸葛亮「木牛流馬」的創制發明，給解釋爲是其在偶然的機緣下，發現妻子黃氏擁有神奇的本領，能使「木人斫麥，運磨如飛」，「頃之麵具」，足可供給招待客人所需的飲食，遂拜其妻爲師，學習該術，再經變化即創制得來。這則傳說故事，不唯解釋了諸葛亮智慧巧思「所然」的才能背後，其「所以然」的道理外；更也將諸葛亮身邊的親人給再度地「神化」塑造，使其藝術形象更添賦有濃厚的神仙色彩。而這種藝術性的造型心理，無非都顯示了民間傳說對於諸葛亮的智慧形象，實在充滿著無比的興趣；也正因爲如此，各個地區才會在諸葛亮藝術形象的生產過程中，都極盡所能地發揮其解釋性的創造功能，從而興起了許許多多與之相關的風物傳說。

三　遺蹟方面

其次，在遺蹟方面。這部分的資料顯示，無論是如：臥龍山、武侯水、相公山、周公山、瀘水、儲書峽、平羌江、諸葛泉等等的自然地形；抑或是如：諸葛井、湑井、諸葛城、諸葛營壘、武侯橋、讀書臺、石弦、武侯祠等等的人爲建築，舉凡是涉及到諸葛亮生平事蹟，甚至與其原不相關者，殆都可能會被附會出一則則相關的風物傳說，使之沾染了諸葛亮形象的情感氣息，供人懷想與紀念。雖然在這部分的資料記載中，大多並無情節內容的相關描寫，但透過如此豐富的風物傳說的感染下，也可以強烈地體會到諸葛亮藝術形象所展現出的傳說魅力。其中，有些粗具故事情節者，尤能表現出諸葛亮民間傳說在風物造型上的特色。如〔北宋〕歐陽忞（一一一一－一一一七）《輿地志》中所載〈諸葛泉〉有云：

> 諸葛泉在鶴慶府南，武侯駐師之地。出泉均爲二流，昔人有欲兼利之者，引而爲一，雞鳴，其水復分。（註二一）

諸葛亮所曾駐兵之地，泉水能自地冒出，並都主動分爲二流，縱使遭人以外力將之合而爲一，等到雞鳴時候，泉水仍舊又恢復到原先二流的狀態，彷彿可以令人感受得到諸葛亮神威沾溉影響的奇異表現。又如〔南宋〕祝穆（生卒年不詳）《方輿勝覽》（成書於一二三五－一二六四）中所載〈諸葛井〉也云：

> 諸葛井在成都府大慈寺西里許，自上窺之，祇見其三邊，不知其際涯也。昔孔明鑿此以通井絡王氣。俗傳有人入井，聞其中有雞聲。（註二二）

這則諸葛亮鑿井以「通絡王氣」的傳說故事，其內容主旨所要表達的，應該是諸葛亮爲求能「興復漢室」所體現的「忠貞」行誼。然而，民間傳說畢竟對於諸葛亮的「智慧」特質最爲著迷；且又擅長利用「神化」的手段，來塑造主人翁的形象色彩，以致就連忠貞形象的藝術造型，也充斥著神奇怪異的情節描寫。再如〔南宋〕王象之（一一六三—一二三〇）《輿地紀勝》中所載〈淯井〉云：

淯井脈有二：一自對谿報恩寺山趾度溪而入，常夜有光如虹，亂流而濟，直至井所；一自寶屏山隨山而入，謂之雌雄水。初人未知有井。夷人羅氏、漢人黃姓者，因牧而辨其鹽；僉議刻竹爲牌，浮於谿流，約得之者，以井歸之。漢人得牌，聞於官，井遂爲漢有。（註一二三）

這則夷人與漢人發現並相爭淯井的傳說故事，最後的結果是由漢人取得勝利，其內容主旨所要彰顯的，應該是諸葛亮南征時，以心戰德服蠻夷，使夷、漢粗安，維持長久和平的局面，可見其人創造功業的偉大。茲觀故事情節的描寫，既淡化了雙方爲爭奪的氣氛，轉而強化爲天命運氣的歸趨，以維持漢、蠻和諧相處的關係，其立場與出發點可能是站在漢人一方。

上述三則諸葛亮的傳說故事，都是與「水、火」有關的風物傳說，此或恐也與前代〈諸葛亮瞰火井〉故事的傳說意涵相似，都是以奇譎怪異的情節描寫，糝雜五行的思想觀念，來傳達諸葛亮有益漢室興復的神秘形象。（註一二四）其間的內在聯繫，乃是：漢朝屬火德＝雞（南朱雀）鳴＝天亮＝聞有雞聲＝光明＝鹽井有火＝火井。

此外，諸葛亮的民間風物傳說，還常透過與廟宇相關的事蹟來塑造其人的神靈形象。如〔北宋〕樂史（九三〇－一〇〇七）《太平寰宇記》中所載〈周公山〉有云：

周公山在嚴道縣東南畔，山勢屹然，上有龍穴，常多陰雲。耆老傳云：「昔諸葛亮南征，於此山夢見周公，遂爲立廟。」州縣常以靈驗聞。僞蜀乾德六年，題曰：「顯聖王之廟」。（註二五）

這是一則有關周公山的地形傳說，就其簡單的情節內容來看，也可視爲一則〈孔明南征夢周公〉的遺事或逸聞傳說故事。描述的是諸葛亮南征期間，行經嚴道縣東南畔時曾夢見周公，因有所感應，便爲周公立廟於此山上。傳說把諸葛亮與周公相爲比附，顯然是在史傳與詩歌等對諸葛亮「聖賢形象」的詠贊下，認爲其乃將德澤生民，施行禮儀教化於南夷，功業堪能與周公媲美，因此，便將二人以「夢」相通感應，使諸葛亮既無孔子「吾不復夢見周公久矣」（註二六）的慨嘆；又能進一步地美化（聖賢化）其傳說的藝術形象；而且，再加上「有龍穴，常多陰雲」與「以靈驗聞」的描寫，更爲其營造出了一股神奇玄妙的氣氛，增強其傳說顯聖的可信度。又如〔北宋〕鄭樵（一一〇四－一一六二）《通志》中所載〈武侯祠〉有云：

夾江武侯祠原在九盤秋，距縣三十里許，鄧艾廟即今祠地，邑令陝西人董繼舒欲撤廟，改祀武侯，投艾像於水。九盤里人夜夢艾云：「明日吾有水厄，爾可乘夜偷吾像。」來人從之。至明日，艾像失矣，董因改祀武侯。（註二七）

這則故事乃是基於要彌補諸葛亮遺憾的心理需求，用以表達民間對於蜀漢失敗英雄的同情，所以，就連已經神而有靈的鄧艾，在面對董繼舒要撤廟改祀，以懲罰其滅蜀罪過時，也無可奈何，只能向人托夢，請人偷其神像代爲逃之夭夭，以解隔日的水厄。觀此廟宇的一撤一立，尤更可見諸葛亮形象在民間傳說中的迷人魅力。再如〔北宋〕田況（一〇〇五－一〇六三）《儒林公議》中所載〈武侯祠〉則云：

成都先主廟側有武侯祠，前有嫡樹，喬柯巨圍，蟠固陵拔。杜甫有歌，段文昌有銘，勒石。唐末漸枯瘁，歷王、孟二僞國，不復生，然亦不敢伐之。宋乾德五年夏五月，枯柯再生，時人異之。至皇祐初，千二百餘年矣，新枝聳雲，枯幹並存，夭矯若虯龍之形。（註二八）

這則傳說故事，則是藉由成都武侯祠古嫡的枯萎與再生的奇異事蹟，來塑造出諸葛亮的神靈形象。茲觀古嬸「死而復生」的歷程表現，就彷彿象徵著嬸樹背後眞有諸葛亮的神靈護持，方得以使之縱已「漸枯瘁，不復生」，但人「亦不敢伐之」；逮及枯柯再生，新枝更能聳雲，枝幹並存，而天矯若虬龍之形。像這樣描述諸葛亮在武侯祠中顯靈的傳說故事，還有如《蜀古蹟記》中所載〈武侯祠石碑〉：

> 宋建隆二年，曹彬爲都監，伐蜀，謁武侯祠，視宇第雄觀，頗有不平之色，謂左右曰：「孔明雖忠於漢，然疲竭蜀之軍民，不能復中原之萬一，何得爲武？當因其傾敗者拆去之，止留其中，以祀香火。」左右皆諫不可。俄報中殿摧塌，有石碑出，驚視之，出土尺許，石有刻字，宛若新書，乃孔明親題也。題曰：「測吾心腹事，惟有宋曹彬。」讀訖，下拜，曰：「公，神人也，小子安能測哉！」遂令蜀守新其祠宇，爲文祭之而去。（註二九）

曹彬（九三一－九九九），爲北宋名將，曾因在拜謁武侯祠時，口出狂言，褻瀆神明，認爲諸葛亮不配稱武，所以，下令要將祠堂的大部分建築給拆去。就在其起心動念，膽大妄爲的囂張行爲後，立即遭到諸葛亮顯靈，使「中殿摧塌」，現出新刻的石碑題文，來教訓曹彬，令其戒愼恐懼，不敢造次；以曹氏作爲懲處對象，顯然別有弦外之音，也含有彌補諸葛亮志業未竟的遺憾。由此，更矗立起了諸葛亮英靈永存、不容侵犯的神威形象，而與隋唐時期〈諸葛亮紀功碑〉的傳說故事裡，只是「預知」能力的形象表現，已有相當程度的神化塑造。

此外，〔南宋〕《錦繡萬花谷》（註三十）中所載〈金容坊〉則云：

西金容坊有石二株，舊曰石弦，前秦遺址。諸葛孔明掘之，有篆字曰：「蠶叢啓國之碑」。以二石柱橫埋，中連以鐵，一南一北，無所偏倚。有五字：「濁歜燭觸斶」，時人莫曉。後范長生議曰：「亥子歲，濁字可記，主水災；寅卯歲，歜字可記，主饑饉；己午歲，燭字可記，主火災；辰戌丑未歲，觸字可記，主兵災；申酉歲，斶字可記，主豐稔。」後以年事推之，悉皆符驗。（註三一）

同樣地，也是透過諸葛亮所掘得的石弦（石柱）傳說故事，來塑造其具有先見預知與靈驗的智慧形象。

四　結語

綜上所述，可知宋元時期的諸葛亮故事，雖然已經發展有完整系統化的長套故事，不過，這些完整長套的諸葛亮生平事蹟故事，則大多爲當時新興的雜劇與說話等藝術體類所汲取與表現，民間只剩下少量的遺事與逸聞傳說，以及轉趨活絡的遺蹟類地方風物傳說，仍然延續著前期的造型趨勢，以零星片段的口傳形式面貌，散見於各種野史雜記中與方志或地理書中。

茲觀其故事情節都極爲簡單，甚至連情節的描寫都還談不上，藝術性自然地也就非常匱乏，大多只是藉由神化的造型手段，附會林林總總的奇異現象，來從事人物形象的點綴裝飾。縱然如此，這一情形卻也反映出民間對於諸葛亮「智慧」面相的廣泛興趣，且直接影響到了明清時期的傳說創作，使之並不會因爲《三國演義》藝術形象典型的出現，即弱化其神奇性的形象造型色彩，而結束「生產階段」，邁入了「傳播階段」，徒淪爲《演義》小說的翻版流傳而已；反能持續朝著民間情趣的路線，不斷地緣飾、附會與繁衍，生產出更多豐富可觀、零星片段的新傳說。（註三二）而這些傳說所熱衷從事的諸葛亮造型，無疑地，主要還是偏向於其「智慧」化身所散發出迷人的神奇色彩。

歷代有關諸葛亮民間傳說的故事，在「賢相、名士、智將、英靈將、臥龍仙、道士、神明」等等，極爲「多變的」藝術形象中，除特別突顯出諸葛亮「超人」的「才智謀略」與「神威力量」，以充分表現各個不同階層的人民對其相同的評價觀感外；更也利用這些形形色色的風物影跡，來傳達各時、地、階層的人民身歷其境，蒙受感召，心生崇敬與讚佩的信仰情思，以尋求人民精神心靈的寄托與慰藉，從而造成一種特殊的「崇智」文化現象，使得諸葛亮的傳說形象益發活樣鮮明。而這透過本文對於宋元時期傳說中諸葛亮形象的概括，我們多少都能夠印證得到。

其此種特點，與「歷史」、「詩歌」、「小說」、「戲曲」等的諸葛亮藝術形象都不相同，因爲其完全突破了「史官」、「詩人」、「小說家」、「劇作家」等的造型規範，直接訴諸於民間百姓「主觀情感」的需要，根本無視於「史書的定論」與「藝術的講究」，而從事即興附會的故事創造，所以，當中充滿著民間豐富的想像力，並帶有濃厚的浪漫主義色彩。

如此的演變與發展情形，自是傳說「變異性」（註三三）特質所發揮的功效，能藉由民間「集體性」（註三四）豐富的想像力，生生不息地創造出屬於廣大群眾所喜聞樂見的諸葛亮故事，以彰揚其藝術形象內具的獨特思想蘊義，而堪值我們投以關注與探討；且其影響力當歷久彌新，對於現、當代民間流傳的諸葛亮傳說故事研究，也具有相當大的啓示作用。

參考文獻

〔西晉〕陳壽　《三國志》　臺北市　宏業書局　一九九三年

〔西晉〕張華　《博物志》　臺北市　臺灣中華書局　一九七八年

〔南朝宋〕劉敬叔　《異苑》　臺北市　藝文印書館　一九六五年

〔北宋〕田況　《儒林公議》　北京市　中華書局　一九八五年

〔北宋〕宋祁　《新唐書》　臺北市　臺灣中華書局　一九六六年

（南宋）程大昌　《演繁露正續外三種》　臺北市　新文豐出版社　一九八四年
（明）諸葛羲、諸葛倬　《諸葛孔明全集》　北京市　中國書店　一九九六年
（清）張澍　《諸葛亮集》　北京市　中華書局　一九七四年
王瑞功　《諸葛亮研究集成》　濟南市　齊魯書社　一九九七年
張谷良　《諸葛亮民間造型之研究》　花蓮　國立東華大學中國語文學系　二〇〇六年
陳翔華　《諸葛亮形象史研究》　杭州市　浙江古籍出版社　一九九〇年
譚達先　《中國民間文學概論》　臺北市　貫雅文化　一九九二年。

注釋

編按　張谷良　臺北商業技術學院通識教育中心助理教授。

註一　（明）諸葛羲、諸葛倬：《諸葛孔明全集》（北京市：中國書店，一九九六年）。

註二　（清）張澍：《諸葛亮集》（北京市：中華書局，一九七四年）。

註三　王瑞功主編：《諸葛亮研究集成》（濟南市：齊魯書社，一九九七年）。

註四　（明）諸葛羲、諸葛倬：《諸葛孔明全集》所輯二〇四則，尚未計入一〇四七則中，故僅只有八四三則。

註五　參見拙著：《諸葛亮民間造型之研究》〔附錄三〕（花蓮：國立東華大學中國語文學系，二

〇〇六年），頁四三三—五二二。

註　六　這些數以百千計算的故事，雖然多有重複累計的地方，但卻也不可不謂數量極爲可觀，且都是民間以傳說的方式，集體塑造諸葛亮藝術形象的證明。

註　七　同前註五，頁一二五—一三五。

註　八　杜寶《大業拾遺錄》：「煬帝……以三月上巳日會群臣於曲水，以觀水飾。有……《曹瞞浴譙水擊水蛟》、《劉備乘馬渡檀溪》……皆木刻爲之。」

註　九　有關唐代諸葛亮傳說故事的歧見與傳播等問題，可詳參陳翔華：《諸葛亮形象史研究》（杭州市：浙江古籍出版社，一九九〇年），頁七五—八二。

註　十　同前註，頁一八七—二四七。

註十一　引文轉見王瑞功主編：《諸葛亮研究集成》，頁一六八〇。另轉見〔清〕張澍：《諸葛亮集》，頁二〇七。

註十二　見陳壽：《三國志》（臺北市：宏業書局，一九九三年），卷三五，頁九一九。

註十三　見《新唐書》，四部備要史部，（臺北市：臺灣中華書局，一九六六年），頁一。

註十四　同前註。

註十五　引文轉見王瑞功主編：《諸葛亮研究集成》，頁一六八一—一六八二。

註十六　見《演繁露正續外三種》（臺北市：新文豐出版公司，一九八四年），頁三六五—三六七。

註十七　引文轉見王瑞功主編：《諸葛亮研究集成》，頁一六八一。

註十八　引文轉見〔清〕張澍：《諸葛亮集》，頁一六〇。同書中另有引文，則云：「出少城西北爲朝眞觀。觀中左列有聖母仙師乘煙葛女之祠，是侯故宅也。故老相傳，侯有女於宅中乘雲輕舉。唐天寶元年，章公始更祠爲觀，奏名乘煙。」，頁二二三。

註十九　同前註，頁一六〇。

註二十　同前註，頁二〇一。另據王瑞功指出：在〔清〕柏香書屋刊本之褚人獲《堅瓠集．樂集》卷二中，亦有一則與此相似之文載記，該文云：「武侯居隆中，客至，命妻黃氏具麵。頃之，麵至。武侯怪其速。後潛窺之，見數木人斫麥運磨。拜求其數，變其制爲木牛流馬。」而《四庫全書》本之《桂海虞衡志》中，則未見有張氏引文。見王氏：《諸葛亮研究集成》，頁一六八八。

註二一　同前註，頁二三六。唯歐陽忞所編撰者乃爲《輿地廣記》，並非《輿地志》；《輿地志》爲〔南朝陳〕顧野王（五一九－五八一）所撰。此似爲張氏之誤。

註二二　同前註，頁二二三。

註二三　同前註，頁二二四。

註二四　〔西晉〕張華（二三二－三〇〇）《博物志》卷九載云：「臨邛火井一所，從廣五尺，深二三丈。井在縣南百里。昔時人以竹木投以取火，諸葛丞相往視之，後火轉盛熱，以盆蓋井上，煮鹽得鹽，入以家火即滅，訖今不復然也。」已有類似的傳說故事；而〔南朝宋〕劉敬叔（約西元三九〇－四七〇年）《異苑》所載〈諸葛亮瞰火井〉中，則更在其內容基礎上，進一步地將諸葛亮的傳說與陰陽五行的觀念，給連繫起來看待，敷衍出了諸葛亮瞰井，火能轉盛的說法，而云：「臨邛有火井，漢室之隆，則炎赫彌熾，暨桓、靈之際，火勢漸微，諸葛亮一瞰而更盛。至景耀元年，人以燭投即滅，其年，蜀并於魏。」

註二五　引文轉見〔清〕張澍：《諸葛亮集》，頁二二七。

註二六　《論語・述而第七》之五：「子曰：『甚矣，吾衰也！久矣，吾不復夢見周公。』」

註二七　引文轉見〔清〕張澍：《諸葛亮集》，頁二四二。

註二八　同前註，頁二四一。

註二九　同前註，頁二四四。

註三十　《錦繡萬花谷》，爲南宋淳熙十五年（一一八八）所刊刻發行的大型類書，也是現存全世界部頭最大的宋版書。

註三一　引文轉見〔清〕張澍：《諸葛亮集》，頁二三二。

註三二　到了元末明初時，諸葛亮成熟的藝術形象典型雖已被羅貫中《三國演義》給塑造出來，進而影響其他藝術體類的造型活動，如：詩歌、小說、戲曲等。倘按理推測，民間傳說中的諸葛亮故事，應該可能不免都會受其影響，而由生產階段邁入傳播階段，以致明清時期的諸葛亮傳說形象，恐會淪爲《三國演義》小說的翻版流傳而已。不過，其情形卻未必如此，因爲實際上明清時期的諸葛亮傳說故事，仍然處於生產階段，不唯在遺事與逸聞類的傳說故事創作，有媲美六朝隋唐時期的表現；在遺蹟類的地方風物傳說創作，更是繼宋元時期的表現，而有更加豐富可觀的創作量。詳同前註五，頁一五〇－一六〇。

註三三　譚達先云：「變異性，也稱爲『變動性』或『原文不穩固性』。它是伴隨著民間文學的集體性、口頭性和流傳性而來的一個比較次要的特徵。它指的是民間文學在流傳過程中，由於沒有用文字形式固定下來，就往往產生同一母題的『異文』。歌謠、故事、諺語、謎語、民間曲藝、民間小戲等等，不管是什麼藝術形式，只要在勞動群眾中一流傳，就會產生變異，從語言、表現手法、人物形象，有時甚至包括主題在內，都會發生變化。」詳見氏著《中國民間文學概論》（臺北市：貫雅文化，一九九二年），頁三八。

註三四　譚達先云：「民間文學的集體性，就是指它是由勞動人民集體創作、集體流傳、集體享有，為廣大人民集體服務。」同前註，頁二九。

閩南歌仔改編話本〈杜十娘〉現象之探討

曾子良

摘要

閩南說唱歌仔中的「杜十娘歌」，故事改編自明代馮夢龍的擬話本《警世通言》第三十二卷「杜十娘怒沈百寶箱」。閩南說唱歌仔「杜十娘歌」目前坊間有三種版本：一爲廈門文德堂的「最新杜十娘百寶箱全歌」，二爲廈門會文堂的「繪圖杜十娘怒沈百寶箱」，三爲上海開文書局的「杜十娘怒沈百寶箱」。會文堂本「繪圖杜十娘怒沈百寶箱」有二頁錯置，文字與文德堂本略有差異；開文書局本文字與會文堂本同，但缺少三十葩；至於情節，三本大致相同。

本文擬就三種閩南歌仔冊〈杜十娘歌〉與馮夢龍〈杜十娘怒沈百寶箱〉做一比較，探討說唱藝人改編擬話本的一些現象。

關鍵詞

馮夢龍、警世通言、杜十娘、歌仔冊、話本

一　前言

歌仔冊，又叫「歌仔簿」，是「歌仔」的說唱底本。所謂「歌仔」，是指流傳閩南一帶，特別是臺灣地區既說且唱，用以敷唱故事的一種文體；它與彈詞、鼓詞相似，都是上承敦煌變文，下繼宋、元講唱文學，屬於說唱文學的一支。（註一）

歌仔冊的內容包羅萬象，筆者根據各家說法，將之分為十類：（一）改編臺灣歷史與民間故事類，（二）改編中國歷史與民間故事類，（三）改編各種小說、戲曲類，（四）改編當時該地社會新聞類，（五）勸善教化類，（六）移風易俗、禁戒菸賭嫖類，（七）敘情歌類，（八）趣味歌類，（九）事物歌類，（十）其他。（註二）這些作品，不論是改編自史事、傳說，或中國傳統小說、戲曲，隨著社會改變，在敷唱主旨、表現手法上各有不同。本文擬以早期閩南歌仔〈杜十娘歌〉與馮夢龍《警世通言》中的〈杜十娘怒沉百寶箱〉做比較，探討它改編時的一些現象。

二　閩南語說唱歌仔冊「杜十娘歌」之版本

以「杜十娘」為題材改編的閩南語說唱歌仔冊，目前所見有下列三種版本：

（一）廈門文德堂本：石印，封面繪圖，標題〈杜十娘〉，內頁標題〈最新杜十娘百寶箱歌〉，十葉，葉二六行。（註三）

（二）廈門會文堂本：封面繪圖，標題〈繪圖杜十娘怒沉百寶箱〉，內頁標題〈最新杜十娘百寶箱全歌〉：九葉，葉三十行。（註四）

（三）上海開文書局本：鉛印，封面繪圖，標題〈杜十娘怒沉百寶箱〉，內頁標題〈最新杜十娘百寶箱全歌〉，分上、下冊；上冊八葉，葉一五行；下冊七葉又八行。（註五）

以上三種版本內容大致相同，但細加比較，可得而言者有四：

（一）就文本比較，廈門文德堂石印本最完整，計二五八葩，一千零三十六句七千兩百五十二字。開文本（鉛印）分上下冊，上冊一一八葩，下冊一一一葩，計二二九葩；與文德堂本相較，上下冊間缺三十葩（一一九「只要三百聘金錢，婊頭限我十日期；求兄借我銀提去，至死不敢忘恩義」至一四八「咱今相量定計來，決將主意來安排；未舍我君情意好，未舍我君好人才」）。會文堂本雖無缺漏，但「一八〇李甲探頭看一見，孫富笑笑假好意，……至二〇九……思卜〇你返家庭，但驚阮爹大迎神。」與「二一〇許時父子絕恩情，全家受氣莫時停……；至二三九……阮身不是無情義，無彩你心用心機」明顯錯置。（註六）

（二）就用字比較，由於版式不同，三本各有出入。大體言之，開文本與會文堂本用字相同，唯會文堂本常用俗字，如：開文本「聽」、「廳」、「個」、「驚」、「無」、「雙」、「機」、「畫」……，會文堂本作「听」、「厛」、「个」、「惊」、「无」、「双」、「机」、「画」。……

（三）開文本用字以正體字爲多，且較固定，但文德本與會文本則較自由，如開文本「爾」字，文德堂本或作「你」，如「一三六十娘爲你出門行」、「一五七阮今代你來設法」、「一六〇成就你我兮親誼」、「一九一未知你心乜主意」……；或作「尔」，如「一二一三百銀子就嫁尔」、「一二二因爲看兄尔無錢」、「一九六代尔思來一計智」……。會文堂本亦復如是，如「一五風流是尔本生成」、「一二〇尔眞忠厚共呆癡」、「一二一三百銀子就嫁尔」作「尔」；而「一三六十娘爲你出門行」、「一六三卜嫁你就嫁乞伊」、「一八四共你叫做是什麼」、「二〇七自從共你交陪起」則又做「你」；甚至一句有兩種字體出現，如「一九八尔爹爲你銀開了」，同時出現「尔」與「你」。可見歌仔冊用字之自由，沒有一定的規律。

（四）文德堂「七一婊頭日日提無錢」、「七四婊頭掠話就應伊」、「八一婊頭心內有主意」，開文堂與會文堂本或作「表頭」，如「七一表頭日日提無錢」；或作「烏龜」（註七），如「八一烏龜心內有主意」；或作「媽媽」，如「八七媽媽掠話就應伊」；名詞雖異，意思則同，但會文堂與開文本用詞較多元且豐富。

至於出版年月，三版本皆未註明，羅時芳說：

筆者僅知本市最早刊印歌仔冊的是文德堂，繼之有會文堂。光緒年間（一九〇八年）開業的有博文齋書局，地址在二十四崎腳，店東林進財（又名國香），少店東林文宣童年時期常在店中。據林文宣先生回憶，會文堂和博文齋的歌仔冊起先都是木刻版本，早期博文齋還會向會文堂購取版本來印售。除在本店出售，還批發給閩南各地的書局及小攤販……由於歌仔盛行，博文齋的歌冊銷售量日益增加，以後到上海用石印，最後曾用鉛印。（註八）

根據上述三種版本的比較，可知廈門文德堂本最是完整（本論文與話本對照時即以此爲準），會文堂本頁碼錯置，開文本漏掉三〇葩；故合理的推測是文德堂本出版最早，大約在光緒三十四年（一九〇八）前，會文堂本稍後，最後再傳到上海，由開文書局鉛印出版；與羅時芳的說法頗爲吻合。

三　話本〈杜十娘怒沉百寶箱〉內容大要

〈杜十娘怒沉百寶箱〉出自明代馮夢龍《警世通言》第三十二卷，應屬作者改編舊有話本與創作擬話本的集合體。因此，在結構體制上它繼承了宋元話本的歷史傳統，保存了「入話」、「正文」與「結尾」的特色。

所謂「入話」，是指講述正式故事之前，用以烘托主題的一段話。「正文」則兼採散文與韻文兩種體制；散文敘述事件的發展，韻文用以細膩地描述一些動人場面或心理狀態。至於「結尾」，則多用短語或詩句以總結全文，並彰顯主題，提出勸戒。其內容大要如下：

明萬曆年間，浙江紹興府李布政長子李甲，托朝廷新開「納粟入監」之賜，上京坐監，與同鄉柳遇春監生共遊教坊，遇名姬杜媺，亦即杜十娘。十娘貌美，十三歲淪落風塵後，所遇之公子王孫，無不情迷意亂，破家蕩產而不惜，李甲亦不例外。十娘見鴇兒貪財無義，李甲忠厚，本有從良之志。然李甲懼怕老爺，不敢答應；其父雖屢次召喚，亦不捨分離。兩下情好愈密，朝歡暮樂，終日相守。不覺一年過去，李甲囊篋漸空，鴇兒乃叱令十娘打發公子；十娘不從，與鴇兒約定，十日內公子籌銀三百兩爲其贖身。

公子出了院門，向諸親友借貸。親友以其迷戀煙花，不從父命，又恐盤纏到手，再度淪爲脂粉錢，無人理會。李甲走投無路，只好投奔柳遇春，並告知籌銀贖十娘事。柳遇春再三告誡，勸其勿中煙花逐客計謀。十娘見公子離院六日，音訊全無，心裡著急，教小廝四兒上街尋找。李甲自覺無顏，本欲推拖，卻心念十娘，最後從四兒回院。

十娘見公子默默無言，問起籌款時，竟至落淚，乃留宿之。夜半時分，十娘出示絮褥內所藏碎銀一百五十兩，欲公子設法於四日內補足三百兩，好爲自己贖身，萬勿遲誤。李甲將此事告知柳遇春，遇春大驚，始知十娘出於眞心，遂助李甲貸得不足之一百五十兩。

十日一到，鴇兒前來問訊，見十娘桌上三百銀兩，嘿然變色，心有悔意；但無可奈何，怒將公子與十娘一併推出房門。

十娘與院中諸姐妹話別，與十娘交情深厚的謝月朗與徐素素更將平日所藏翠鈿、金釧、瑤簪、寶珥、錦鈿、花裙、鸞帶與繡履等將十娘裝扮得煥然一新，並備酒慶賀。十娘亦向眾姐妹一一道謝。是晚，十娘與李甲談論爾後安身之處？李甲心無定見，十娘勸以暫居蘇杭，俟李甲返家調和，求得父親諒解後再攜十娘返家。

次日，李甲與十娘暫住柳遇春家整頓行裝。十娘見柳遇春，感其週全之德，倒身下拜，並言他日必當重報。之後，拜別謝月朗與徐素素，眾姐妹皆來送行，並合贈一描金奩具後，各各垂淚而別。

李甲與十娘欲往瓜州，李甲身無盤纏，幸十娘已做準備。來到瓜州，大船停泊岸口，李甲僱民船安放行李。是日，月明如水，公子攜酒具於船首，與十娘鋪氈並坐，酒酣，十娘應李甲之請，歌「小桃紅」一曲。歌聲嘹亮，有如鳳吟鸞吹，美妙至極，適爲隔舟巨富孫富聽見。孫富生性風流，覬覦十娘姿色，乃千方百計謀與李甲交好。言談之間，李甲果然將如何遇見十娘？如何爲其贖身？以及目前困境，全部告訴孫富。孫富爲達目的，多方挑撥，謂煙花水性，情假多變，若因妓棄家，必非上策。孫富見李甲狐疑，將計就計，謂願以千金換取十娘，助李甲持金返家，取信其父，俾轉禍爲福。李甲懼父，但思歸家之難，無視十娘昔日恩情，竟信以爲眞。

十娘得知李甲之意，心灰意冷，但問千金何在？囑咐須等銀兩兌現，妾始過舟！並言：明早快快應承，以免錯失良機！於是早起梳粧，脂粉香澤，花鈿繡襖，極盡華艷。

孫富見計謀得逞，差家童將白銀一千兩送到公子船中，並要求十娘以粧臺爲信。十娘見銀兩俱足，要孫富暫還粧臺。十娘將那粧臺中描金文具開鎖，只見翠羽明璫、瑤簪寶珥，約值數百金，遽投江中。眾人見之無不驚詫！十娘又命公子再抽一箱，乃玉簪金管；又抽一箱，盡古玉紫金玩器，約值數千金，皆爲自己過去私攢之物，盡投之於江。並罵孫富「以奸淫之意，巧爲讒說，一旦破人姻緣，斷人恩愛，乃我之仇人。我死而有知，必當訴之神明」。又罵李甲惑於讒言，中道見棄，辜負她一片眞心！言畢抱持寶匣，投江自盡。

之後，李甲在舟中，看了千金，轉憶十娘，終日愧悔，鬱成狂疾，終身不癒。孫富自那日受驚，得病臥床月餘，終日見十娘在旁詬罵，奄奄而逝。而柳遇春坐監完滿，返鄉途中，於瓜州撈獲一小匣，內藏明珠異寶等無價之珍；是夜夢見十娘，訴以李郎薄倖之事，並謝當時以一百五十金相助之恩。

篇末，以後人之評論做結，謂「孫富謀奪美色，輕擲千金，固非良士。李甲不識杜十娘一片苦心，碌碌蠢才，無足道者。獨謂十娘千古女俠，豈不能覓一佳侶，共跨秦樓之鳳；乃錯認李公子，明珠美玉，投於盲人，以致恩變爲仇，萬種恩情，化爲流水，深可惜也！」

四　歌仔改編話本〈杜十娘〉現象之探討

依照耐得翁《都城紀勝》的分類，〈杜十娘怒沉百寶箱〉這一擬話本可以歸到南宋說話四家中「小說」的「煙粉」類，也就是煙花女子的故事，這個故事以悲劇收場，勸戒的意味濃厚。綜觀整篇話本，藝術性頗高，如在鋪敘情節上，作者運用了許多小道具，如翠鈿、金釧、瑤簪、寶珥……等，以及最珍貴的「描金文具」（即十娘抱以投江的寶匣），以展現主題，推動情節；而在人物刻畫上，作者也特別設計了諸多場面（如姊妹送行、夫妻船上飲酒賞月，以及痛斥孫富與李甲……等），將三位主角放在掙扎的漩渦中，其目的無非是要凸顯李甲的懦弱卑怯、孫富的居心陰險，以及杜十娘的剛烈性格。在人物塑造上，不愧是上乘之作。

至於歌仔冊改編時，故事情節雖然沿襲話本，但重心已有不同，如歌仔偏重十娘房中的擺設，以及公子與十娘宴飲用飯的用具、菜餚之珍奇。至於敘述之繁省，洪淑苓教授對歌仔〈杜十娘歌〉改編話本亦有所比較。洪淑苓說：

歌仔冊在杜十娘這個故事的敘述上，若和話本比較，有較爲詳盡，也有較爲簡略之處。

較爲詳者，例如一開始，李甲偕柳遇春尋花問柳，話本所述較簡單，一開始只是一筆帶出「同鄉柳遇春監生」。但在歌仔冊中，柳遇春被十娘稱爲「柳老爹」，代表他是比較年長的身分，因此他帶領李甲到勾欄院見識一下，卻不希望李甲沉迷酒色；當十娘盛宴款待，柳遇春也是淺嘗即止，並力勸李甲到此爲止，應該離席。但李甲爲美色所迷，當夜留宿勾欄，也就陷入花叢，無法自拔了。歌仔冊在這裡也詳述宴席的盛況；又當夜李甲與十娘共渡春宵的情景，話本只以「一雙兩好，情投意合」、「情好愈密，朝歡暮樂，終日相守」等幾句形容；倒是對於十娘的姿色，以「渾身豔雅，遍體嬌香……」等麗詞來形容。而歌仔冊著重的是十娘房間內的擺設，還把兩人對坐相會比喻爲山伯與英臺，又描繪兩人歡好的情景。（註九）

洪教授又說：

歌仔冊也有簡省之處，譬如十娘對老鴇表明有意贖身，除了幫助李甲籌到一百五十兩，話本又有十娘給李甲二十兩，以便他做爲路費的安排，情結可說相當合情入理，但歌仔冊在此就忽略了。（註十）……不過，杜十娘歌仔冊仍有其優點，它也運用了對話來凸顯人物的個性。其對話之口白，頗能顯現文句流暢的氣勢，讀來也有痛快淋漓之感。

洪教授就文字敘述所做之比較，頗爲中肯。本文在洪教授的基礎上，提出下列看法：

（一）歌仔〈杜十娘歌〉依話本故事改編，少有人傳唱，情節變化不多

馮夢龍的〈杜十娘怒沉百寶箱〉編入《警世通言》問世後，由於情節感人，後世的各種文體紛紛擷取，見於新文豐公司《俗文學叢刊》的除了廈門會文堂印行的「閩南歌仔」〈杜十娘歌〉，尚有福州益聞書局的「福州平話」《杜十娘怒沉八寶箱》、廣州以文堂機器板的「龍舟歌」〈杜十娘沉八寶箱〉、廣州市以文堂的「粵戲」〈杜十娘沉八寶箱〉、子弟書〈百寶箱〉、……等。這些作品，若與話本原著相較，內容情節有何不同？

以歌仔冊〈杜十娘歌〉爲例，敘述雖有詳略，情節大致相同。其不同者爲：

1. 話本謂杜十娘本名「杜媺」，歌仔無。
2. 話本無柳遇春在勾欄勸李甲勿與十娘糾纏情節，歌仔有。
3. 杜十娘在李甲出院借貸久而未歸時，心裡著急，話本叫「小廝四兒」上街尋找，歌仔則爲「當差王阿油」。
4. 話本有十娘向姐妹借銀二十兩，以備路費情節，歌仔無。
5. 話本謂杜十娘在瓜州民船上所唱之曲爲「小桃紅」，歌仔無。
6. 話本謂十娘聽到李甲欲將自己以一千銀兩賣給孫富時，故做冷笑，佯裝順從；歌仔則謂

又常見十娘咒罵，結果七日未食而餓死。

7.話本謂十娘投江自盡後，李甲鬱成狂疾，終身不癒；孫富受到驚嚇，臥病月餘，終日見十娘在旁咒罵，奄奄而逝；歌仔則謂李甲發瘋，折磨十年致死；孫富亦得怪病，全身浮腫，又常見十娘咒罵，結果七日未食而餓死。

同樣是以話本杜十娘故事改編的福州平話〈杜十娘怒沉八寶箱〉，故事架構雖然相同，但內容已有進一步之發展，如：

1.謂杜微之父名換，母何氏，夫妻恩愛，生有十胎男女，皆不長成，唯尾生一女保養成人，故人稱「十娘」。十娘父親中年棄世，遇年荒，母又餓死，十娘乃手執草標賣身葬母，爲長春館老媽所買。

2.謂李甲父名廣，官拜雲南布政使。

3.李甲爲十娘贖身後，病於舟中，幸有太白金星賜靈丹救治。

4.十娘在民船上所唱之曲爲「思凡」，名「劈破玉小尼僧相思」；又取簫吹「哭皇天」。

5.十娘沉江前大罵孫富黑心賊，謂死後必做厲鬼，追其靈魂；之後，孫富果然驚嚇落水而死。又李甲返家後雖瞞其父於一時，但終日「精神恍惚發癲狂」。一日，十娘之魂附李甲體，道出眞相。李妻張氏乃供十娘靈牌於房中，疾雖稍癒，但年三十而亡。

從歌仔〈杜十娘歌〉的內容與話本原著，以及當時閩北福州流行的福州平話〈杜十娘怒沉八寶箱〉比較，筆者懷疑〈杜十娘歌〉這本歌冊並未大量流傳，可能少有人說唱，只是供閱讀而已。(註十一)否則，一但經人傳唱，必會添油加醋，內容會更加豐富，篇幅也會加長，就如周協隆出版的《梁山伯與祝英臺》，在梁松林手裡，竟然增長到五十五集的「洋洋巨著」；梁山伯不但化蝶，後來還陽結婚，北征匈奴，成了攻無不克，文武雙全的英雄人物。

（二）歌仔改編時對部分情節刻意渲染，並加入閩南民歌小調

歌仔〈杜十娘歌〉的編者在話本〈杜十娘怒沉百寶箱〉原有的情節中刻意渲染，以吸引讀者；並加入當時民間流傳的歌謠小調，以加強其效果。如話本在形容杜十娘的美貌時，以小說慣有的特寫技巧加以凸顯：

渾身雅豔，遍體嬌香。兩彎眉畫遠山青，一對眼明秋水潤。臉如蓮萼，分明卓氏文君；唇似櫻桃，何減白家樊素。可憐一片無瑕玉，誤落風塵花柳中。

謂公子與十娘情投意合，話本只說：

卻說李公子風流少年，未逢美色。自遇了杜十娘，喜出望外，把花柳情懷，一檐兒挑在他身上。那公子俊俏龐兒，溫存性兒，又是撒漫的手兒，幫襯的勤兒，與十娘一雙兩好，情投意合。

歌仔則極盡鋪陳，安排女婢捧茶、備辦酒筵、再三勸酒，並刻意形容十娘房間之雅緻，以及二人坐在床邊，以至於上床前的舉動，無不細細描述：

十娘聽話笑微微　客官不通障客氣　阮是野花共敗柳　蒙伓意愛來到只
就叫捧茶來請伊　吩咐點心排兩邊　備辦酒筵不停時　請卜食酒喜微微
酒筵辦了多齊備　女婢上前排桌椅　排了四盤瓜子碟　排了酒盞共牙箸
燕窩鴿蛋共大蘇　大碗小碗十外味　本身勸酒眞好意　勸伓客官莫細字
一杯勸君作一氣　莫嫌粗菜來騙嘴　二杯勸君飲成雙　薄薄水酒飲未醉
李甲本是風流鬼　又見十娘生做水　一身幼軟盡是巧　杯杯到嘴食乾乾
食著心頭已半醉　大杯小杯作一嘴　愈見十娘愈當意　神魂呼伊搶過去
遇春心內有主張　就共李甲來商量　現在更鼓卜二更　趕緊返去莫交纏
李甲聽見笑微微　隨時掠話就應伊　兄卜返去先返去　阮卜等待天光時

遇春聽見暗笑伊　色中餓鬼李兄弟　看見查某殺不離　親像金蠅占臭味
一時起身卜相辭　更樓鼓打卜二更　菜今食飽酒食醉　趕緊點火卜返去
十娘就叫柳老爹　請坐連連叫幾聲　招呼未到不通怪　明日有閒再來行
十娘送客返廳內　就說乎恁來等你　咱今再食几杯酒　不通細利假癡呆
李甲聽見笑微微　就共十娘說透機　酒今食醉卜食飯　再食會吐見笑死
就叫女婢捧飯來　四碟小菜兩邊排　二人對坐來食飯　親像山伯對英臺
飯今食了又食菜　十娘請君房內坐　二人相牽入房去　女婢捧茶隨後邊
李甲入來看一見　房內整齊無人比　窗前排落書案桌　旁邊一排宣芝椅
古董字畫排兩邊　文房四寶都齊備　宣芝眠床石柳楣　彫刻人物甚爽利
錦被繡枕緞帳楣　畫成董永皇都市　並無燒落香柴味　因何房內香記記
李甲坐落眠床邊　十娘捧茶來請伊　順手便將房門掩　醉眼看伊笑微微
自思墜落孽花門　陣陣公子共王孫　經過不止幾千百　未曾比得只郎君
李甲一時心無主　神魂不知在乜處　思卜共娘來講話　未知卜講乜一句
十娘起身近鏡臺　頭上拔落一金釵　耳鉤針仔盡脫落　坐在床邊換繡鞋
李甲坐近娘身邊　手牽娘手不放離　伸手就共娘來摸　一身皮肉幼麵麵
十娘面倚君耳邊　細聲共君說透枝　妾身雖是孽花女　君恁莫學僥倖兒

李甲慾火遍身燒　伸出雙手攬郎腰　咱今上床來去困　困到心頭總會消
十娘邀君入宝内　一對繡枕一頭排　兩邊紋帳放落去　拖開錦被甲身來
十娘伴君笑咳咳　不管燈火疊疊開　二人宝内乜事誌　不免慢思總會知

又十娘得知李公子在外奔走六日，借不到銖兩時，話本只說：

十娘道：「此言休使虔婆知道，郎君今夜且住，妾別有商議。」十娘自備酒肴與公子懽飲。睡至半夜，十娘對公子道：「郎君果不能辦一錢耶？妾終身之事當如何也？」公子只是流涕，不能答一語。漸漸五更天曉。

歌仔編者則加入五更調，變成：

十娘聽見就知機　就共公子說透枝只話未通人知曉　共君定計在今冥
門樓鼓打一更時　十娘辨酒訴知機二人離別五六日　亲像分開有一年
勸君食酒笑微微　莫得苦苦心頭悲有事少停來說起　未通擔誤咱佳期
一更過了是二更　十娘邀君上床去人說久別勝新婚　二人情意妙無比

就把問話撥一邊　且將鴛鴦做一池　恩恩愛愛熱無比　恰好海魚食著餌
二更過了三更來　十娘對君淚哀哀　我君借無只錢財　總著親事未和諧
咱今相量定計來　決將主意來安排　未舍我君情意好　未舍我君好人才
三更過了四更天　李甲想來眞無變　連連走了五六日　親戚朋友亦借遍
看娘情意心無變　不是假話來相騙　思來思去無計智　大氣吐了幾百遍
四更過了是五更　十娘面倚君耳邊　今日已是第六日　四日便是十日期
阮有一百五十銀　包好收在只床邊　尚欠一百五十銀　趕緊設法莫遲延
五更過了天就光　二人落床來梳粧　十娘將銀來提出　交代公子心頭酸
阮今擔當只一半　一半君恁著擔當　趕緊出去有設法　看會回來食下昏

「五更調」是閩南地區民間熟悉的訴情小調，歌仔借用它來敘述，較之話本，自然更容易吸引庶民百姓。

(三)〈杜十娘歌〉編者雖然強調十娘的情義，但不同於一般歌仔仙的「勸善教化」

從話本〈杜十娘怒沉百寶箱〉卷末的評論：

後人評論此事，以爲孫富謀奪美色，輕擲千金，固非良士。李甲不識杜十娘一片苦心，碌碌蠢才，無足道者。獨謂十娘千古女俠，豈不能覓一佳侶，共跨秦樓之鳳；乃錯認李公子，明珠美玉，投於盲人，以致恩變爲仇，萬種恩情，化爲流水，深可惜也！有詩嘆云：不會風流莫妄談，單單情字費人參；若將情字能參透，喚作風流也不慚。

就這一評論可以看出馮夢龍的寫作動機在一「情」字，謂人們未能眞正瞭解「情」，以至於有孫富的奸計，李甲的薄倖；而十娘也誤認李甲，使得明珠美玉，投於盲人，最後恩變爲仇，萬種風情，化爲流水，甚是可惜！

歌仔〈杜十娘歌〉在改編的理念上，雖然強調十娘的情義，如開始時說：「我今唱出一歌詩，正是風流只事誌；人說娼女盡無情，娼女也有好情義。僥心薄倖是男兒，且聽只歌來說起；說起人人都受氣，罵盡僥心無好死。」歌末又重複開場的理念「人說娼女盡無情，娼女也有好情義；僥心薄倖是男兒，只歌唱了人知機」；然而編者所表彰的十娘「情義」，不但與話本的意旨不盡相同；與福州平話「此書名爲薄倖傳，小說怒沉八寶箱，何論眞來何論假，編書原是勸世文」強調因果報應，用以勸世的目的不同；而與一般歌仔仙的「勸善教化」，更是大相逕庭。蓋話本所歌頌的對象是煙花，與一般歌仔視流連煙花爲墮落，每加以批判的傳統不同。

臺灣是個移民的社會，由於明末清初「渡海禁令」的影響（註十一），先民無法攜眷來臺，造成臺灣男多女少，羅漢腳充斥的畸型社會。他們在工作之餘，既無適當的娛樂可供消遣，又無可資鼓勵安慰的親人，孤獨無聊，自然容易誤入歧途；而賭博、煙花、酒、毒正是最易令人沈迷，終至無法自拔的。所以，悲慘者「死無棺木，骨骸暴露」，枉費當初求財求利的初衷，造成人生莫大的悲劇。職是之故，歌仔仙往往以「勸世者」自居，希望給予社會勞苦百姓一些關懷。

歌仔中有一類「勸善教化」作品，就是勸人「從善改惡」、勸人孝順父母、勸人戒賭、戒酒色。歌仔仙不僅藉說唱故事來提醒男士們不可迷戀煙花，以免重蹈周成（註十三）、野村（註十四）的悲慘後果；也勸煙花女及早修善從良，如〈煙花女配夫歌〉（註十五）。因此，像〈杜十娘歌〉這類早期歌仔，也就不太容易在臺灣社會流傳。

五 結語

宋元話本小說是中國說唱文學重要的一部份，明代馮夢龍的《三言》雖然被歸類為「擬話本」，是文人案頭之作，但是仍然保留話本的形式。閩南說唱歌仔興起後，為滿足市場需要自然會向話本借取故事改編，閩南歌仔〈杜十娘歌〉就是在這種情形下出現的（註十六）。綜觀〈杜十娘歌〉的文本，不時出現「乜」、「毛」、「只事」、「細利」、「障年」……等字彙，應該是出自泉州人的作品，所以歌中出現了閩南的歌謠小調——五更調。但何以這本〈杜十娘歌〉未出現在臺灣的出版目錄？也未見臺灣歌仔仙傳唱？筆者以爲這與臺灣移民社會強調的「勸善教化」有關；再說，臺灣歌仔蓬勃發展時（臺灣光復前後），科舉早已廢除（光緒三十一年，西元一九〇五年），沒有「納粟坐監」的陋習。當然，這是從編寫的目的探討，至於相關詞彙的運用，還有研究的空間，這是筆者未來擬持續努力的方向，尚請博雅君子，惠予指正。

目次	歌仔冊	歌仔冊出版所	借取話本之篇名	話本出處
1	〈杜十娘怒沉百寶箱全歌〉	1.廈門文德堂 2.廈門會文堂 3.上海開文書局	杜十娘怒沉百寶箱	《警世通言》三十二卷又《明代話本小說》九
2	〈玉堂春廟會歌〉	1.廈門博文齋本 2.上海開文書局	玉堂春落難逢夫	《警世通言》二十四卷又《明代話本小說》七
3	〈玉堂春三司會審歌〉	1.廈門博文齋本 2.上海開文書局	〃	
4	〈花魁女全歌〉	1.廈門博文齋本 2.廈門會文堂本 3.上海開文書局	賣油郎獨占花魁	《醒世恆言》三卷又《明代話本小說》十

5	〈賣油郎歌〉	1.台北黃塗活版所	〃	
6	〈烏白蛇借傘、放水歌〉	1.廈門會文堂	白娘子永鎮雷峰塔	《醒世恆言》二十八卷又《明代話本小說》八
7	〈（雷峰塔）白蛇西湖遇許仙歌〉	1.新竹竹林書局	〃	

參考文獻

馮夢龍　《警世通言》　臺北市　弘毅文化圖書出版社　一九八〇年

《最新杜十娘百寶箱全歌》　臺北市　新文豐公司影印廈門會文堂刊本　中研院史語所藏　俗文學叢刊三六三冊閩南歌仔　二〇〇四年

曾子良編　《最新杜十娘百寶箱全歌》　臺北市　閩南說唱歌仔（念歌）資料彙篇第十三冊文德堂本，中研院史語所藏　一九九五年

《最新杜十娘百寶箱全歌》　上海市　開文書局刊本閩南歌仔　臺大總圖書館楊雲萍文庫藏　未注明出版年代

《怒沉八寶箱》　臺北市　新文豐公司影印福州益聞書局刊本　中研院史語所藏　俗文學叢刊三七七冊福州平話　二〇〇四年

陳健銘《野臺鑼鼓》　臺北市　稻鄉出版社　一九八九年

洪淑苓〈臺灣歌仔簿中的梁祝故事之研究——以《三伯英臺歌集》爲例〉《二〇〇三年說唱藝術學術研討會論文集》，臺北市　國立臺灣藝術大學　二〇〇三年

洪淑苓〈歌仔冊中的色、戒與消費文化——以《文明勸改歌》、《新編包食穿歌》、《最新修身歌》、《僥倖錢開食了》與《最新探親結緣》爲例〉　《二〇〇九海峽兩岸民俗暨民間文學學術研討會論文選》　臺北市　中國口傳文學學會主編出版　二〇一〇年

洪淑苓〈歌仔冊對話本小說故事的借取與敘述——以杜十娘、玉堂春與花魁女爲例〉，《二〇一二歌仔冊學術研討會論文集》　國立成功大學閩南文化研究中心　二〇一三年

曾子良《臺灣閩南語說唱文學「歌仔」之研究及閩臺歌仔敘錄與存目》　東吳大學博士論文　一九九〇年

曾子良《歌仔四論》增訂本　臺北市　國家出版社　二〇〇九年

郭立誠〈從上海錦章書局的廣告說起〉　《民俗曲藝》　十六期

羅時芳〈近百年廈門「歌仔」的發展情況〉　收入於《閩臺藝術散論》

注釋

編按　曾子良　大同大學通識教育中心教授。

註一　參見郭立誠：〈從上海錦章書局的新書廣告說起〉，《民俗曲藝》十六期。

註二　見曾子良：《臺灣閩南語說唱文學「歌仔」之研究及閩臺歌仔敘錄與存目》（臺北市：東吳大學博士論文，一九九〇年）。

註三　見曾子良編：《閩南語說唱歌仔（唸歌）資料彙編》第十三冊。按：原書存中央研究院史語所圖書館。

註四　見曾子良編：《閩南語說唱歌仔（唸歌）資料彙編》；第十三冊；又新文豐出版公司《俗文學叢刊》三六三冊閩南歌仔。按：原書存中央研究院史語所圖書館。

註五　見楊雲萍先生所藏歌仔冊目錄。原書存臺灣大學圖書館特藏組。

註六　此新文豐公司《俗文學叢刊》已加更正；見三六三冊閩南歌仔，頁五〇一。

註七　烏龜，指妓女戶之老闆，此應爲「娼頭」、「婊頭」或「表頭」。

註八　羅時芳：〈近百年廈門「歌仔」的發展情況〉，收入《閩臺藝術散論》。

註九　見洪淑苓：〈歌仔冊對話本小說故事的借取與敘述——以杜十娘、玉堂春與花魁女故事爲例〉，國立成功大學閩南文化研究中心《二〇一二歌仔冊學術研討會論文集》，頁三〇一三三。

註十　同前註。

註十一　說唱歌仔〈杜十娘歌〉除了廈門文德堂、會文堂與上海開文書局印行，在臺灣未見出版之文本與錄音帶。筆者請教楊秀卿老師，楊秀卿說她本人未唱過此歌，印象中也沒有歌仔仙唱過。

註十二　渡海禁令，由施琅建議頒佈，自康熙二三年至同治一三年（一六八四－一八七四），時嚴格時鬆弛，內容如下：一、欲渡臺灣者，先給地方照單，經分巡臺廈兵備道稽察，依臺灣海防同知審驗批准。潛度者嚴處。二、渡臺者不准攜家帶眷。三、粵地屢爲海盜淵藪，以積習未脫，禁其民渡臺。

註十三　見歌仔冊〈周成過臺灣歌〉，敷唱泉州安溪人周成，來臺經商，在臺北龍山寺旁經營香燭雜貨，稍積財富，旋因迷戀酒女阿麵而床頭金盡，並被老鴇所辱；欲自殺，巧遇陳添，二人同病相憐，乃相邀至家，而陳添之父出資助其經營茶行。周成賺錢後不知悔改，竟迎阿麵爲妾，棄安溪故鄉父母妻子不顧。成妻月裡攜子來臺尋夫，反爲二人所害。月裡冤魂不散，於當年中秋，魂付成身，成將其子托付陳添後，先殺阿麵後自盡。

註十四　見歌仔冊〈基隆七號房慘案〉，敷唱日人野村娶酒女阿雲爲妾，生子，不幸病歿，疑爲千代子（野村妻，終日持齋念佛）咀咒所致，乃合謀殺之，並將屍體切塊，分裝油桶，棄置基隆七號碼頭大海中；後爲官府偵破，皆處以死刑。

註十五　見歌仔冊〈煙花女配夫歌〉，一名「勸世自嘆煙花修善歌」；敷唱養女被養父母賣入妓院，過著不爲人知的痛苦生活；之後遇到一位恩客將她贖身，生活雖然困苦，但夫妻恩愛，過著幸福快樂的生活；楊秀卿與邱鳳英各有錄音帶出版。

註十六　借取話本故事改編的歌仔冊，見頁二九六。

附錄：歌仔冊杜十娘怒沉百寶箱歌對照表

	上海開文書局版	廈門文德堂版	廈門會文堂版	備註
封面首頁	杜十娘怒沉百寶箱（上、下） 最新杜十娘百寶箱全歌（上、下）	杜十娘 最新杜十娘百寶箱全歌	繪圖杜十娘怒沉百寶箱 最新杜十娘百寶箱全歌	
內文1葩	我今唱出一歌詩　正是風流只事誌 人說娼女盡無情　娼女也有好情義			只：tsit4 這
2	僥心薄倖是男兒　且聽只歌來說起 說起人人都受氣　罵盡僥心無好死	聽作聽	聽作聽	
3	浙江紹興人人氏　有一官家人子兒 姓李名甲伊名字　自少讀書通經史			
4	伊爹官拜布政司　少年公子誰人比 聽見聖旨准捐監　就共布布說透枝	聽作聽 「布布」作「布政」	聽作听	「布布」應爲「布政」之誤 捐監：捐粟爲監生 透枝：透徹、清楚
5	予今讀書未成器　考無秀才只二字 予卜來捐一監生　入京一體去考試			卜：beh4/beh4/bueh4 要
6	布政聽見心歡喜　我子眞是有志氣 愛卜捐監來出身　亦是正經兮事誌			
7	李甲聽見心歡喜　走到捐局報名字 捐了一名大學生　比進秀才恰便宜	「心」作「甚」		

8	捐了監生未几時　緊緊收拾只行李 拜別伊爹就起程　進京不敢少延遲	「几」作「幾」，下同		未几時：bēr/bue7/be7-kuí-si5 不久 緊緊：kin2kin2趕快
9	一路行來急似箭　一直就對京城去 早行早宿有几日　受盡艱難萬苦氣			
10	來到京城有主意　尋卜客店安身已 探聽鄉親柳遇春　也是捐監來京里	「里」作「裡」，下同		
11	心內思卜尋柳君　見人便問湧金門 尋到柳君寓所內　遇春一見笑汶汶			湧金門：北京城內地名
12	李甲見著說知機　小弟捐監來京里 尋卜我兄來作伴　相恰寓所妙無比	「機」作「机」； 「恰」作「甲」。	「機」作「机」	
13	遇春聽見甚歡喜　呵老李兄識道理 爾我同是出外人　寓所二人同住起	「呵老」作「呵咾」， 「出外」作「出門」， 「住起」作「𦢊起」		呵老：讚美
14	二人飲酒有几杯　李甲商量卜叫花 只樣鬧熱京城內　豈無一位好花魁	「叫花」作「吽花」		花：煙花女子、娼女
15	遇春哈哈笑李兄　風流是你本生成 愛卜傳桃解心意　弟今共兄一齊行	「你」作「尔」		敕桃，音tshit4tho5遊樂
16	李甲聽見笑微微　風流二字少年時 試問查某在乜處　生成美貌是障年	「美貌」作「面貌」	乜處：mih4tshu3何處	tsiong3ni5怎樣應為泉州腔
17	遇春掠話就應伊　查某就在勾欄院 名叫十娘年十九　面貌生做似西施	「叫」做「吽」，下同		勾欄院：此指娼女營業處

18	二人打辦卜嫖娼　身上脫落舊衣裳 新衫新帽從頭換　裝成十分眞風流			
19	一步行來二步走　二人行到表間口 一對大燈吊兩邊　門前掛落伊名字	「表」作「婊」		
20	遇春上前叫一聲　內面大姐聽分明 十娘現在有治厝　我卜入去說知情			治厝：音ti7tshu3在家 治：漳腔
21	表頭聽見喜微微　隨時來到大門邊 二位公子入內坐　就叫十娘來接伊	「喜」作「笑」		表頭：piau2thau5妓院老闆
22	二人來到客廳中　內面實在好排場 古董字畫看不盡　鋪設恰好大皇宮		「廳」作「所」， 「實」作「寔」	
23	看見十娘眞少年　面貌生成恰好仙 生成風流人人愛　裙下一對小金蓮	「生成」作「骨格」		
24	兩個少年看見伊　三魂七魄飛半天 險叫司工搶精神　搶伊精神來在經	「司」作「西」	「個」作「个」	「在經」應爲「在宮」 在宮tsai7king1回魂之意
25	十娘行到客廳來　越頭看見兩秀才 皆是少年風流客　內中一位好人材	「越頭」作「舉目」		

26	李甲行入客廳中　一陣花粉扑鼻香 十娘一時細聲問　今日送來甚乜風	「李甲」作「笑笑」，「扑」作「撲」，「香」作「者」，「十娘一時」作「是笑不笑」，「乜」作「麼」。		siann2mih4hong1 什麼風，什麼原因
27	吹得恁身來院中　呼院面上恰增光 請問郎君乜名姓　乜省乜府是乜鄉	「呼」作「乎」，「院面」作「阮面」		乜：什麼
28	李甲明明有聽見　一時答應不出去 因爲看見杜十娘　神魂沓杳無時停	「沓杳」作「渺渺」		
29	遇春聽笑見微微　就共娘子說透枝 姓柳遇春親名字　浙江紹興府人氏			
30	只位李甲親名字　共我自少同鄉里 同來京城卜考試　今且閒閒無事誌	「今且閒閒」作「今旦閑閑」		今旦（kim1tuann1）： 現在、今日
31	久仰娘子兮好名　兄弟相招罔來行 望爾莫嫌不當意　就是娘子恁情義	「爾」作「你」，下同	「爾」作「尒」	罔來行： bong2lai5kiann5 罔：姑且
32	十娘聽話笑微微　客官不通障客氣 阮是野花共敗柳　蒙恁意愛來到只			
33	就叫捧茶來請伊　吩咐點心排兩邊 備辦酒筵不停時　請卜食酒喜微微	「備」作「俻」		
34	酒筵辦了多齊備　女婢上前排桌椅 排了四盤瓜子碟　排了酒盞共牙箸	「四」作「邊」		牙箸：ge5ti7 ti7象牙 筷子

35	燕窩鴿蛋共大蘇　大碗小碗十外味 本身勸酒眞好意　勸恁客官莫細字	「細」作「小」		細字：sue3ji7 /li7或做「細利」，細心
36	一杯勸君作一氣　莫嫌粗菜來騙嘴 二杯勸君飲成雙　簿簿水酒飲未醉		「雙」作「双」，下同	
37	李甲本是風流鬼　又見十娘生做水 一身幼軟盡是巧　杯杯到嘴食乾乾	「幼軟盡是巧」作「筋骨盡酥麻」		水：sui2美
38	食著心頭已半醉　大杯小杯作一嘴 愈見十娘愈當意　神魂呼伊搶過去	「當」作「甲」		
39	遇春心內有主張　就共李甲來商量 現在更鼓卜二更　趕緊返去莫交纏	「趕」作「赶」，下同		
40	李甲聽見笑微微　隨時掠話就應伊 兄卜返去先返去　阮卜等待天光時	「掠」作「力」		
41	遇春聽見暗笑伊　色中餓鬼李兄弟 看見查某殺不離　親像金蠅占臭味	「離」作「离」；「親」作「0」，下同。		殺不離：suah4m7li7竟然離不開
42	一時起身卜相辭　更樓鼓打卜二更 菜今食飽酒食醉　趕緊點火卜返去		「點」作「䔶」	
43	十娘就叫柳老爹　請坐連連叫幾聲 招呼未到不通怪　明日有閒再來行	「閒」作「閑」		
44	十娘送客返廳內　就說乎恁來等你 咱今再食几杯酒　不通細利假癡呆	「你」作「待」，「不」作「莫」	「癡」作「痴」	細利sue3li7：客氣 利：泉州音定腔字

45	李甲聽見笑微微　就共十娘說透機 酒今食醉卜食飯　再食會吐見笑死	「再」作「0」	「機」作「机」	
46	就叫女婢捧飯來　四碟小菜兩邊排 二人對坐來食飯　親像山伯對英台			
47	飯今食了又食菜　十娘請君房內坐 二人相牽入房去　女婢捧茶隨後邊	「邊」作「跟」		
48	李甲入來看一見　房內整齊無人比 窗前排落書案桌　旁邊一排宣芝椅	「整齊」作「齊整」，「桌」作「棹」	「整齊」作「齊整」，「窗」作「窓」	宣芝：suan1tsi珍貴木材
49	古董字畫排兩邊　文房四寶都齊備 宣芝眠床石柳楣　彫刻人物甚爽利	「備」作「俻」，下同。	「畫」作「画」，下同。	爽利：song2li7爽快：干脆、利落
50	錦被繡枕緞帳楣　畫成董永皇都市 並無燒落香柴味　因何房內香記記			香記記：phang1ki3ki3形容很香
51	李甲坐落眠床邊　十娘捧茶來請伊 順手便將房門掩　醉眼看伊笑微微			
52	自思墜落孽花門　陣陣公子共王孫 經過不止幾千百　未曾比得只郎君			
53	李甲一時心無主　神魂不知在乜處 思卜共娘來講話　未知卜講乜一句			
54	十娘起身近鏡台　頭上拔落一金釵 耳鉤針仔盡脫落　坐在床邊換繡鞋	「針」作「簪」		
55	李甲坐近娘身邊　手牽娘手不放離 伸手就共娘來摸　一身皮肉幼麵麵			幼麵麵：iu3mi7mi7細嫩

56	十娘面倚君耳邊　細聲共君說透枝 妾身雖是孽花女　君恁莫學僥倖兒			
57	李甲慾火遍身燒　伸出雙手攬郎腰 咱今上床來去困　困到心頭總會消	「郎」作「娘」		
58	十娘邀君入宝內　一對繡枕一頭排 兩邊紋帳放落去　拖開錦被甲身來	「紋」作「蚊」		
59	十娘伴君笑咳咳　不管燈火疊疊開 二人宝內乜事誌　不免慢思總會知	「燈」作「灯」； 「壘」作「偓」		
60	早間起來天漸光　聽見女婢打房門 請卜阿娘作起來　日頭已經照脚穿	「作」作「著」		脚穿：kha1tshng1屁股
61	十娘翻身落眠宝　走來伸手開房門 女婢入內掃土脚　捧了盆水泡茶湯	「宝」作「床」	「宝」作「床」	
62	請卜阿娘來梳粧　梳落頭毛十分光 請卜阿娘來洗面　洗落面色未青黃			
63	李甲翻身就起來　看娘梳粧近鏡台 果然生成塊塊水　親像仙女好人材			
64	心內思著有主意　就共娘子說透枝 阿身思卜不返去　不甘共娘折分離	「阿」作「阮」		
65	十娘聽見心歡喜　呵咾郎君有情意 差人去尋柳遇春　卜搬李甲兮行里			
66	遇春聽見怒沖天　就將行里搬乎伊 心中暗暗就罵起　罵伊少年無廉恥	「中」作「內」， 「就」作「來」		

67	見著查某做大猪 不驚伊爹會知機 功名全然無主意 伊今來京是乜年	「做」作「倣」	「驚」作「惊」	猪ti1漳腔
68	來說院中杜十娘 款待李甲是乜樣 一貪李甲好人材 二貪李甲有錢財			
69	一日過了又一日 二人情意甜如密 帶來錢銀饕饕用 李甲盤纏已用盡			
70	十娘眞正是有情 款待李甲無二心 別個客人盡不接 一心只在李甲身	「盡」作「都」	「個」作「个」	
71	表頭日日提無錢 就知李甲無盤纏 叫了十娘出房外 □共伊身說透枝	「□」作「就」		「□」表模糊，看不清楚；下同
72	李甲身邊斷一文 日日留伊做再年 趕緊革逐伊出去 好接別人來趁錢	「再」作「倆」，「人」作「客」，「趁」作「賺」		再年：怎麼
73	十娘聽見暗傷悲 就將言語來應伊 公子不是無錢漢 已經用了不小萬	「公子」作「李甲」，「無錢漢」作「空嫖客」，「已經」作「也曾」，「不小萬」作「大条錢」		
74	表頭掠話就應伊 你今說話眞呆癡 咱今乜事來做表 做表總是卜趁錢	「你」作「尔」，「卜趁」作「趁人」		
75	自從伊身來到只 纏了總近有一年 新人無來舊人斷 無柴無米卜障年	「人」作「客」；「障」作「倆」，下同	「無」作「无」	障年tsiong3ni5怎樣

76	開了大門是卜年 件件也是著用錢 有銀來嫖無銀去 無銀卜嫖無道理	「也」作「都」，「銀」作「錢」，下同		
77	十娘聽見返入去 心肝親像萬路箭 日日笑笑來伴伊 心內思著苦傷悲	「人」作「房」，「萬」作「万」		
78	只事不敢說知机 外面粧做笑微微 一驚公子會受氣 一驚公子會傷悲	「事」作「說」；「公子」作「郊倉」，下同。	「驚」作「惊」	
79	烏龜叫罵愈肆志 一時明明有聽見 手頭無錢無伊法 不甘共娘拆分離	「烏龜」作「婊頭」，下同；「一時」作「李甲」		烏龜oo1kui1：妓女户的老闆肆志：疑爲「失志」sit4tsi3
80	只好假做無聽見 就是皮皮過日子 嘴齒打折連血吞 因爲感娘兮情義	「折」作「折」		嘴齒打折連血吞 tshui3 khi2phah4tsih8lian5hui h4thun1 打落牙齒和血吞
81	烏龜心內有主意 無事討事來受氣 不是無柴就無米 歹言歹語罵不離	「歹」作「0」，下同		
82	十娘十分聽不過 就共表頭來相罵 罵來罵去罵十娘 養爾眞是不欠債	「罵來罵去」作「婊頭就罵」		
83	爾我做妓的人家 頂厝下厝有姊妹 舊人送去新人來 錢銀趁到無處下			
84	無人親像爾討債 隻久無卜接人客 你若貪伊少年家 教伊還我爾價身	「價身」作「身價」		隻久tsiah4ku2這麼久

85	伊有本事還身價　來娶爾身爾就嫁 到時嫁了跟伊去　免我日日欠恁債	「時」作「是」		
86	十娘應伊爾說嫁　只話是眞也是假 不通假說來騙人　媽卜多少阮身價	「媽」作「娘」		
87	媽媽掠話就應伊　明知公子身無錢 就說阮身無假話　嫁了免得相勾纏	「媽媽」作「婊頭」，「公子」作「李甲」	「無」作「无」	
88	當眞爾卜嫁乞伊　伊無此心卜出錢 別人思卜來娶爾　千金不肯少分厘			
89	伊若娶爾肯出錢　三百收伊恰便宜 交過銀錢就娶去　一言爲定莫差移	「銀錢」作「錢銀」		
90	只是三日來娶爾　三日無銀免來纏 無銀戇面再來只　莫怪變面打出去	「娶」作「□」，「變面」作「老身」		「□」爲缺字
91	十娘掠話就應伊　公子官家人子兒 現在雖是無錢用　出外不比在厝時			
92	三百銀子無差移　共爾朋友去借移 三日算來壳趁緊　改日限伊十日期	「共」作「甲」，「日」作「作」		壳趁緊：沒那麼快
93	表頭心內有主意　三百銀子非容易 看伊一个無錢漢　典盡衫褲也無到	「个」作「個」，「也」作「亦」		
94	就是限伊百日期　思伊亦是借無錢 到時無錢不敢來　免得纏著死奴才			
95	隨時掠話就應伊　照爾亦是十日期 有錢伊著來娶去　無錢二人著分離	「亦是」作「限伊」，「錢」作「銀」		

96	十娘聽見入房來　一時思著噢哀哀 就共公子來商量　一片情形說伊知			
97	公子聽阮說因伊　媽媽吵鬧有多時 終無結局卜障樣　今且共恁說透枝	「且」作「旦」		且爲「旦」之誤 因伊 in1i1緣由
98	媽媽對阮說知機　說知無錢卜勾纏 卜收身價銀三百　十日爲限卜障年	「知」作「尒」， 「障」作「㑷」		
99	李甲聽見苦傷悲　想我身邊無半錢 三百銀子非小可　十日爲限兮無伊			
100	十娘共君來商量　勸君不通心悲傷 豈無相識好朋友　借來娶阮返家鄉			
101	李甲聽見就說起　就共十娘來相議 自從阮身來嫖爾　親戚朋友都受氣			
102	禁絕不共我來去　說我少年無志氣 阮今卜去借錢銀　思有一條好計智	「錢銀」作「銀錢」， 「條」作「条」		
103	不通說借卜娶爾　假說阮卜返鄉里 只事會成共不成　試看爾咱兮福氣	「試」作「拭」		
104	十娘聽見笑微微　呵咾計智眞合宜 勸君趕緊著去借　不通延遲誤了時			
105	李甲出去不停時　假共朋友卜相辭 說卜伊身返家去　卜借錢項做盤纏			
106	李甲氣運眞落衰　朋友恰慘來會齊 聽見借錢只二字　隨時變面無仁義			

107	内中朋友有一二　思卜資助念仁義 因爲李甲未返去　伊爹十分大受氣			
108	數帮寫批來叫伊　叫了伊身不回時 咱今將錢借伊去　亦是小可兮事誌	「回」作「這」，下同		
109	伊若回去第一好　只驚將錢再開去 那時伊爹得知機　好意就變成歹意	「錢」作「銀」，「開」作「嫖」	「驚」作「惊」	
110	卜好將話辭離離　說叫無錢恰爽利 免得後日討無錢　殺乎伊爹來受氣			殺乎suah4hoo7反而被
111	李甲心內暗傷悲　走來走去借無錢 無面再回杜家去　尋卜遇春來相議			
112	入門見著笑微微　小弟今日卜乜年 遇春窗前思無意　聽人叫伊兮名字	「乜」作「倆」，「思」作「悶」		
113	緊緊越頭看一見　原來就是李兄弟 衣裳破損眞無比　面黃肉瘦恰慘死	「越」作「擧」		
114	見人垂頭共吐氣　親像乞食無二致 勸戒世人不通嫖　愛嫖結局都如是			
115	遇春看見請伊坐　李兄今日來相尋 爲只乜事變只樣　看爾全然不識思	「只」作「著」		
116	總是嫖表熱未退　思卜借錢來相尋 弄到只般兮身命　明明是爾欠伊債			
117	李甲聽見心頭悲　就共遇春說透枝 凡事前世本注定　惹得冤孽來相纏			

118	我今一事說知機　望兄念義莫推辭 十娘有心卜嫁我　我今求兄來借錢			
119		只要三百聘金錢　婊頭限我十日期　求兄借我銀提去　至死不敢忘恩義	「婊頭」作「烏龜」，下同	開文本缺119～148，共30葩
120		遇春掠話就應伊　尔眞忠厚共呆癡　十娘京城有名字　伊卜嫁人驚無時	「尔」作「你」，「驚」作「惊」	
121		千兩黃金聘金儀　京城豈會無人地　三百銀子就嫁尔　世間斷無只便宜	「地」作「池」	
122		這是婊頭用計智　因爲看兄尔無錢　十娘不好來赶尔　嫎著平日兮情義		
123		婊頭婊子來作套　故意限尔十日期　過期無銀不敢去　兩人就好折分離		

124	無銀娶人尔無理　落得人情恰大天　我今勸尔著識思　不通見誚不著樣	
125	李甲聽見悶無意　柳兄說話有情理　因爲十娘割未離　目滓流落苦傷悲	「聽」作「听」，「悶」作「思」。
126	尋無所在安身已　就在柳寓過日子　茶今不食飯不呑　天光思想到黃昏	
127	倒落床中思娘身　一冥全無一點眠　翻來覆去困不落　連連吐噴十外停	
128	冥時柳寓來安眠　日時處處去借銀　一個京城都走遍　尋了戚友共好朋	「銀」作「錢」，「都」作「盡」。
129	連連走了六日期　借來借去無半錢「二」時時思著十娘身　OO孩兒思食乳	「二」作「親像」，「思」作「想」。

130		來說院中杜十娘 日日佛前燒好香 不見公子來院內 心頭著急如煎油	「如煎油」作「無人台」	
131		就叫當差王阿油 共伊暗暗來思量 托尔去尋李公子 遇著將伊來勾留	「尋」作「覓」	
132		勸伊返來著赶緊 有錢賞尔買肉酒 不通乎伊別路去 害院未得通相見		
133		阿油領命出路去 沿街卜尋李公子 東街走了到西街 未知公子治乜處	「沿街」作「一路」，「了」作「去」。	
134		翻身就到南街來 遠遠看見李秀才 滿面憂愁眞可憐 一路行來杀無神	「杀」作「殺」	
135		阿油上前叫一聲 院今有話說院聽 十娘叫我來尋你 尋遍一個大京城	「聽」作「听」，「尋」作「覓」，「尋」作「走」。	

136		十娘爲你出門行 冥日相思病卜成 公子赶緊著返去 隻未害伊病卜死	「日」作「目」，「相思」作「思想」，「赶緊」作「緊緊」。	「目」應爲「日」之誤，隻未tsiah4bue7才不會
137		李甲聽見無做聲 翻身就共伊同行偷入杜家後門來 見著十娘淚哀哀	「聽」作「听」	
138		十娘見君心頭悲 君恁一去不返圓 一日等候到黃昏 一冥等候到天光	「悲」作「酸」	
139		借銀事誌是倆年 借有借無說透枝 借有就著緊料理 不通延緩誤了時	「倆」作「障」，「借有借無」作「有無實情」，「借有」作「有錢」，「緩」作「遲」。	
140		李甲聽見氣後天 未曾說話淚淋滿 果然借銀無容易 人情冷暖卜倆年	「聽」作「听」，「倆」作「障」。	倆年：同「再年」，怎麼、如何

141		親戚朋友借離離 人人一樣來推辭 連連走了五六日 空空借無半分錢		借離離tsioh4li7li7借光光
142		十娘聽見就知機 就共公子說透枝 只話未通人知曉 共君定計在今冥	「聽」作「听」，「機」作「机」，「枝」作「机」。	
143		門樓鼓打一更時 十娘辦酒訢知機 二人離別五六日 亲像分開有一年	「亲」作「親」	
144		勸君食酒笑微微 莫得苦苦心頭悲 有事少停來說起 未通擔誤咱佳期		
145		一更過了是二更 十娘邀君上床去 人說久別勝新婚 二人情意妙無比		
146		就把問話撥一邊 且將鴛鴦做一池 恩恩愛愛熱無比 恰好海魚食著餌	「鴛鴦」作「夗央」，「餌」作「利」	

147		二更過了三更來 十娘對君淚哀哀 我君借無只錢財 總著親事未和諧	「諧」作「皆」	
148		咱今相量定計來 決將主意來安排 未舍我君情意好 未舍我君好人材		
149	三更過了四更天 李甲想來眞無變 連連走了五六日 親戚朋友亦借遍	「亦」作「都」		
150	看娘情意心無變 不是假話來相騙 思來思去無計智 大氣吐了幾百遍			
151	四更過了是五更 十娘面倚君耳邊 今日已是第六日 四日便是十日期			
152	阮有一百五十銀 包好收在只床邊 尚欠二百五十銀 趕緊設法莫遲延	「二」作「一」，「遲延」作「延遲」		「二」應爲「一」之誤
153	五更過了天就光 二人落宝來梳粧 十娘將銀來提出 交代公子心頭酸			
154	阮今擔當只一半 一半君恁著擔當 趕緊出去有設法 看會回來食下昏	「有」作「著」		
155	李甲帶銀出門去 尋卜遇春來相議 就將銀項乎伊看 十娘盡情共實意	「盡」作「眞」		

156	從頭說出伊知機　求見代阮定計智 今日若再無借出　小弟一身總著死	「見」作「兄」，「總」作「捴」		
157	遇春聽見笑微微　只事果然眞出奇 阮爾代爾來設法　不通忘恩誤了伊	「阮爾代爾」作「阮今代你」		
158	說了就將銀來添　一百五十不差池 罩了三百緊提去　不通擔誤恁佳期	「罩」作「凑」		
159	李甲一時大歡喜　帶銀趕緊就回去 將話說乎娘知機　三百銀子亦齊備	「亦」作「都」		
160	十娘聽見笑微微　恰好做仙去上天 感謝柳君念情意　成就爾我兮親宜	「宜」作「誼」		
161	隨時心内有主意　尋卜表頭說透枝 三百銀子現齊備　阮就今日卜嫁伊			
162	表頭聽見反恰遲　想來無計通留伊 就將銀子收入去　就共十娘說透枝	「表頭」作「婊頭」，「恰」作「悔」		
163	卜嫁爾就嫁乞伊　物件不准帶些厘 就力二人推出去　鎖了房門不遲延	「物件」作「首飾」		
164	十娘共伊來說起　咱今乜處安身己 想起姊妹謝月娘　來去伊厝好思量			
165	月娘相見笑微微　辦起酒筵來請伊 遍請姊姊共妹妹　一同來共伊賀喜			
166	伊厝過去有一冥　十娘明早卜相辭 大姊小妹來相送　送去物件做盤纏	「去」作「了」，下同		盤纏：路費

167	送著一个百寶箱 未知什乜在内收 公子就共娘商量 咱今卜去是乜鄉	「著」作「了」，「乜」作「麼」，「在」作「是」		
168	阮爹知我娶了儞 定歸受氣莫歡喜 咱今暫且蘇州去 再看機會回鄉里			
169	二人起身不停時 一日來到大河邊 搭了瓜州兮船隻 卜去蘇州莫延遲			
170	代工水手惜性命 歹風不敢來起錠 抛落瓜州大路頭 等待好風共好流	「代」作「舟代」，「錠」作「舟定」		
171	李甲坐船悶無意 就對十娘說知機 儞咱雙人來飲酒 娘子來唱一歌詩			
172	十娘聽見笑微微 備辦酒菜莫停時 雙人坐落來食酒 十娘唱出歌曲詩		「雙」作「双」	
173	湊巧隔壁一隻船 一位客人假斯文 名叫孫富親名字 聽見曲詩笑微微	「人」作「官」		
174	心内思起有主意 就差家人探知機 家人落船就探去 回說就是李先生	「起」作「著」，「說」作「覆」		
175	唱歌□伊會妻兒 不知乜處人人氏 不知年紀共名姓 不知生成是乜年	「□」作「是」，「處」作「厝」		「★」缺字
176	孫富看見喜微微 天早起來用心機 坐在船頭假看雪 卜看伊面生障年	「早」作「光」，下同		

177	天早十娘來梳粧　頭毛梳落十分光 洗落一盆面桶水　倖卜潑落海中央			
178	孫富看見喜微微　神魂恰慘飛半天 因乜伊身生障水　看來親像吳西施			生障水：生得這麼美
179	心內思落一計智　半手詩句吟出去 引李甲來相見伊　慢慢用計來想伊	「落」作「著」，「手」作「首」，「引」作「卜引」		
180	李甲探頭看一見　孫富笑笑假好意 就問仁兄乜人氏　高姓大名叫什乜	「就」作「借」		會文堂本原書第七、八兩頁頁碼互錯，亦即「180葩至210葩」與「210葩至240葩」錯置。
181	李甲說著伊名姓　就問孫富乜名字 二人名姓說完備　漸漸親熱話投枝	「枝」作「機」		
182	孫富心內用計智　二人在船無意致 爾咱相招山上去　來去酒樓恰成意	「山上」作「上山」		
183	李甲心內有主意　雙人相招上山去 來到酒樓笑微微　食酒說三共說四			
184	孫富用計來問伊　遠遠問來又問去 昨冥唱曲乜名姓　共爾叫做是什乜	「乜」作「麼」		
185	李甲本是風神人　卜展伊身老在行 說是妓女杜十娘　京城時行第一流			風神：喜歡炫耀

186	孫富假意就問伊　伊是京城好名妓 因乜緣分嫁乞你　全頭共阮說透枝	「你」作「尒」		
187	李甲共伊說知枝　交倍十娘有一年 障樣卜嫁有眞意　障樣借銀來娶伊	「机」作「機」， 「娶」作「毛」，下同		
188	孫富假意著驚疑　娶了美人好事誌 未知恁爹乜主意　但驚一時會受氣	「會」作「兮」		
189	李甲掠話就應伊　阮父性地大如天 只驚一時歹脾氣　不敢二人同返去			
190	思卜暫住在蘇州　小弟一人先回鄉 來托親戚共朋友　試看阮父是障樣	「父」作「爹」，下同		
191	阮父若是莫受氣　雙來娶伊同返去 小弟想只一計智　未知我兄麼主意	「莫」作「無」， 「麼」作「乜」		
192	孫富假意而憂憂　無彩拜托好朋友 恁父既然歹脾氣　無人只事敢說起	「而」作「面」		
193	許時無話見十娘　定規走出外面遊 一萬錢銀用了空　進退實在眞兩難	「見」作「覆」，「一 萬」作「万一」，「錢 銀」作「銀錢」		許時hir2si5那時 古泉腔
194	十娘原是做表人　不堪孤身守空房 只處子弟太不是　用謀造計卜想伊	「只處」作「蘇州」		
195	許時思卜娶返圓　恁爹必定氣後天 恁某食醋絕恩義　恁兄不認爾小弟			

196	何苦爲著只小姨　家内不和是乜年 代你想來一計智　未知爾心乜主意	「你」作「尔」		
197	李甲聽見心頭悲　爾今說話也合宜 未知你計是什乜　予阮家内莫受氣	「也」作「亦」，「乜」作「麼」		
198	孫富聽見喜微微　爾今心内不癡癡 爾爹爲爾銀開了　開乎查某斷些厘	「喜」作「笑」，「癡」作「痴」		
199	恁今兮得捨得伊　送你千兩白花邊 將銀提去恁爹看　父子和好通相見	「通相見」作「笑微微」		
200	李甲聽見動心機　做人眞是戇大猪 就對孫富來說起　爾今說話亦合宜			
201	十娘有情共有意　千里相隨到只里 等待今冥問過去　試看伊心是乜年	「里」作「裏」		
202	孫富聽見喜微微　爾卜問伊著細利 不通唐突來說起　惹著伊心討受氣			
203	李甲聽見就知機　自然細利來問伊 不免你心來掛意　兮成不成由在天			
204	二人食酒已完備　相招各人落船去 李甲心中思無意　大氣吐落几百嘴	「思」作「悶」		
205	十娘看見著驚疑　郎君今且是乜年 爲乜事誌著說起　不通靜靜苦傷悲	「几」作「幾」		
206	李甲聽見不應伊　靜靜倒落在床邊 卜說不說幾十次　目滓流落苦傷悲			

207	十娘看見愈疑驚　抱著李甲在身邊 自從共爾交倍起　未見我君淚淋漓	「疑驚」作「驚疑」	「驚」作「惊」	
208	今旦相隨來到只　隻卜歡喜食百年 爲乜事誌思無意　著對恁某來說起	「思」作「悶」		
209	李甲被伊逼几停　就說娘子大恩情 思卜娶爾返家庭　但驚阮爹大迎神	「几」作「幾」		迎神：婚姻爲大是，不會輕易同意。
210	許時父子絕恩情　全家受氣無時停 若卜在外不返圓　不保娘子少年時			
211	隔船一位孫朋友　頭先請我去食酒 二人說起只事誌　代我想落一計智	「起」作「著」， 「想」作「思」		
212	十娘掠話就問伊　未知孫友乜計智 照實共阮來說起　有乜好計阮歡喜			
213	李甲掠話就應伊　孫富是伊親名字 年紀青春廿一二　伊厝好額眞無比	「廿」作「念」		
214	意愛千金卜娶你　娶返伊厝爲妻兒 阮有千金提返去　免得阮爹大受氣			
215	因爲娘子有情義　雙人不敢折分離 思著卜不想無意　未知娘子是乜年	「敢」作「甘」， 「想」作「悶」		
216	十娘聽見有主意　暗罵李甲僥倖死 假做笑笑來說起　呵咾只條好計智	「條」作「条」		
217	就對李甲說因伊　爾有千金帶返去 不免恁身來掛意　亦免爾爹大受氣	「爾」作「尔」， 「爾」作「尔」		

218	孫富果然好計智　我君著聽只事誌 未知銀項在那里　緊緊收落著細利	「我」作「郎」，「里」作「裡」		
219	李甲聽見笑微微　銀項先提帶身邊 等待娘子卜願意　隻來提銀也未遲	「先提帶身邊」作「妖未提半然」，「也」作「亦」		
220	十娘掠話就應伊　銀項先提帶身邊 阮身隻卜過船去　免得羅梭歹生氣	「帶」作「在」，「羅梭」作「囉唆」，「生」作「成」		
221	李甲聽見笑微微　娘子説話眞合宜 等待明早過船去　先提銀項在身邊	「見」作「著」		
222	十娘心内暗傷悲　無彩千里來塊伊 是阮做人歹八字　遇著僥心半路死			
223	一冥怨恨到天光　十娘落宝來梳粧 嫩脂水粉就抹去　裝成十分眞縹緻	「宝」作「床」		
224	看見李甲笑微微　心内暗暗就罵伊 就叫伊身過船去　去提錢項莫延遲			
225	李甲眞是戇大猪　聽見只話喜半天 趕緊翻身過船去　就對孫富説透枝	「趕」作「赶」		
226	孫富歡喜跳半天　恰好海魚食著餌 趕緊將銀交過去　坐在舟頭卜娶伊	「趕」作「赶」，「舟」作「船」		

227	十娘坐在舟頭邊　孫富看見笑微微 因乜生成障樣水　千金莫來也便宜	「舟」作「船」， 「莫」作「算」， 「也」作「亦」		
228	十娘心內有主張　叫人提來百寶箱 就叫李甲來開看　看著內面麼物收			
229	頭壳金器眞值錢　羡石瑪瑙珊瑚枝 珍珠寶貝滿盡是　幾對玉環色青青	「壳金器」作「楪首飾」，「羡」作 「石」，「瑙」作 「0」		
230	百樣抽來盡是金　耳㵒簪仔百樣新 手環脚鍊十幾對　算來值銀二三萬	「百樣」作「二楪」， 「鍊」作「環」， 「萬」作「千」		
231	十娘心內有主意　趕緊槍來落海去 沉落海中滿盡是　就罵李甲無福氣	「沉」作「抗」		
232	三脚原來銀紙鋪　一元五元又十元 亦又金票滿盡是　算來值得一二萬	「脚」作「楪」， 「紙」作「張」， 「又」作「有」，「一 二萬」作「萬一二」		
233	內有一匣發艷光　開來一粒夜明珠 算來值銀無價寶　亦卜搶來海中央			
234	李甲看見心傷悲　抱著十娘喃淚啼 是阮做人壳不是　以後不敢障行宜			

235	願求娘子莫受氣 不通物件盡落去 留有淡泊返鄉里 娘子恩情大如天			
236	十娘受氣不見伊 將伊撥開在一邊 思著金票共紙字 連著明珠落海去	「見」作「揪」，「撥」作「潑」，「著」作「卜」		
237	孫富看見著京疑 無彩物件隻值錢 一邊搖頭共吐舌 思卜上前來勸伊	「京」作「驚」		
238	十娘看見怒後天 十句八句就罵伊 爾只奸雄無好死 用話騙伊戇大猪	「只」作「這」，「奸」作「好」，「折」作「折」		
239	品你奸計共有錢 害阮夫妻折分離 阮身不是無情義 無彩你心用心機	「你」作「尔」		
240	阮今一命歸陰司 做鬼亦卜恁交纏 勸著世人不通做 不通折散人妻兒	「折」作「折」		
241	就對李甲罵不停 阮有積蓄几千金 等待共爾同返去 隻卜共恁說知機	「几千」作「幾萬」，「爾」作「尔」，「知」作「透」		
242	無疑半路起僥心 貪著孫富一千金 敢死掠阮賣過去 不念昔時只恩情			
243	恨我自己不識人 隻兮嫁爾障無情 不是阮身辜負爾 是你僥倖害阮死	「爾」作「著」，「爾」作「尔」，「你」作「尔」		

244	李甲聽見淚淋漓　親像死父一般年 趕緊上前卜跪去　卜共十娘說不是			一般年it4puann1ni5一般
245	十娘抱匣在身邊　跳落海底喃淚啼 一陣海水返□去　虧得身屍殺無見	「□」作「過」，「殺」作「杀」		
246	衆人看見大受氣　就罵孫富太無理 又罵李甲僥倖死　喊聲掠來卜打起			
247	二人聽見苦半死　趕緊開船分路去 吩咐代工著意致　不通緩行來延遲	「苦」作「驚」，「舟」作「0」		代工：船長
248	李甲在船眞格心　見銀不見十娘身 搥胸擋地思反悔　致成痰亂殺兂神	「擋地」作「當腳」，「殺兂」作「杀無」		格心：心裡很難過
249	啼啼笑笑不住停　脫衫脫褲袂顧身 貓屎狗屎藍慘食　□鳥漆白滿頭額	「袂」作「不」，「貓」作「猪」，「藍」作「濫」，「□」作「畫」	「□」作「画」	
250	只病致成醫未好　四處連回鉛路討 有時偷穿大佛奧　拖了十年隻結果	「鉛」作「沿」，「奧」作「襖」		
251	孫富驚□病未離　致了一病眞是奇 足手全然未越起　遍身浮腫二三年	「□」作「得」，「足」作「腳」，「越」作「擇」		
252	看見十娘無停時　上前減罵卜掠伊 七日袂食來餓死　伊某塊人走外邊	「減」作「詛」，「袂」作「不」		塊人走外邊：跟別人在外同居

253	勸人不通僥倖死　不通佔人兮妻兒 試看一人只事誌　正是報應莫差移	「兮」作「分」，「一」作「二」		
254	來說京城柳遇春　收拾行李返家門 船到瓜州宿落去　看見一匣浮海邊			
255	伸手提來看一見　一粒明珠共紙字 明珠值銀無價寶　紙字算來萬一二			
256	遇春看見大歡喜　恰好海魚食著餌 夢見十娘來說起　說伊李甲僥倖死			
257	受君一百五十銀　無通報答只大恩 今日匣中淡泊物　送君收落回家門	「日」作「旦」，「回」作「返」		淡泊：少許
258	遇春醒起著驚疑　無疑十娘歸陰司 看來李甲無情義　半路雄心來誤伊	「雄」作「僥」	「驚」作「惊」	
259	人說娼女盡無情　娼女也有好情義 僥心薄僥是男兒　只歌唱了人知機	「好」作「有」		

按：1.本歌仔或因輾轉傳抄，或因年代久遠，有些字、詞與押韻恐非原貌，尚待進一步探討。

2.本文注解標音採用「臺語羅馬拼音符號」，用字參考二〇〇七年五月以來教育部「臺灣閩南語推薦用字（第一－三批）」。

從敦煌文獻論唐宋俗文學的發展與演變

廖秀芬
鄭阿財

摘要

從敦煌文獻討論唐宋俗文學的發展與演變前，必須對俗文學的形成與發展有深入的了解。俗文學發展至今，已是一門成熟的學科，應給予明確的定義，俗文學興起於都市，主要服務對象爲市民，以文字創作爲主，傳播媒介以口頭與書面並行，大部分的俗文學作品爲半知識分子的再創造。都市發展是帶動俗文學的重要因素，晚唐五代城坊制的崩解，使俗文學的發展更加蓬勃。晚唐代敦煌文獻中最具代表性的俗文學作品爲變文、曲子詞，從它們的形式、題材的轉變，由宗教的宣傳到大眾的娛樂教化，由寺院的俗講到市井的講唱，持續影響宋代的說書活動。除了上述的口頭傳播外，書面傳播，如印刷技術的提升、童蒙教育的普及、識字率的提高等，也是促進了唐宋俗文學發展與演變的重要因素。

關鍵詞

敦煌、俗文學、唐宋、變文、俗曲、歌謠

一　前言

俗文學是介於雅文學與民間文學之間具有口語特性的書面通俗作品。俗文學的「俗」，含有「通俗」與「世俗」的雙重意涵，也就是採用通俗的文學形式，來表達世俗所關切的內容題材。就形式而言，俗文學所採取的是廣大群眾所喜聞樂見的文學形式；就內容而論，俗文學所呈現的內容既不是統治者的軍國大事與禮儀教化，也不是知識份子個人所抒發的理想抱負與感時情懷，而是小市民所關切的日常生活話題與社會共同的心聲。

俗文學在中國的發展，遠較西方要十七、十八世紀才開始來得早很多。唐代開始，大都市逐漸成型，除長安、洛陽兩京之外，商業都市也漸次發展；例如地處絲綢之路西端的敦煌，在唐代便已是一頗具規模的國際商業都市。兩宋時期，江南商業都市更爲發達，無疑是中國都市發展的成熟期。在這樣工商發達的社會中，小市民階層的興起，爲通俗文學的發展提供了客觀有利的條件。因應市民娛樂生活的需求，活躍於「瓦舍」、「勾欄」的俗文學作品——「話本」便大爲風行。

本文擬根據敦煌文獻中有關變文、曲子詞等文獻，結合宋代俗文學材料與傳世載籍，運用俗文學基礎理論，分別從俗文學產生的城市娛樂機制與社會教育功能等進路，進行論述，並由中國文學發展史的視角，展開唐宋俗文學的發展與演變之考察。

二　俗文學的形成與發展

就目前「俗文學」的相關研究來說，較早提出「俗文學」的概念是〔日本〕狩野直喜（一八六八－一九四七）於一九一六年《文藝》發表〈中國俗文學史研究的材料〉：「治中國俗文學而僅言元明清三代戲曲小說者甚多，然從敦煌文書的這些殘本察看，可以斷言，中國俗文學之萌芽，已顯現於唐末五代，至宋而漸推廣，至元更獲一大發展。」（註一）狩野直喜認爲「中國俗文學」不僅只有宋、元、明、清的話本、小說與戲曲，敦煌文獻的發現後，則可以進一步證實「中國俗文學」早在唐末五代就已經存在。較全面對「俗文學」進行研究者爲中國俗文學家鄭振鐸，以專書對「俗文學」進行研究，並初步對「俗文學」進行定義，一九三八年出版的《中國俗文學史》，此後則相繼有中國俗文學概論與發展史的專書陸續問世（註二）。

鄭振鐸《中國俗文學史》第一章〈何謂「俗文學」〉：

> 「俗文學」就是通俗的文學，就是民間的文學，也就是大眾的文學。換一句話說，所謂俗文學就是不登大雅之堂，不爲學士大夫所重視而流行於民間，成爲大眾所嗜好，所喜悅的東西。（註三）

「俗文學」是相對於「雅文學」而言，不登大雅之堂的、流行於民間的、大眾所嗜好的通俗作品，以上已初步說明俗文學的特徵。此外，還進一步說明「俗文學」的特質：

第一個是「大眾的」；第二個是「無名的集體的創作」；第三個是「口傳的」；第四個是「新鮮的，但是粗鄙的」；第五個是「想像力往往是很奔放的」；第六個是「勇於引進新的東西」。（註四）

以上爲鄭振鐸個人對「俗文學」所提出的看法，有關「俗文學」一辭，在《中國俗文學辭典》：

內容、形式具有中國民族風格特點，爲人們所喜聞樂見、雅俗共賞的文學作品。舊時它受到正統文人的鄙薄和排斥，不登大雅之堂，然而一直受到廣大群眾的喜愛，並流傳於民間。五四新文化運動以後逐漸形成了一門新學科。（註五）

主要是對「俗文學」作概略的介紹，「俗文學」是相對於雅文學，是在五四運動後，才逐漸形成的一門學科。

關於目前海峽兩岸對「俗文學」的界定，臺灣方面，對於俗文學研究較具代表的是曾永義的《俗文學概論》，此書爲曾永義在一九九六年到一九九七年以教育部顧問室資助下主持「俗文學概論教材編纂計畫」的成果，曾永義基本上認同鄭振鐸的說法，同時認爲：

「民間文學」、「俗文學」、「通俗文學」，可說是一物之異名而已。因爲說其「民間」，是指爲大眾所創作、所喜好；說其「俗」或「通俗」，是因爲大眾所創作或喜好的作品大抵都「不登大雅之堂」。（註八）

主要是以較廣泛的面向對「民間文學」、「俗文學」、「通俗文學」進行定義。

至於大陸方面，對於俗文學研究較具代表的是「中國俗文學學會」於一九八七年出版的《俗文學論》一書，〈前言〉對「俗文學」的定義：

所謂俗文學，或叫俗行文學，是指過去時代裡不能登大雅之堂的文學作品。除被上層文人學士視爲正統的「雅」的詩文作品外，凡在民眾中流傳的神話故事、歌謠、諺語、俗行小說、民間戲曲、說唱文學等等，均被認爲俗民所喜習的文學，也均可稱爲俗文學。……總之，俗文學與通俗文學、民間文學、曲藝和民間戲曲之間，有著密切聯繫，

但這些概念又不能彼此互相代替或混同。（註七）

「中國俗文學學會」認爲「俗文學」不等同於「民間文學」、「通俗文學」，它們三者之間有交集，但彼此是無法代替或混同。

有關鄭振鐸對於「俗文學」的定義，俄國漢學家李福清曾在「俗文學教學與研究座談會」提出看法：第一，俗文學不等同於民間文學（註八）；第二，俗文學非「口傳的」，因爲鄭振鐸所舉的例子涵蓋小說，其中他提到《紅樓夢》。但是紅樓夢從來沒有口傳過，《儒林外史》、《金瓶梅》也都不是口傳的（註九）。李福清提出他對「俗文學」的看法，首先「俗文學」的發生，是與都市發展息息相關。此點金榮華、胡萬川對此皆表示認同（註十）。其次，俗文學是書寫的，但以一般民眾的口吻寫成的（註十一）。

針對上述的討論，可以歸納出「俗文學」的幾項重要的特點，第一，「都市」的興起是帶動「俗文學」發展的重要關鍵；第二，「俗文學」服務的對象主要是市井小民；第三，俗文學是以「文字」作爲主要的創作工具；第四，俗文學的傳播媒介是「口頭」傳播或「書面」傳播兼而行之；第五，俗文學作品，大部分是經由半知識分子汲取民間文學素材，進行紀錄、整編、加工、改寫的再創作。將按照這樣的原則與理論，回溯歷史上俗文學的實際狀況，發現唐、宋時期是俗文學發展的關鍵期，根據敦煌文獻中有關變文、曲子詞等文獻，結合宋代俗文學材料與傳世載籍，運用上述俗文學的基礎理論，展開唐宋俗文學的發展與演變之考察。

三　唐宋都市發展下的俗文學

「都市」是「俗文學」生長的土壤；「市井小民」是灌溉「俗文學」的養分，故都市越發達，俗文學越壯大；市民對俗文學的需求越大，則俗文學更發達。李福清認爲：「俗文學是中世紀才產生的，古代沒有俗文學。如中國，在宋朝才開始有俗文學。」（註十二）但從實際的歷史文獻可知，唐代已有變文、曲子詞等俗文學作品。且都市在唐代長安、洛陽已發展到一定的規模，如長安，有各色商販經營牟利的東市、西市，也有科舉考生借宿的旅店和供人飲酒、尋歡的青樓，同時更是市井百姓的生活空間。此外，地處絲綢之路西端的敦煌，在唐代便已是一頗具規模的國際商業都市。到兩宋時期，承接晚唐五代的都市發展，江南商業都市更爲發達，是中國都市發展的成熟期。在這樣工商發達的社會中，小市民階層的興起，爲通俗文學的發展提供了客觀有利的條件。故從唐代開始，因城市的發達，「俗文學」已隨之產生，並非要到宋代才開始有「俗文學」。

雖然唐、宋二代，手工業、商業的繁榮已帶動都市的發展，不管是都市的規模、人口數量亦或經濟的發展等，皆較前代有長足的發展，但唐代、宋代都市空間的差異，對「俗文學」的發展，產生不同程度的影響。以下將對唐代與宋代的都市發展進行分析，藉以了解「俗文學」

在唐、宋二代的發展與演變。

（一）唐代都市發展下的娛樂機制

有關唐代都市的發展，將以政治、經濟、商業中心的「長安」為例，因其文獻記載較為豐富，同時又有考古發掘的材料可資依據。唐代初期長安的都市施行「城坊制」，住宅區稱「坊」，劃定幾個區域為「市」，原則上商店只能設在市區之內，且坊和市的周圍都築有圍牆，坊、市各開有門，早上開門，夜間關閉，夜間並且實施「夜禁」（註十三）。坊、市分別設有官吏管理，如此城市居民的生活和市區商業行為都受到相當成度的制約，市民的娛樂活動，顯然只能在特定的區域與時間內進行。到中晚唐時期，由於都市人口極速增長，生活必需品的需要日益增加，商業、手工業發達，原封閉的「城坊制」已不能供應，發生城市中坊牆的破壞與侵街的現象，市場、商店擴大到坊城制度規定的地域範圍之外（註十四），「夜禁」制度也就逐漸鬆弛（註十五），於是市民的娛樂活動則更為活躍。

從上述的城坊制可知，唐代的娛樂活動大多在坊內或是市內，因坊外街道，有「夜禁」的限制，坊內或市區內則無此限（註十六）。從傳世文獻的記載可知，唐代許多娛樂活動主要是在坊內的寺院或道觀中進行。主要原因為，其一，寺院、道觀空間大，且為開放的公共空間，上至皇親貴族，下至市井小民皆可入內參拜、遊玩。若以長安的寺院、道觀為例，許多規模宏大的寺院、道觀，大多是由王宅或公主宅第改建的（註十七）。過去是層層圍牆包圍的私人空間，現在是對大眾開放的公共空間，如此人們便可以隨時「競入遊賞」。

其二，晚唐時期，寺院盛行「俗講」活動，如（唐）趙璘《因話錄》：

有文淑僧者，公爲聚眾譚說，假托經論所言，無非淫穢鄙褻之事。不逞之徒，轉相鼓扇扶樹。愚夫冶婦，樂聞其說，聽者塡咽寺舍。瞻禮崇奉，呼爲『和尚』。教坊效其聲調，以爲歌曲。（註十八）

當時最有名的俗講僧「文淑」（應爲「文漵」），在寺院進行俗講時，萬人空巷的盛況，眾人爭相前往，受歡迎的程度就連「教坊」也仿效其聲調、歌唱。又據日僧圓仁（七九四－八六四）《入唐求法巡禮行記》中提到僅長安一城，就同時有「七處」寺院奉命進行「俗講」，且化俗法師「文漵」爲城中俗講第一（註十九）；可見「俗講」因在位者的提倡下，普遍受到民眾的歡迎。至於「俗講」除了用來作爲宗教宣傳外，也用來祈福禳災，如《長興四年中興殿應聖節講經文》就是一篇在皇宮裡祝壽的講經變文；「應聖節」即後唐明宗誕辰日，咸通八年（八六七）九月初九；「長興」爲後唐明宗年號，長興四年（九三三）是他六十七歲的壽辰；「中興殿」爲後唐明宗聽政之所，於其誕辰那天請和尚在中興殿講《仁王護國般若波羅蜜多

經》。（註二十）

「俗講」的內容，並非只有講佛經的「講經文」，從敦煌發現的「變文」，除了「講經文」外，還有講佛教故事及離開佛經的歷史、民間故事，如《八相變》、《目連變文》、《舜子至孝變文》、《張義潮變文》、《董永變文》等。俗講僧侶們為了弘揚佛教教義，通常以粗淺通俗的辭句，夾雜韻語，講唱經文外，也採納歷史故事及民間傳說，藉以增強化俗的作用。

其三，寺院同時也是「戲場」聚集的場所，如〔宋〕錢易（九六八—一〇二六）《南部新書》：「長安戲場多集于慈恩，小者在青龍，其次薦福、永壽。」（註二一）寺院除了由僧侶「俗講」外，寺院空地還有「戲場」，這意味著當時許多的民間伎藝與娛樂活動，大多集中在規模宏大、開放的公共空間「寺院」、「道觀」，供市民於閒暇時，觀賞遊樂。

除了寺院、道觀為市民主要的娛樂場所外，其次為酒館、茶樓、市區、街道等場所。酒樓為了因應居民、旅客、商人的需求，也普遍於坊內開設，如離東市有三坊之距開化坊及新昌坊等也設有酒店（註二二），飲酒之餘也有歌伎、娼妓演唱俗曲。此外，青樓聚集在平康坊北部東側並排著的三條均數百米長的曲巷，也是市民閒暇娛樂的場所。在市裡則有表演雜戲、講小說的，如〔唐〕段成式（八〇三—八六三）《酉陽雜俎》：「予太和末，因弟生日觀雜戲，有市人小說，呼扁鵲作褊鵲，字上聲。……市人言：『二十年前，嘗於上都齊會說此。』」（註二三）市人曾於上都齋會演說扁鵲的故事。

雖然唐代延續前朝的「城坊制」藉以有效的管理人民，住宅與市區皆以牆作區隔，但因市興起、人口激增、商業往來頻繁、市民有娛樂的需求，加上娛樂的空間普遍存在於市民生活的週遭，又有敦煌莫高窟發現的變文、曲子詞等通俗文學作品，證明「俗文學」在唐代就已經開始了。

（二）宋代都市發展下的娛樂機制

唐末因兵火戰亂的摧殘，兩京都非常的殘破，坊牆、城牆大多傾頹，連城牆也多摧塌，故城坊制徹底瓦解。五代時期的都城，無論開封或是洛陽，也都不實施城坊制了（註一四）。宋代汴京就如張擇端《清明上河圖》（註一五）所描繪，酒店、茶坊以及各種商店都沿街開設，也在巷弄中開設，甚至連橋上都有市集，賣藝的場所也沿街設立。居民眾多的小巷也不再相互隔離而直通大道，住宅區與商業區連成一片。圖中所繪酒店最為突出，且有十餘處之多，說明酒店在東京諸行中佔有特別重要的地位，有「正店」、「腳店」兩種規模。酒店興盛的同時也帶動市民的娛樂活動。

宋代因都市的發達，帶動市民娛樂的蓬勃，於是出現固定專為群眾演出的場所，叫做「瓦子」，或稱瓦市、瓦肆、瓦舍，是當時規模很大的綜合遊藝場，其中有演出各種戲曲雜技的戲院，叫做「勾欄」。如〔宋〕孟元老《東京夢華錄》：

街南桑家瓦子，近北則中瓦，次裏瓦。其中大小勾欄五十餘座。內中瓦子蓮花棚、牡丹棚，裏瓦子夜叉棚、象棚最大，可容數千人。自丁先現、王團子、張七聖輩，後來可有人於此作場。瓦中多有貨藥、賣卦、喝故衣、探搏、飲食、剃剪、紙畫、令曲之類。終日居此，不覺抵暮。（註二六）

東京的東南角，有桑家瓦子和中瓦、裏瓦，裡面的「勾欄」就有五十餘座，且中裏瓦子夜叉棚、象棚最大，可容數千人；還有餐飲店、理髮店、賣卜等各式各樣的店鋪，可想而知，瓦子佔地之大。市民在閒暇之餘，可以到「勾欄」或「邀棚」觀看戲曲和各種技藝表演。除此之外，還有於市場的道路或空地進行表演的「路岐人」，如〔宋〕周密《武林舊事》：「或有路岐，不入勾欄，只在耍鬧寬闊之處做場者，謂之『打野呵』」。（註二七）由此可知，宋代市民娛樂的空間，不僅限於瓦舍內的「勾欄」，市場、街道的空地也隨時有表演，故娛樂活動已成爲市民生活不可或缺的成分。

在「瓦舍」、「勾欄」中最盛行的娛樂活動之一，便是「說書」。如〔宋〕耐得翁《都城紀勝》提到說話有四家，實際上卻不止，有「小說」、「說經」、「說史書」、「合生」及「商謎」等（註二八）。且上述數家在當時受歡迎的程度，可從各家的人數多寡作爲判斷的依據，〔宋〕周密《武林舊事》〈諸色伎藝人〉條：

演史：喬萬卷、許貢士、張解元（等二十三人）。說經諢經：長嘯和尚、彭道、陸妙慧（等十七人）。小說：蔡和、李公佐、張小四郎（等五十二人）。說諢話：蠻張四郎。商謎：胡六郎、魏大林、張振（等十七人）。合笙：雙秀才。（註二九）

其中較受歡迎者爲「演史」、「小說」，其次則爲「說經諢經」與「商謎」。但就目前能見到的話本，主要是「小說」和「講史」二家，其餘則未有文本流傳，故無法進一步深究。

宋代的說本，「講史」、「小說」是唐代「講經」、「講史」的繼續發展，然而，宋代在瓦舍進行的「說經」與唐代的「講經」在本質上已有很大的差異。首先，唐代講經在「寺院」進行，有其固定的儀式，目的是爲了弘揚佛法，教化群眾，對象有信徒與一般信眾；而宋代的講經則是在「瓦舍」、「勾欄」進行，其目的爲娛樂市民，所以才會有標榜插科打諢、語涉淫穢的「諢經」。

其次，到了宋眞宗（九六八－一〇二二）變文的講唱，便在一道禁令之下被根本的撲滅了。（註三十）車錫倫在〈宋代瓦子中的「說經」與寶卷〉中提到，宋代瓦舍的「說經」與唐代的「講經」沒有直接的關係。（註三一）由於宋代的這些「說經」今均未見隻字，故無從引證說明宋代「說經」與唐代「講經」二者之間的異同；但也無法證明宋代的「說經」沒有受到唐代「講經」的影響。受到民眾歡迎的娛樂活動，是無法因官方的禁斷而銷聲匿跡，而是繼續在民間繼續流傳，在適當的時機，以不同的形式呈現，就如同宋代的話本，就是繼承唐代非佛教故事的變文，而宋代「說經」也因唐代「講經」曾受到民眾熱烈的喜愛，省略嚴肅的宗教儀式轉而以更為通俗的形式來娛樂大眾。

唐、宋的俗文學因都市發展而有所演變，唐代都市因施行「城坊制」，故市民的娛樂活動也間接受到限制，不管是在寺院的戲場、街道的空地或坊、市內的空地，表演的場地都是臨時搭起，並沒有專門用來演出的建築。在寺院有特定的節慶進行表演，不能只為了娛樂大眾，同時還要弘法傳教、寓教於樂，故敦煌發現的變文中，「講經文」佔有一定的數量，非講經的變文，則帶有教忠教孝的含意，如《目連變文》、《舜子至孝變文》、《漢將王陵變》等。宋代則因施行「街巷制」，除了有規模宏大的遊藝場所「勾欄」外，街頭巷尾只有人群聚集，街頭藝人可隨處進行表演，所以市民在閒暇之餘，便可隨時前往「勾欄」看表演，或人群聚集的地方聽說書，如〔宋〕張擇端《清明上河圖》中有一群市民圍繞說書人說書的畫面（註三二）。故娛樂活動沒有時空的限制，較受歡迎的說書活動，為了因應市民娛樂的需求，說唱的內容沒有任何限制，與佛教有關的故事甚或插科打諢的諢經也無妨。

四　口頭傳播下的唐宋俗文學

由於俗文學是以文字作為創作工具，但它的傳播媒介則是「口頭」傳播與「書面」傳播兼而行之，其中口頭傳播是直接面對群眾，最易感染人心，唐、宋二代因城市的蓬勃發展與市民階層的興起，進而帶動娛樂大眾的俗文學，將據文獻的記載，分別就唐代俗講、宋代說書及盛行於酒樓茶館的俗曲，考察口頭傳播下的唐宋俗文學的演變。

（一）蓬勃不衰的俗講活動

俗講的興起，始於何時，就目前的文獻記載還未發現明確的時間點，但從〔宋〕宋敏求（一〇一九－一〇七九）《大唐詔令集》中記載在唐玄宗開元十九年（七三一），曾發布禁斷俗講的詔令〈誡勵尼僧敕〉：

> 近日僧尼，此風尤甚，因依講說，眩惑閭閻，谿壑無厭，唯財是斂。津梁自壞，其教安施？無益於人，有蠹於俗。或出入州縣，假託權威。或巡歷村鄉，恣行教化。因其聚會，便有宿宵。左道不常，異端斯起。自今以後，僧尼除講律之外，一切禁斷。（註三三）

當時因俗講活動的盛行，不管是都市、鄉村，隨處可見，其中不乏有心人士從中操控，進行斂財、蠱惑人心，因而導致社會風氣之敗壞，須由官方介入並加以禁斷。由此文獻記載可推論，俗講的興起或許始於開元甚或更早。

俗講雖遭官方禁斷，但這項市民喜聞樂見的娛樂活動，並無因官方的禁斷而銷聲匿跡，可從當時非常受歡迎的俗講僧——文漵說起。有關「文漵」的記載，最早見於〔唐〕段成式《西陽雜俎》：「佛殿內槽東壁維摩變，舍利佛角而轉膝。元和末俗講僧文淑裝之，筆蹟盡矣。」（註三四）其中「文淑」乃「文漵」之誤（註三五），在元和末（約西元八二〇年）唐憲宗時，文漵爲當時的俗講僧之一。會昌初，日僧圓仁入唐於長安小住，亦數聞俗講，如《入唐求法巡禮行記》中一再述及朝廷令勅俗講，在會昌元年（八四一），勅於左、右街七寺開俗講，其中文漵爲「城中俗講，此法師爲第一」，故俗講被禁斷是暫時的，因禁斷與開風氣者，皆由官方帶動。由此可知，俗講活動受歡迎的程度絕不是一道法令所能禁絕。文漵俗講歷二十餘年，期間曾因得罪文宗（八二七－八四〇）而被流放，「文宗善吹小管。時法師文漵爲入內大德，一日得罪流之。」（註三六）但無損文漵俗講僧的聲譽。

唐代俗講之活躍，除了寺院處處開講、聽者塡咽寺舍外，受歡迎的程度，歌妓、職業說書藝人也仿效之。如〔唐〕王建（七六七－八三〇）〈觀蠻妓〉：「欲說昭君斂翠蛾，清聲委曲怨于歌。誰家年少春風裏，抛與金錢唱好多。」（註三七）有位歌妓正在唱「昭君」的故事，其中最後一句「抛與金錢唱好多」可知，當時說「昭君故事」已爲職業性質的說唱。又〔唐〕吉師老〈看蜀女轉昭君變〉：「妖姬未著石榴裙，自道家連錦水濆。檀口解知千載事，清詞堪歎九秋文。翠眉顰處楚邊月，畫卷開時塞外雲。說盡綺羅當日恨，昭君傳意向文君。」（註三八）

記錄一位四川的女性職業說書人，正配合著圖畫講唱〈昭君變〉的情形。唐代的講唱不僅只有寺院中僧侶的俗講，已有離開寺院的民間職業說書活動。

這樣的民間講唱活動之盛行，就連文人之間也津津樂道，如〔唐〕孟棨《本事詩》：

詩人張祜未嘗識白公。白公刺蘇州，祜始來謁。才見白，白曰：「久欽籍，嘗記得君款頭詩。」祜愕然曰：「舍人何所謂？」白曰：「『鴛鴦鈿帶拋何處。孔雀羅衫付阿誰？』非款頭何邪？」張頓首微笑，仰而答曰：「祜亦嘗記得舍人《目連變》。」白曰：「何也？」祜曰：「『上窮碧落下黃泉，兩處茫茫皆不見。』非《目連變》何邪？」遂與歡晏竟日。（註三九）

唐代俗講活動，從寺院到民間，上至帝王，下至一般市民，甚或文人雅士，皆喜聞樂見；同時也間接影響到宋代的說書活動，不管在形式、內容或題材上，有繼承也有創新。

上述文獻記載所提及的民間講唱《目連變》、《王昭君變文》，確實存在敦煌莫高窟發現的寫卷。進一步探討敦煌莫高窟發現之變文的題材，便可看出唐代俗文學中講唱文學的發展情形。變文的題材大約可分爲兩大類，第一類是講唱佛經和佛家故事，第二類是講唱中國歷史及民間故事。第一類中的講唱佛經——講經文，按照佛經的經文，先作通俗的講解，再用唱詞重複解說一遍。講經文主要是僧徒爲了宣傳教義，以且說且唱的方式吸引聽眾，在講經時有固定的儀式，主要由都講唱經，法師講經，講唱的地點則是在寺廟，如寺廟舉行法會或特定的節日時進行。

講經文在本質上並非以娛樂爲目的，主要是爲了闡釋佛經，用說唱兼施，韻散間用，敷衍故事的方式進行，用「化俗」的手法讓民眾更易了解。講經文雖是嚴格的講經，但有些佛經本身就有敘事性，如《雙恩記》、《維摩詰經講經文》、《父母恩重經講經文》等，其中《父母恩重經講經文》內容主要描述十月懷胎，以至長大成人，父母對子女的深恩重德，主要傳達中國根深蒂固之重倫理、守孝道的觀念，用以調和佛教主張出家修道，棄離父母的行爲。講經文講唱的目的爲宣傳佛教教義，傳播的對象主要是僧侶或信徒，其次才是一般的市井小民，故只能視「講經文」爲講唱文學的近源。

唐代民間流行的歌曲眾多，在佛教世俗化的過程，僧侶也多運用「俗曲」來進行歌頌，如〈五更轉〉、〈十二時〉、〈百歲篇〉、〈行路難〉等，其中〈五更轉〉、〈十二時〉，數量眾多，題材多元，內容豐富，流行又廣，釋門佛弟子藉民眾熟悉的曲調傳唱佛教思想，則更易得到共鳴，由於歌曲的感染力量強，傳播效果尤佳，尤其能深入市井，更能普及民眾。講經文韻散夾雜形式中的韻文，就是所謂的「唱詞」的部分也有採用民間流行的俗曲〈五更轉〉、〈十二時〉等，如《無常經講經文》中的部分唱詞，就汲取《十二時普勸四眾依教修行》的唱詞（註四十）。

通俗的講經方式受到民眾的喜愛，便有離開佛經講唱佛家故事，如《太子成道變文》、《八相變》、《大目乾連冥間救母變文》、《破魔變》、《降魔變》、《金剛醜女因緣》等，以佛經爲依據，而不嚴格遵守佛經本文，通常採用佛經裡的一個故事或一個傳說，再由講唱者自行敘述、渲染。接著有非佛經故事的變文，講史及民間故事，如《伍子胥變文》、《漢將王陵變》、《王昭君變文》、《董永變文》、《舜子變》、《張義潮變文》等，其中皆有有傳達孝道思想的變文，如《太子成道變文》、《大目乾連冥間救母變文》、《董永變文》、《舜子變》等，從佛經的講唱到歷史、民間故事的講唱，皆出現孝道題材的變文，主要是爲了貼近市井小民的思想，同時「寓教於樂」也是講唱活動的目的之一。

從寺院嚴格的講經文，發展爲講唱佛教故事的變文，是佛教通俗化的講唱。之後，講唱場所改變；走出寺院，進入民間變場（註四一）、酒樓、茶館展開娛樂功能的講唱，題材也離開佛教教義的束縛，而改採歷史故事、民間故事，傳播的對象則沒有任何限制，上至帝王，下至市井小民皆是講唱活動的閱聽群。唐代通俗的講唱也間接影響到宋代的說書活動，不管在形式、內容或題材上，有繼承也有創新。

（二）敦煌曲子詞與諸宮調

唐代的俗文學除了變文外，還有敦煌莫高窟發現的曲子詞。曲子辭大多爲民間作品，多出於無名作者之手，他們的身分極爲複雜，有樂工歌妓、技藝百工、販夫走卒、戍人僧道、醫生閨秀等，故題材廣泛，如王重民《敦煌曲子詞集・敘錄》：

> 今茲所獲，有邊客遊子之呻吟，忠臣義士之狀語，隱君子之怡情悅志，少年學子之熱望與失望，以及佛子之讚頌，醫生之歌訣，莫不入調。其言閨情與花柳者，尚不及半，然其善者，足以抗衡飛卿，比肩端己。（註四二）

由於作者們的不同階層，他們所面對的社會現實也各自不同，生活內容極爲多樣，表現於曲子詞中，主題自然豐富多樣。歌唱的內容則大多與市井小民生活息息相關，歌詞風格質樸，語言純樸、活潑，極具市井文化的氣息。

其中敦煌曲子詞的選集《雲謠集》就目前所見有三十首詞。與整個敦煌曲子詞相比，《雲謠集》的思想內容，是比較集中的，寫婦女的有二十六首；寫男子的相思有三首，與婦女密不可分；下餘一首，則爲祝福皇帝之作。（註四三）《雲謠集》所收的詞，集中在寫婦女和婦女有關的題材，其藝術手法則較其他敦煌曲子詞更爲突出。《雲謠集》大概是經過編選者，對民間口頭傳唱的敦煌曲子詞進行挑選，並加以整編、加工而成的詞集。

曲子詞中常以幾個相同的曲調詠一事，如《擣練子》六首，其一（堂前立）、其二（入妻房）、其三（送征衣）、其四（長城路）（註四四）、其五（斥秦王）、其六（收骨）（註四五），前後連貫的敘述孟姜女的傳說故事。又《雲謠集》中的《鳳歸雲》四首，前後連貫的吟詠「怨思」，其一（征夫數載）、其二（綠窗獨坐）、其三（幸因今日）、其四（兒家本是）（註四六），前二首爲「閨怨」，先是懷念征夫，次爲給征夫寫信；後二首則是敘述思婦爲征人守貞，先是遭錦衣公子調戲，接著拒絕公子的求愛。雖爲同一曲調詠一事，但曲子詞的形式多種多樣，而且變化多端，常見一調多體，如任二北《敦煌曲初探》：「（《鳳歸雲》）辭四首：前二首與後二首分明爲二體；起結同，而中幅異。」（註四七）由此可知，以同一曲調，並非僅是單調的重覆，形式稍有變化。宋代諸宮調的內容爲講唱故事，其中韻文形式是組織不同的套數而成（註四八），如《董解元西廂記》、《劉智遠諸宮調》等，似受到曲子詞的影響。

（三）說話家數與說書人

宋代因都市經濟的繁榮，商業的發達，進而使市民階層的消費能力、文化水平普遍提升，故通俗的說書、講唱，成爲他們喜聞樂見的娛樂活動，因此說書這項娛樂活動在宋代有廣大的市場，進而造就了許多形形色色的說書人，分別就他們所擅長的家數進行表演。故「說話」逐漸職業化、商業化，且具市民消費娛樂的特色。

宋代的說話家數，於〔宋〕耐得翁《都城紀勝・瓦舍眾伎》中有一段記載：

> 說話有四家：一者小說，謂之銀字兒，如煙粉、靈怪、傳奇。說公案，皆是搏刀趕捧及發跡變泰之事。說鐵騎兒，謂士馬金鼓之事。說經，謂演說佛書。說參請，謂賓主參禪悟道等事。講史書，講說前代書史文傳、興廢爭戰之事。最畏小說人，蓋小說者能以一朝一代故事，頃刻間提破。合生與起令、隨令相似，各占一事。商謎，舊用鼓板吹《賀聖朝》，聚人猜詩謎、字謎、戾謎、社謎，本是隱語。（註四九）

先提到說話有「四家」，一者小說，謂之銀字兒，但後文沒有二者、三者，若就行文來看，應不止四家，除了「小說」外，還有「說公案」、「說鐵騎兒」、「說經」、「說參請」、「講史書」、「合生」及「商謎」等。由於耐得翁《都城紀勝》的記載，並沒有明確的說出，說話到底有哪四家？故後代研究說話的學者各自提出對說話四家的劃分，有的把銀字兒、說公案、說鐵騎兒歸入小說家，有的則把說公案、說參請、商謎或合生分別算作一家，各家說法各異。（註五十）就目前傳世載籍的記載，仍沒有明確的證據，以資證明宋代說話到底有哪四家？但耐得翁《都城紀勝・瓦舍眾伎》的這段記載，卻證實宋代「說話」的多元性，並不僅侷限於目前留有話本的小說和講史兩家。

宋代說話是唐代講唱的繼續發展，從唐代的變文的內容來看，主要是講唱佛經、佛教故事與歷史故事兩大類。宋代說書人爲了吸引更多民眾前往瓦舍、勾欄消費娛樂，故所說的內容需引起市民的興趣。唐代講唱的目的主要是宣傳宗教信仰，故採用民眾較易理解有說有唱的方式，講唱佛經和佛家故事。講唱發展到宋代其功能已由宗教宣傳轉變爲娛樂活動，故具情節的小說與講史則較受到民眾的歡迎。

敦煌爲佛教聖地，故莫高窟藏經洞所發現的變文，其內容也大多與佛教相關，但其中講唱歷史故事的變文數量也不少，目前發現的有〈舜子變〉、〈董永變文〉、〈伍子胥變文〉、〈孟姜女變文〉、〈張良故事變文〉、〈漢將王陵變〉、〈捉季布傳文〉、〈季布詩詠〉、〈李陵變文〉、〈蘇武李陵執別詞〉、〈王昭君變文〉、〈前漢劉家太子傳〉、〈張義潮變文〉、〈張淮深變文〉等，唐代講史變文中的歷史人物可上溯至三皇五帝時代的舜，下推到唐末歸義軍時期的張義潮、張淮深。「講史」爲宋代說書四大家之一，且傳世載籍也對「講史」進行解說，〔宋〕耐得翁《都城紀勝．瓦舍眾伎》：「講史書，講說前代書史文傳興廢爭戰之事。」（註五一）、〔宋〕吳自牧《夢粱錄．小說講經史》：「講史書者，謂講說《通鑑》、漢唐歷代書史文傳興廢，爭戰之事。」（註五二）。再就目前留存下來的話本，《全相平話武王伐紂書》、《全相平話樂毅圖齊七國春秋後集》、《全相平話秦併六國》、《全相平話前漢書續集》、《全相平話三國志》、《薛仁貴征遼事略》、《新編五代史平話》及《大宋宣和遺事》（註五三）等，講史發展到宋代，已有明確的定義，其內容爲講說前代史書文傳興廢爭戰之事，講說從先秦、三國到北宋的歷史故事，其中也不乏與唐代講史變文講述同一歷史故事者，如《前漢漢書平話續集》中的〈五侯獻項王頭爭功〉（註五四）中描述到「四面楚歌」的情節，正與〈季布詩詠〉爲同一段歷史故事。

關於說書人的身分，則可從宋代傳世文獻，如《東京夢華錄》、《都城紀勝》、《武林舊事》、《夢粱錄》等，所記載的說話人名單進行考察。講史與小說二家皆有說書人在宮廷內當差或御前應制，如講史家王六大夫（註五五）及小說家孫奇、朱修等都在德勝宮獻藝（註五六）。說話人能在宮廷內進行說唱且得到皇帝的賞識，想必他們說話的技巧已有一定的水準；御前應制者以小說家最多，其中也不乏女性，如講史的有張小娘子　宋小娘子　陳小娘；說經的爲陸妙慧、陸妙靜；小說的史惠英等（註五七），此則凸顯在位者對於說書活動的肯定與愛戴。

演史家中多有以「功名」或「書生」爲名的說書人，如喬萬卷、許貢生、張解元、陳進士、武書生、劉進士等（註五八），他們雖不是眞取得功名，但以他們本身的文化修養與教育程度，講史則虛實摻雜，講述歷史同時也斟酌加入民間的奇聞軼事，使聽眾備感親切，寓教於樂。小說家則有出身於小商販的市民，如粥張二、酒李一郎、故衣毛三、棗兒徐榮、爊肝朱、掇藾張茂等（註五九），他們以市民的身分，說市民最熟悉的語言，故事題材圍繞在市民周遭，並深刻的訴說市民的生活及心聲，最易得到市民的回響。由此可知，因應市場的需求，而衍生出形形色色的說書藝人，不管是落第書生、市井商販、僧尼還是女流之輩，只要肯學能說，他們皆是在市井占有一席之地的說書藝人。

五　書面傳播下的唐宋俗文學

俗文學的書面傳播，如唐代的變文、宋代的話本，多是仰賴半知識分子汲取民間文學素材，進行紀錄、整編、加工、改寫的再創作。作者大多是無名氏，因爲說話人師徒相傳，在演說時不斷修改補充，最後成書，已經不是某一個人的創作，而是經過許多人之手的改編與傳鈔，才得以流傳於民間。通俗作品的書面傳播，除了有市場的需求外，印刷術的發達及識字率的逐漸普及也是重要的因素。

（一）印刷業與俗文學的傳播

晚唐時期，雕版印刷主要以佛經、曆書、術數、小學及字書爲主，所以變文的流傳主要以抄本爲主。當時雕版印刷還未全面普及，從事刻書活動的主要是寺院和民間坊肆。唐代統治者大多崇信佛教，寺院遍及全國，再加上善男信女的贊助，具有充足的經濟力量，僱用工匠，大批地進行佛教經、像、咒、傳的複製，宣傳教義，擴大信徒。而民間書肆的刻書，大多以印賣曆書、字書、陰陽雜記爲主。

到宋代雕版印刷才成爲一項獨立的產業，而晚唐五代從事雕版印刷的大多爲個人或群體，尚未組成行業。在宋仁宗年間（一〇一〇－一〇六三）畢昇發明膠泥活字，促使印刷技術更加提升。印刷術業發展到宋代，已形成較穩定的刻書產業格局，官刻、家刻、坊刻三大系統平行發展，各自佔據特定市場，互相補充，共同滿足社會各階層對各類讀物的不同需求，其中坊刻主要以售賣營利爲目的，所以有些坊刻開始販售話本，以當時三大刻書中心杭州、福建、四川爲例（註六十），說明其中刊刻的俗文學作品，如杭州「中瓦張家，刻有平話小說《大唐三藏取經詩話》」（註六一），《大唐三藏取經詩話》卷末有「中瓦子張家印」題款（註六二）；福建的麻沙刻本總數達二三百種之多，平話、小說等通俗文學也在其列，且麻沙刻本的銷量爲全國之首（註六三），坊間的刊刻販賣同時也帶動宋代俗文學的傳播與發展。雖然目前所見的話本都見於明人編纂的小說話本集，宋代的話本幾乎無存，但就上述坊間大量刊刻販售小說、話本的情形，當時通俗文學作品廣爲流傳是可以想見的。

（二）識字率的提高增進俗文學的書面傳播

宋代坊間印刷業的興起，刊印的書籍不乏小說、話本等俗文學作品，此提供廣大市民另一種娛樂消遣的選擇，進而推動了宋代俗文學的發展。此外，唐、宋二代的識字教材的陸續產生，促使民眾的識字率的提升，也是增進俗文學書面傳播的原因。

梁武帝時（五三五－五四五）周興嗣所編的《千字文》，於敦煌莫高窟所發現有五十幾件之多的寫本，此證明了《千字文》在隋、唐、五代時期，是極爲普遍的童蒙教材，不僅在中原地區廣爲流行，連遠在西陲地區的敦煌也普遍採用。此外，在敦煌莫高窟還發現比《千字文》更爲通俗的識字類書《開蒙要訓》，也有四十幾件之多。宋代在唐代的基礎下，陸續有新的識字教材產生，如《三字經》、《百家姓》、「雜字」等（註六四）。由唐到宋陸續出現爲數不少的各類識字教材，可想而知民眾的識字率是逐漸提升。

唐、宋二代蒙養教育的逐漸普及，也是促使識字率的提高原因之一。蒙養教育主要是由「私學」承辦，官學一般不完全包辦蒙養教育，通常僅以科舉考試的科目爲主。唐代尊崇儒術，又兼重佛、道二教，其中佛教發達，寺院不但是傳教的場所，也是文化、藝術的寶藏，社會教育的重心。唐代寺院除了讓學子寄寓外，甚至還有義學、寺塾的興辦，即所謂「寺學」。唐五代、北宋初期敦煌地區，先後出現有對俗家弟子進行童蒙教育的寺學（註六五）。

宋代因經濟的發達，社會的中下階層的地主、商人等，隨著政治、經濟地位的提高，受教育的人數大爲增加，僅靠「官學」很難滿足此一要求，故「私學」在宋代有較充分的發揮。如《宋史．許驤傳》：「（許唐）嘗擁商貲於汴、洛間，見進士綴行而出，竊嘆曰：『生子當令如此！』因不復行賈，卜居睢陽，娶李氏女，生驤，風骨秀異。唐曰：『成吾志矣！』郡人戚同文以經術聚徒，唐攜驤詣之，且曰：『唐頊者不辭父母，死有餘恨，今拜先生，即吾父矣。又自念不學，思教子以興宗緒，此子雖幼，願先生成之。』」（註六八）充分反應當時一般世人期望子輩藉由受教育而考取進士，也說明了當時地方私學在已相當普遍。故私學的興盛也帶動童蒙教育的普及。

六　結語

俗文學研究至今成果豐碩，藉由這些研究成果進行整理歸納出俗文學，這一學科較爲周全的定義，第一，「都市」的興起是帶動「俗文學」發展的重要關鍵；第二，「俗文學」服務的對象主要是市井小民；第三，俗文學是以「文字」作爲主要的創作工具；第四，俗文學的傳播媒介是「口頭」傳播或「書面」傳播兼而行之；第五，俗文學作品，大部分是經由半知識分子汲取民間文學素材，進行紀錄、整編、加工、改寫的再創作。

唐、宋兩代俗文學的發展有賴城市的形成、社會經濟的發達、市民階層的出現、童蒙教育的普及與印刷出版業的興盛等外在條件。唐、宋兩代的俗文學的發展與演變，經由城市的發展，到口頭傳播與書面傳播三個面向的考察，發現唐代施行的坊城制度，已經無法控制市民階層對於娛樂活動的需求；到晚唐時期，坊城制走入歷史。到宋代，人民的住宅區與商業區，已無任何圍牆的區隔，瓦舍勾欄固定的娛樂場所、燈火通明的夜市，使市民的娛樂活動更爲普遍、活躍。

俗文學的口頭傳播，從唐代寺院的俗講走入宋代瓦子的說書，講說者也從僧侶轉變爲各種階層的說書藝人，使市民聽說書的選擇性更多。至於俗文學的書面傳播，唐代以寫本的流傳爲主，由於傳抄費時耗力，無法廣泛的流傳，有其侷限性，但從敦煌發現的變文數量，實不可小覷。宋代因活字版印刷術發明及坊刻的興起，使俗文學讀物的流傳逐漸廣泛，但由於宋代文人對於這樣通俗的作品並不重視，所以幾乎沒有宋代話本流傳下來。寺學、私學的興起，帶動蒙學教育的普及，民眾的識字率的提升，也使得俗文學作品在民間較能廣泛的流傳。唐宋二代俗文學的發展，保有各自的特色，宋代的俗文學不論口頭或書面的傳播皆較唐代更加蓬勃與普遍。

注釋

編　按　廖秀芬　南華大學通識教學中心講師。
　　　　鄭阿財　南華大學文學系教授。

註　一　嚴紹璗：〈狩野直喜和中國俗文學的研究〉，《學林漫錄》第七集（北京市：中華書局，一九八三年），頁一四九。

註　二　楊蔭深：《中國俗文學概論》（上海市：世界書局，一九四六年）；吳同瑞、王文寶、段寶林編：《中國俗文學概論》（北京市：北京大學出版社，一九九七年）；曾永義：《俗文學概論》（臺北市：三民書局，二〇〇三年）等。

註三　鄭振鐸：《中國俗文學史》（臺北市：臺灣商務印書館，一九六五年），頁一。

註四　鄭振鐸：《中國俗文學史》，頁四－六。

註五　王文寶等編：《中國俗文學辭典》（長春市：吉林教育出版社，一九九〇年），頁二。

註六　曾永義：《俗文學概論》（臺北市：三民書局，二〇〇三年），頁二三。

註七　中國俗文學學會：《俗文學論》（哈爾濱市：黑龍江人民出版社，一九八七年），頁一、三。

註八　參看周嘉慧紀錄〈「俗文學教學與研究」座談會〉，李福清提出：「鄭振鐸在《俗文學史》中說到：『俗文學即通俗文學，也即是民間文學、大眾文學』。這是錯誤的。」（《國文天地》第一三卷第四期，一九九七年），頁八。鄭振鐸《中國俗文學史》第一章〈何謂「俗文學」〉的原文：「『俗文學』就是通俗的文學，就是民間的文學，也就是大眾的文學。」（鄭振鐸：《中國俗文學史》，頁一）其中「民間的文學」意指「流行於民間」，此章的內容僅有此處提到「民間的文學」，且未曾出現「民間文學」一詞，故鄭振鐸《中國俗文學史》並未提出「俗文學即是民間文學」的論點。

註九　周嘉慧紀錄〈「俗文學教學與研究」座談會〉，頁八。

註十　金榮華：「我曾經按照歷史發展的過程，將俗文學、民間文學另外用一個名稱來代替，或許會比較適合——俗文學是『都市文學』、『市民文學』；民間文學是『農民文學』；雅文學是『文人文學』。」以流行傳播的對象的階層，區分出「俗文學」、「民間文學」、「雅文學」的差別。胡萬川：「例如都市化中一些編成故事來演出、唱給大眾聽的『故事』，和一些原住民關起門來，爸爸講給兒子聽的『故事』。」以說故事的場合與受眾，區分「俗文學」與「民間文學」的差別。（周嘉慧紀錄〈「俗文學教學與研究」座談會〉，頁一〇—一一。）

註十一　周嘉慧紀錄〈「俗文學教學與研究」座談會〉，頁八。

註十二　周嘉慧紀錄〈「俗文學教學與研究」座談會〉，頁九。

註十三　（唐）長孫無忌：《唐律疏議・雜律》：「諸犯夜者，笞二十。」（臺北市：藝文印書館，一九六五年《百部叢書集成》影印《岱南閣叢書》本），卷二六，頁九上。

註十四　劉淑芬：〈中古都城坊制的崩解〉：「城坊制後來逐漸崩解，坊內居民開始打破坊牆，對街開門；甚至佔用街道種植樹木蔬果，或搭建房舍涼棚，這叫做「侵街」。商店也大量地在住宅區的坊中開設，後來更面對接到開店。」（《大陸雜誌》第八二卷第一期，一九九一年），頁三一。

註十五　（後晉）劉昫：《舊唐書・武元衡傳》：「時夜漏未盡，陌上多朝騎及行人，鋪卒連呼十餘里，皆云賊殺宰相，聲達朝廷，百官恟恟，未知死者誰也。」發生於唐憲宗元和十年（八一五）六月的一個清晨，宰相武元衡在上朝途中遇刺；在朝鼓未響之前的街上，不只有朝官員急忙地趕著上朝，也有行人遊走。（臺北市：鼎文書局，一九八五年），卷一五八，頁四一六一。

註十六　〔唐〕長孫無忌：《唐律疏議．雜律》：「閉門鼓後、開門鼓前禁行，明禁出坊外者。若坊內行者，不拘此律。」，卷二六，頁九。

註十七　榮新江：〈從王宅到寺觀：唐代長安公共空間的擴大與社會變遷〉：「諸王宅第被玄宗廢棄，多改建爲佛寺或道觀，既有原潛龍之地不能再爲常人所居，也有諸王或公主皈依佛法或入道而捨宅爲寺觀。」《隋唐長安：性別、記憶及其他》（上海市：復旦大學出版社，二〇一〇年），頁七十。（原載《基調與變奏：七至二〇世紀的中國（社會．思想）》臺北市：政治大學歷史系等，二〇〇八年）

註十八　〔唐〕趙璘：《因話錄》，（臺北市：藝文印書館，一九六五年《百部叢書集成》影印《稗海》本），卷四頁四下。

註十九　〔日〕圓仁著，白化文等修定校注：《入唐求法巡禮行記校註》：「會昌元年（八四一）。又敕於左右街七寺開俗講。左街四處：此資聖寺令雲花寺賜紫大德海岸法師講《花嚴經》；保壽寺令左街僧錄三教講論賜紫引駕大德體虛法師講《法花經》；菩提寺令招福寺內供奉三教講論大德齊高法師講《涅槃經》；景公寺令光影法師講。右街三處：會昌寺令內供奉三教講論賜紫引駕起居大德文漵法師講《法花經》——城中俗講，此法師爲第一。」（石家莊市：花山文藝出版社，一九九二年），頁三六九。

註二十　有關「應聖節」及「中興殿」的記載，可參見〔宋〕薛居正等撰：《舊五代史．唐書》：「（天成元年六月）己丑……中書奏：『請以九月九日皇帝降誕日爲應聖節，休假三日。』」（臺北市：鼎文書局，一九八五年），頁四九九；又「（天成元年）癸亥，應聖節，百僚於敬愛寺設齋，召緇黃之眾於中興殿講論，從近例也。」，頁五一〇；及「（天成元年元年）辛亥，帝始聽政于中興殿。」，頁四九五。上述「天成」即後唐明宗登基時年號。

註二一　〔宋〕錢易：《南部新書》（臺北市：藝文印書館，一九六五年，《百部叢書集成》影印《學津討原》本），戊卷，頁八上。

註二二　〔宋〕李昉等編：〈任三郎〉，《太平廣記》：「又其年至長安開化坊西北角酒肆中，復見任公，問其所舍，在往謁之，失其所在矣。」（北京市：中華書局，一九六一年），卷八六，頁五五九。又〈任氏〉，《太平廣記》：「唐天寶九年夏六月，崟與鄭子偕行於長安陌中，將會飲於新昌里。」，卷四五二，頁三六九二。

註二三　〔唐〕段成式：〈貶誤篇〉，《酉陽雜俎》（臺北市：藝文印書館，一九六五年，《百部叢書集成》影印《學津討原》本），續集卷四，頁十七。

註二四　劉淑芬：〈中古都城坊制的崩解〉，頁四一－四二。

註二五　〔宋〕張擇端：《清明上河圖》（香港：商務印書館影印故宮博物館藏，二〇〇五年）。

註二六　〔宋〕孟元老：〈東街樓街巷〉，《東京夢華錄》（臺北市：藝文印書館，一九六五年，《百部叢書集成》影印《學津討原》本），卷二，頁五。

註二七　〔宋〕周密：〈瓦子勾欄〉，《武林舊事》（臺北市：藝文印書館，一九六五年《百部叢書集成》影印《知不足齋叢書》本），卷六，頁二。

註二八　〔宋〕耐得翁：〈瓦舍眾伎〉：「說話有四家：一者小說，謂之銀字兒，如煙粉、靈怪、傳奇。說公案，皆是搏刀趕捧及發跡變泰之事。說鐵騎兒，謂士馬金鼓之事。說經，謂演說佛書。說參請，謂賓主參禪悟道等事。講史書，講說前代書史文傳、興廢爭戰之事。最畏小說人，蓋小說者能以一朝一代故事，頃刻間提破。合生與起令、隨令相似，各占一事。商謎，舊用鼓板吹《賀聖朝》，聚人猜詩謎、字謎、戾謎、社謎，本是隱語。有道謎（來客念隱語說謎，又名打謎）、正猜（來客索猜）、下套（商者以物類相似者譏之，人名對智）、貼套（貼智思索）、走智（改物類以困猜者）、横下（許旁人猜）、問因（商者喝問句頭）、調爽（假作難猜，以定其智）。」《都城紀勝》（上海市：上海書局，一九九四年《叢書集成續編》），史部第五四冊，頁十。

註二九　（宋）周密：〈瓦子勾欄〉，《武林舊事》卷六，頁十八—三十。

註三十　鄭振鐸：《中國俗文學史》，頁二五二。

註三一　車錫倫：〈宋代瓦子中的「說經」與寶卷〉：「宋人文獻中有關說經等的記述都是南宋後期（一二二七—一二七九）或宋亡後的文獻，其中最早的是瑞平二年（一二三五）的《都城紀勝》；而介紹北宋（九六○—一一二七）都城汴梁瓦子伎藝最詳的孟元老《東京夢華錄》（約成書於南宋初年），均無說經記載。因此，說經等伎藝在瓦子出現，最早是南宋中葉以後的事。……因此，它不可能是一百多年前即被「禁斷」的「變文」的直接繼承，而是一種新出現的民間說唱伎藝。」《民間信仰與民間文學》（臺北市：博揚文化事業公司，二○○九年），頁七二。（原載《書目季刊》第三四卷第二期，二○○○年。）

註三二　（宋）張擇端：《清明上河圖》（香港：商務印書館影印故宮博物館藏，二○○五年）。

註三三　〔宋〕宋敏求輯：〈誡勵僧尼敕〉，《唐大詔令集》（臺北市：藝文印書館，一九七二年《百部叢書集成續編》影印《適園叢書》本），卷一一三，頁六下。

註三四　〔唐〕段成式：〈寺塔記上〉，《酉陽雜俎》，續集卷五，頁十一。

註三五　參閱向達：〈唐代俗講考〉，收於周紹良、白化文編《敦煌變文論文錄》（上海市：上海古籍出版社，一九八二年），頁四三。（初稿曾刊《燕京學報》第一六期，其後獲見英法所藏若干新材料，用將舊稿整理重寫一過。一九四〇年五月向達謹記於昆明。）

註三六　〔宋〕李昉等編：〈文宗〉，《太平廣記》，卷二〇四，頁一五四六。

註三七　〔唐〕王建：〈觀蠻妓〉，《全唐詩》（臺北市：文史哲出版社，一九八七年），卷三〇一，頁三四三四。

註三八　〔唐〕吉師老：〈看蜀女轉昭君變〉，《全唐詩》（臺北市：文史哲出版社，一九八七年），卷七七四，頁八七七一。

註三九　〔唐〕孟棨：〈嘲戲〉，《本事詩》（臺北市：藝文印書館，一九六五年《百部叢書集成》影印《陽山顧氏文房》本），第七，頁二四下。

註四十　參見鄭阿財：〈唐代佛教文學與俗曲——以敦煌寫本〈五更轉〉、〈十二時〉爲中心〉，《普門學報》第二十期（二〇〇四年），頁一一七－一二八。

註四一　〔唐〕段成式：〈怪術〉：「秀才忽怒曰：『我與上人素未相識，焉知予不逞徒也？』僧復大言：『望酒旗、玩變場者，豈有佳者乎？』」（《酉陽雜俎》，卷五），頁四。

註四二　王重民：《敦煌曲子詞集．敘錄》（上海市：商務印書館，一九五〇年），頁一。

註四三　孫其芳、顏亮廷：〈敦煌歌辭〉，顏廷亮主編：《敦煌文學概論》（蘭州市：甘肅人民出版社，一九九三年），頁四三三。

註四四　王重民：《敦煌曲子詞集》（上海市：商務印書館，一九五〇年），頁二九。

註四五　饒宗頤：《敦煌曲訂補》（《中央研究院史語所集刊》第五一本第一部分，一九八〇年），頁一一五－一二二。

註四六　潘重規：《敦煌雲謠集新書》（臺北市：石門圖書公司，一九七七年），頁一七三－一七六。

註四七　任二北：《敦煌曲初探》（上海市：上海文藝聯合出版社，一九五四年），頁九一。

註四八　鄭振鐸：《中國俗文學史》「第八章　鼓子詞與諸宮調」：「集合同一宮調的曲調若干支，組合成一個歌唱的單位有引有尾（但也有無尾聲的），那便是所謂套數。」又：「綜觀諸宮調所用的套數，其方式大別之有下列的三種：（甲）組織二個同樣的隻曲以成者；（乙）組織二個或二個以上同樣的隻曲，並附以尾聲而成者；（丙）組織數個不同樣的隻曲並附以尾聲者。」，頁九五、九六。

註四九　〔宋〕耐得翁：《都城紀勝．瓦舍眾伎》，頁十。

註五十　有關說話四家的劃分情況，可參閱李嘯倉：《宋元伎藝雜考．談宋人說話的四家》（上海市：上海出版社，一九五三年），頁七七－九四。

註五一　〔宋〕耐得翁：《都城紀勝．瓦舍眾伎》，頁十。

註五二　〔宋〕吳自牧：〈小說講經史〉，《夢粱錄》（臺北市：藝文印書館，一九六五年《百部叢書集成》影印《學津討原》本），卷二十，頁一五下。

註五三　鍾兆華校注：《元刊全相平話五種校注》（成都市：巴蜀書社，一九九〇年）、丁錫根點校：《宋元平話集》（上海市：上海古籍出版社，一九九〇年）。

註五四　丁錫根點校：《前漢書平話續集》卷下，《宋元平話集》，頁六七一。

註五五　〔宋〕吳自牧：〈小說講經史〉，《夢粱錄》：「又有王六大夫，元系御前供話，爲幕士請給講，諸史俱通，於咸淳年間，敷演《復華篇》及中興名將傳，聽者紛紛，蓋講得字眞不俗，記問淵源甚廣耳。」，卷二十，頁一五下。

註五六　〔宋〕周密：〈諸色伎藝人・小說〉，《武林舊事》：「朱修（德壽宮）、孫奇（德壽宮）、任辯（御前）、旋珪（御前）、葉茂（御前）……」，卷六，頁一九下。

註五七　〔明〕楊維楨：〈送朱女士桂英演史序〉，《東維子文集》：「當思陵上大皇，號孝宗奉太皇壽，一時御前應制多女流也。若碁待召爲沈姑姑，講史爲張氏、宋氏、陳氏，說經爲陸妙慧、妙靜，小說爲的史惠英。」《四部叢刊初編・集部》（臺北市：臺灣商務印書館，一九六五年），卷六，頁四六。

註五八　〔宋〕周密：〈諸色伎藝人・演史〉，《武林舊事》卷六，頁一八下。

註五九　〔宋〕周密：〈諸色伎藝人・小說〉，《武林舊事》卷六，頁一九下－二十上。

註六十　歷經北宋、南宋的藏的書家，〔宋〕葉夢德：《石林燕語》：「今天下印書，以杭州爲上，蜀本次之，福建最下。京師比歲印板，殆不減杭州，但紙不佳。蜀與福建多以柔木刻之，取其易成而速售，故不能工。福建本幾片天下，正以其易成故也。」（臺北市：藝文印書館，一九六五年《百部叢書集成》影印《稗海》本），卷八，頁六上。

註六一　任繼愈：《中國版本文化叢書・坊刻本》（南京市：江蘇古籍出版社，二〇〇二年），頁二一。

註六二　《大唐三藏取經詩話》，《古本小說集成》（上海市：上海古籍出版社，一九九四年），頁六四。

註六三　〔宋〕朱熹：〈建寧府建陽縣學藏書記〉：「建陽版本書籍行四方者，無遠不至。」，《晦安先生朱文公文集》，收於《朱子全書》（上海市：上海古籍出版社，二〇〇二年），卷七八，頁三七四五。

註六四　張志公：《傳統語文教育教材論——暨蒙學書目和書影》提到，《三字經》與《百家姓》的成書時代，大約於宋代。「《三字經》的作者為宋代王應麟或區適子，這個問題一直沒有結論。」，頁二一一—二一二。「《百家姓》是宋初人編的，這一點大致沒有問題。」，頁二二六。「開始出現圖文對照的『雜字』書，則始於宋代。《文淵閣書目》《綠竹堂書目》都著錄了一種《對相四言》。……這種書由於特別通俗，一般只流行於當時的中下層社會。」（上海市：上海教育出版社，一九九二年），頁三二一—三二三。

註六五　鄭阿財、朱鳳玉：《開蒙養正：敦煌的學校教育》：「根據今所公布的寫本題記及莫高窟壁畫題記中所得見的五九則有『某某寺學郎』、『某某寺學士郎』、『某某寺學仕郎』的資料。」（蘭州市：甘肅教育出版社，二〇〇七年），頁七。

註六六　〔梁〕沈約等撰：《宋書・許驤傳》（臺北市：鼎文書局，一九八三年），頁九四三五。

國家圖書館出版品預行編目(CIP)資料

游藝與研學 ： 唐宋俗文學研究論集 / 明道大學中國文學系主編. -- 初版. -- 臺北市 ： 萬卷樓, 2013.09

面 ；　公分. --（明道大學國學論叢）

ISBN 978-957-739-823-9(平裝)

1.俗文學 2.唐代 3.宋代 4.文集

858.207　　102021143

游藝與研學
——唐宋俗文學研究論集

2013 年 9 月 初版 平裝

ISBN 978-957-739-823-9

定價：新台幣 **500** 元

主　　編	明道大學中國文學系	出版者	萬卷樓圖書股份有限公司
發 行 人	陳滿銘	編輯部地址	106 臺北市羅斯福路二段 41 號 9 樓之 4
總 編 輯	陳滿銘	電話	02-23216565
副總編輯	張晏瑞	傳真	02-23218698
責任編輯	吳家嘉	電郵	editor@wanjuan.com.tw
編　　輯	游依玲	發行所地址	106 臺北市羅斯福路二段 41 號 6 樓之 3
編輯助理	楊子葳	電話	02-23216565
封面設計	斐類設計	傳真	02-23944113
		印刷者	晟齊實業有限公司

新聞局出版事業登記證局版臺業字第 5655 號

如有缺頁、破損、倒裝請寄回更換

網 路 書 店　www.wanjuan.com.tw

劃 撥 帳 號　15624015